Parutions du mois

JEAN-CLAUDE IZZO

Chourmo

GALLIMARD

NOTE DE L'AUTEUR

Rien de ce que l'on va lire n'a existé. Sauf, bien évidemment, ce qui est vrai. Et que l'on a pu lire dans les journaux, ou voir à la télévision. Peu de choses, en fin de compte. Et, sincèrement, j'espère que l'histoire racontée ici restera là où elle a sa vraie place : dans les pages de ce livre. Cela dit, Marseille, elle, est bien réelle. Si réelle que, oui, vraiment, j'aimerais que l'on ne cherche pas des ressemblances avec des personnages ayant réellement existé. Même pas avec le héros. Ce que je dis de Marseille, ma ville, ce ne sont, simplement, et toujours, qu'échos et réminisce-neces. C'est à dire, ce qu'elle donne à lire entre les lignes.

Pour Isabelle et Gennaro,
ma mère et mon père, simplement.

C'est une sale époque, voilà tout.

RUDOLPH WURLITZER

À la mémoire d'Ibrahim Ali,
abattu le 24 février 1995
dans les quartiers nord de Marseille,
par des colleurs d'affiches du Front national.

Terminus, Marseille,
gare Saint-Charles

Du haut des escaliers de la gare Saint-Charles, Guitou – comme l'appelait encore sa mère – contemplait Marseille. «La grande ville». Sa mère y était née, mais elle ne l'y avait jamais emmené. Malgré ses promesses. Maintenant, il y était. Seul. Comme un grand.

Et dans deux heures, il reverrait Naïma.

C'est pour la voir qu'il était là.

Les mains enfoncées dans les poches de son jean, une Camel aux lèvres, il descendit lentement les marches. Face à la ville.

«En bas des escaliers, lui avait dit Naïma, c'est le boulevard d'Athènes. Tu le suis, jusqu'à la Canebière. Tu prends à droite. Vers le Vieux-Port. Quand t'y es, à ta droite encore, à deux cents mètres, tu verras un grand bar qui fait le coin. La Samaritaine, ça s'appelle. On s'attend là. À six heures. Tu peux pas te tromper.»

Ces deux heures devant lui, ça le rassurait. Il pourrait repérer le bar. Être à l'heure. Naïma, il ne voulait

13

pas la faire attendre. Il avait hâte de la retrouver. De prendre sa main, de la serrer dans ses bras, de l'embrasser. Ce soir, ils dormiront ensemble. Pour la première fois. Leur première fois, pour elle et pour lui. Mathias, un copain de lycée de Naïma, leur laissait son studio. Ils ne seraient que tous les deux. Enfin.

Cette pensée le fit sourire. Un sourire timide, comme lorsqu'il avait rencontré Naïma.

Puis il fit une grimace, en songeant à sa mère. Sûr qu'au retour, il passerait un mauvais quart d'heure. Non seulement, il s'était taillé sans autorisation, à trois jours de la rentrée des classes, mais, avant de partir, il avait piqué mille balles dans la caisse du magasin. Une boutique de prêt-à-porter, très bon chic bon genre, dans le centre de Gap.

Il haussa les épaules. Ce n'était pas mille balles qui mettraient en péril le train-train familial. Sa mère, il s'en arrangerait. Comme toujours. Mais c'est l'autre qui l'inquiétait. Le gros connard qui se prenait pour son père. Il l'avait déjà tabassé une fois, à cause de Naïma.

En traversant les allées de Meilhan, il avisa une cabine téléphonique. Il se dit qu'il ferait quand même bien de l'appeler, sa mère. Pour qu'elle ne s'inquiète pas.

Il posa son petit sac à dos et mit la main dans la poche arrière de son jean. La claque ! Plus de portefeuille ! Il palpa l'autre poche, affolé, puis, même si ce n'était pas son habitude de le mettre là, celle de son blouson en toile. Rien. Comment avait-il pu le perdre? Il l'avait en sortant de la gare. Il y avait rangé son billet de train.

Il se souvint. En descendant les escaliers de la gare, un Beur lui avait demandé du feu. Il avait sorti son Zippo. Au même moment, il avait été bousculé, presque poussé dans le dos, par un autre Beur qui descendait en courant. Comme un voleur, avait-il pensé. Il avait failli perdre l'équilibre sur les marches et s'était retrouvé dans les bras de l'autre. Il s'était fait niquer en beauté.

Il eût comme un vertige. La colère, et l'inquiétude. Plus de papiers, plus de télécarte, plus de billet de train, et, surtout, presque plus d'argent. Il ne lui restait que la monnaie du billet SNCF et du paquet de Camel. Trois cent dix balles. «Merde!» lâcha-t-il à haute voix.

— Ça va? lui demanda une vieille dame.

— M'suis fait tirer mon portefeuille.

— Ah! mon pauvre. Y a rien à y faire! C'est des malheurs qu'ils arrivent tous les jours. Elle le regarda, compatissante. Faut pas aller voir la police. Hein! Faut pas! Feraient que vous causer plus d'ennuis!

Et elle continua, son petit sac à main serré sur la poitrine. Guitou la suivit des yeux. Elle se fondit dans la masse bigarrée des passants, Noirs et Arabes pour la plupart.

Marseille, ça commençait plutôt mal!

Pour chasser la scoumoune, il embrassa la médaille en or de la Vierge qui pendait sur sa poitrine encore bronzée de l'été en montagne. Sa mère la lui avait offerte pour sa communion. Ce matin-là, elle l'avait décrochée de son cou et la lui avait passée autour du sien. «Elle vient de loin, elle avait dit. Elle te protégera.»

Il ne croyait pas en Dieu, mais, comme tous les fils d'Italiens, il était superstitieux. Et puis embrasser la Vierge, c'était comme embrasser sa mère. Quand il n'était encore qu'un môme et qu'elle le couchait, elle posait un baiser sur son front. Dans le mouvement, la médaille s'avançait vers ses lèvres, portée par les deux opulents nénés de sa mère.

Il chassa cette image, qui l'excitait toujours. Et pensa à Naïma. Ses seins, moins gros, étaient aussi beaux que ceux de sa mère. Aussi sombres. Un soir, derrière la grange des Reboul, il avait glissé la main sous le pull de Naïma, tout en l'embrassant. Elle l'avait laissé les caresser. Lentement, il avait remonté le pull, pour les voir. Ses mains tremblaient. «Ils te plaisent?» avait-elle demandé à voix basse. Il n'avait pas répondu, seulement ouvert les lèvres pour les prendre dans sa bouche, l'un après l'autre. Il se mit à bander. Il allait retrouver Naïma, et le reste n'avait pas grande importance.

Il se débrouillerait.

Naïma se réveilla en sursaut. Un bruit, à l'étage au-dessus. Un bruit bizarre. Sourd. Son cœur battait fort. Elle tendit l'oreille, en retenant sa respiration. Rien. Le silence. Une faible lumière filtrait à travers les persiennes. Quelle heure pouvait-il être ? Elle n'avait pas de montre sur elle. Guitou dormait paisiblement. Sur le ventre. Le visage tourné vers elle. À peine entendait-elle son souffle. Ça la rassura, ce souffle régulier. Elle se rallongea et se serra contre lui, les yeux ouverts. Elle aurait bien fumé, pour se calmer. Se rendormir.

Elle glissa délicatement sa main sur les épaules de Guitou, puis la fit descendre sur son dos en une longue caresse. Il avait la peau soyeuse. Douce. Comme ses yeux, ses sourires, sa voix, les mots qu'il lui disait. Comme ses mains sur son corps. C'est ce qui l'avait attirée vers lui, cette douceur. Presque féminine. Les garçons qu'elle avait connus, et même Mathias avec qui elle avait flirté, étaient plus brutaux dans leur manière d'être. Guitou, au premier sourire, elle avait immédiatement désiré être dans ses bras et poser sa tête contre sa poitrine.

Elle avait envie de le réveiller. Qu'il la caresse, comme tout à l'heure. Elle avait aimé ça, ses doigts sur son corps, son regard émerveillé qui la rendait belle. Et amoureuse. Faire l'amour lui était apparu la chose la plus naturelle. Elle avait aimé ça, aussi. Est-ce que ce serait encore aussi bon, quand ils recommence-raient ? Est-ce que c'était toujours comme ça ? Elle sentit courir les frissons sur sa peau à ce souvenir. Elle sourit, puis elle posa un baiser sur l'épaule de Guitou, et se serra encore plus contre lui. Il était chaud.

Il bougea. Sa jambe vint se glisser entre les siennes. Il ouvrit les yeux.

— T'es réveillée ? murmura-t-il, en lui caressant les cheveux.

— Un bruit. J'ai entendu un bruit.

— T'as peur ?

Il n'y avait aucune raison d'avoir peur.

Hocine dormait à l'étage supérieur. Ils avaient un peu parlé avec lui, tout à l'heure. Quand ils étaient venus chercher les clefs, avant d'aller manger une pizza. C'était un historien algérien. Un historien de l'Antiquité. Il s'intéressait aux fouilles archéologiques de Marseille. «D'une incroyable richesse», avait-il commencé à expliquer. Ça avait l'air passionnant. Mais ils ne l'avaient écouté que d'une oreille distraite. Pressés de n'être que tous les deux. De se dire qu'ils s'aimaient. Et de s'aimer, après.

Les parents de Mathias hébergeaient Hocine depuis plus d'un mois. Ils étaient partis pour le week-end dans leur villa de Sanary, dans le Var. Et Mathias avait pu leur laisser son studio du rez-de-chaussée.

C'était une de ces belles maisons rénovées du Panier, à l'angle des rues des Belles-Écuelles et du Puits Saint-Antoine, près de la place Lorette. Le père de Mathias, un architecte, en avait redessiné l'intérieur. Trois étages. Jusqu'à la terrasse, *à l'italienne,* sur le toit, d'où l'on dominait toute la rade, de l'Estaque à la Madrague-de Montredon. Sublime.

Naïma avait dit à Guitou : «Demain matin, j'irai chercher du pain. On déjeunera sur la terrasse. Tu verras comme c'est beau.» Elle voulait qu'il aime Marseille. Sa ville. Elle lui en avait tant parlé. Guitou avait été un peu jaloux de Mathias. «T'es sortie avec lui?» Elle avait ri, mais elle ne lui avait pas répondu. Plus tard, quand elle lui avait avoué : «Tu sais, c'est vrai, c'est la première fois», il avait oublié Mathias. Le petit déjeuner promis. La terrasse. Et Marseille.

— Peur de quoi?

Elle glissa sa jambe sur lui, la remonta vers son ventre. Son genou effleura son sexe, et elle le sentit se durcir. Elle posa sa joue sur sa poitrine pubère. Guitou la serra contre lui. Il lui caressa le dos. Naïma frissonna.

Il la désirait à nouveau, très fort, mais il ne savait pas si ça se faisait. Si c'était ça qu'elle voulait. Il ne savait rien des filles, ni de l'amour. Mais il bandait, follement. Elle leva les yeux vers lui. Et ses lèvres rencontrèrent les siennes. Il l'attira et elle vint sur lui. Puis ils l'entendirent crier, Hocine.

Le cri les glaça.

— Mon dieu, dit-elle, presque sans voix.

Guitou repoussa Naïma et bondit hors du lit. Il enfila son caleçon.

— Où tu vas? demanda-t-elle sans oser bouger.

Il ne savait pas. Il avait peur. Mais il ne pouvait pas rester comme ça. Montrer qu'il avait peur. C'était un homme, maintenant. Et Naïma le regardait.

Elle s'était assise sur le lit.

— Va t'habiller, dit-il.

— Pourquoi?

— Je sais pas.

— Qu'est-ce qu'y a?

— Je sais pas.

Des pas résonnèrent dans les escaliers.

Naïma fila vers la salle de bains, en ramassant ses affaires éparses. L'oreille contre la porte, Guitou écouta. D'autres pas dans les escaliers. Des chuchotements. Il ouvrit, sans réaliser vraiment ce qu'il faisait. Comme dépassé par sa peur. Il vit d'abord l'arme. Puis le regard de l'homme. Cruel, si cruel. Tout son corps se mit à trembler. Il n'entendit pas la détonation. Il sentit seulement une douleur brûlante lui envahir le ventre, et il pensa à sa mère. Il tomba. Sa tête s'écrasa violemment sur la pierre de l'escalier. Son arcade sourcilière se déchira. Il découvrit le goût du sang dans sa bouche. C'était dégueulasse.

« On se tire » est la dernière chose qu'il entendit. Et il sentit qu'on l'enjambait. Comme un cadavre.

1

Où, face à la mer,
le bonheur est une idée simple

Rien n'est plus agréable, quand on n'a rien à faire, que de casser la croûte, le matin, face à la mer.

En fait de casse-croûte, Fonfon avait préparé une anchoïade qu'il sortait juste du four. Je revenais de la pêche, heureux. J'avais ramené un beau loup, quatre daurades et une dizaine de mulets. L'anchoïade ajouta à mon bonheur. J'ai toujours eu le bonheur simple.

J'ouvris une bouteille de rosé de Saint-Cannat. La qualité des rosés de Provence m'émerveillait chaque année davantage. On trinqua, pour se faire la bouche. Ce vin-là, de la Commanderie de la Bargemone, était un délice. On sentait sous la langue le merveilleux ensoleillement des petits coteaux de la Trévarèse. Fonfon m'adressa un clin d'œil, puis on se mit à tremper nos tranches de pain dans la purée d'anchois, relevée de poivre et d'ail haché. Mon estomac se réveilla à la première bouchée.

— Couquin! Ça fait du bien, sas!

— Tu l'as dit.

On ne pouvait en dire plus. Un mot de plus aurait été un mot de trop. On mangea sans parler. Les yeux perdus sur la surface de la mer. Une belle mer d'automne, d'un bleu sombre, presque velouté. Je ne m'en lassais pas. Chaque fois surpris par l'attraction qu'elle exerçait sur moi. Un appel. Mais je n'étais ni un marin, ni un voyageur. J'avais des rêves, là-bas, derrière la ligne d'horizon. Des rêves d'adolescent. Mais je ne m'étais jamais aventuré si loin. Sauf une fois. En mer Rouge. C'était il y a longtemps.

J'approchais des quarante-cinq ans et, comme beaucoup de Marseillais, les récits de voyages me comblaient plus que les voyages eux-mêmes. Je ne me voyais pas prendre un avion pour aller à Mexico-City, Saïgon ou Buenos Aires. J'étais d'une génération pour laquelle les voyages avaient un sens. Celui des paquebots, des cargos. De la navigation. De ce temps qu'impose la mer. Des ports. De la passerelle jetée sur le quai, et de l'ivresse des odeurs nouvelles, des visages inconnus.

Je me satisfaisais d'amener mon pointu, le *Trémolino*, au large de l'île Maïre et de l'archipel de Riou, pour pêcher pendant quelques heures, enveloppé dans le silence de la mer. Je n'avais plus rien d'autre à faire, que ça. Aller à la pêche, quand ça me prenait. Et taper la belote entre trois et quatre. Jouer les apéros à la pétanque.

Une vie bien réglée.

Quelquefois, je partais en virée dans les calanques, Sormiou, Morgiou, Sugiton, En-Vau... Des heures de marche, sac au dos. Je suais, je soufflais. Cela me maintenait en forme. Cela apaisait mes doutes, mes craintes. Mes angoisses. Leur beauté me réconciliait avec le monde. Toujours. C'est vrai qu'elles sont belles, les calanques. Ce n'est rien de le dire, il faut venir les voir. Mais on ne peut y accéder qu'à pied, ou en bateau. Les touristes y réfléchissaient à deux fois, et c'était bien ainsi.

Fonfon se leva une bonne dizaine de fois, pour aller servir ses clients. Des types qui, comme moi, avaient leurs habitudes ici. Des vieux surtout. Son mauvais caractère n'avait pas réussi à les éloigner. Ni même qu'on ne puisse lire *Le Méridional* dans son bar. Seuls *Le Provençal* et *La Marseillaise* étaient autorisés. Fonfon était un vieux militant de la S.F.I.O. Il avait les idées larges, mais pas jusqu'à tolérer celles du Front national. Surtout pas chez lui, dans son bar où s'était tenu bon nombre de réunions politiques. Gastounet, comme on appelait familièrement l'ancien maire, y était même venu une fois, accompagné de Milou, pour serrer la main des militants socialistes. C'était en 1981. Le temps des désillusions était ensuite venu. De l'amertume aussi.

Un matin, Fonfon avait décroché le portrait du président de la République qui trônait au-dessus du percolateur et l'avait jeté dans sa grosse poubelle plastique rouge. On avait entendu le bruit du verre brisé. De derrière son comptoir, Fonfon nous avait regardés les uns après les autres, mais personne n'avait pipé.

Fonfon n'en avait pas mis pour autant son drapeau dans la poche. Ni sa langue. Fifi-Grandes-Oreilles, un de nos partenaires de belote, avait tenté de lui expliquer, la semaine dernière, que *Le Méridional* avait évolué. C'était toujours un journal de droite, bon d'accord, mais libéral, quoi. D'ailleurs, dans tout le reste du département, les pages locales étaient communes au *Provençal* et au *Méridional*. Alors, hein, toutes ces histoires...

Ils avaient failli en venir aux mains.

— Vé, un journal qu'il a fait son succès en incitant à zigouiller les Arabes, moi, ça me soulève le cœur. Rien que de le voir, j'ai comme les mains sales.

— De Diou! On peut pas parler avec toi!

— Mon beau, c'est pas parler, ça. C'est déparler. Vé, j'ai pas cassé du boche pour entendre tes conneries.

— Fan! C'est reparti, avait lâché Momo, en coupant du huit de carreau sur l'as de trèfle de Fonfon.

— Toi, on te demande rien! T'as fait la guerre avec la racaille mussolinienne! Estime-toi heureux d'être admis à cette table.

— Belote, avais-je dit.

Mais c'était trop tard. Momo avait jeté ses cartes sur la table.

— Vé! Je peux aller jouer ailleurs.

— C'est ça. Va chez Lucien. Là-bas, les cartes, elles sont bleu-blanc-rouge. Et le roi de pique, il est en chemise noire.

Momo était parti et n'avait plus remis les pieds dans le bar. Mais il n'alla pas chez Lucien. Il ne jouait plus à la belote avec nous, c'est tout. Et c'était triste, parce qu'on l'aimait bien, Momo. Mais Fonfon n'avait pas tort. Ce n'est pas parce qu'on vieillissait qu'il fallait fermer sa gueule. Mon père aurait été comme lui. Pire peut-être, parce que, lui, il avait été communiste, et le communisme n'était plus aujourd'hui dans le monde qu'un tas de cendres froides.

Fonfon revint avec une assiette de pain frotté à l'ail puis à la tomate fraîche. Juste pour adoucir le palais. Le rosé, là-dessus, trouvait de nouvelles raisons d'être dans nos verres.

Le port s'éveillait lentement, avec les premiers rayons chauds du soleil. Ce n'était pas le même brouhaha que sur la Canebière. Non, c'était juste une rumeur. Des voix, de la musique ici et là. Des voitures qui démarraient. Des moteurs de bateaux qu'on lançait. Et le premier bus qui arrivait, pour faire le plein de lycéens.

Les Goudes, à une demi-heure à peine du centre ville, n'était, passé l'été, qu'un village de six cents personnes. Depuis que j'étais revenu vivre à Marseille, cela faisait une bonne dizaine d'années, je n'avais pu me résoudre à habiter ailleurs qu'ici, aux Goudes. Dans un cabanon – un petit deux-pièces-cuisine – que j'avais hérité de mes parents. À mes heures perdues, je l'avais retapé tant bien que mal. C'était loin d'être luxueux, mais, à huit marches au-dessous de ma terrasse, il y avait la mer, et mon bateau. Et ça, c'était certainement mieux que toutes les espérances de paradis.

Impossible de croire, à qui n'est pas venu un jour jusqu'ici, dans ce petit port usé par le soleil, qu'on se

25

trouve dans un arrondissement de Marseille. Dans la seconde ville de France. On est là au bout du monde. La route se termine à moins d'un kilomètre, à Callelongue, dans un sentier de rocaille blanche à la végétation rare. C'est par là que je partais en balade. Par le vallon de la Mounine, puis le Plan des Cailles qui permettent d'atteindre les cols de Cortiou et de Sormiou.

Le bateau de l'école de plongée sortit de la passe et fit cap sur les îles du Frioul. Fonfon le suivit des yeux, puis il tourna son regard vers moi et dit avec gravité :

— Alors, qu'est-ce t'en penses ?

— Je pense qu'on va se faire mettre.

J'ignorais de quoi il voulait parler. Avec lui, cela pouvait être du ministre de l'Intérieur, du FIS, de Clinton. Du nouvel entraîneur de l'O.M. Ou même du pape. Mais ma réponse ne pouvait être que la bonne. Parce que c'était sûr, qu'on allait se faire mettre. Plus on nous bassinait les oreilles avec le social, la démocratie, la liberté, les droits de l'homme et tout le tintouin, plus on se faisait mettre. Aussi vrai que deux et deux font quatre.

— Voueï, dit-il. C'est ce que je pense aussi. C'est comme à la roulette. Vé, tu mises, tu mises, et y a qu'un trou et t'es toujours perdant. Toujours cocu.

— Mais tant que tu mises, tu restes en vie.

— Vé ! De nos jours, faut miser gros pour ça. Moi, mon beau, des plaques, j'en ai plus assez.

Je finis mon verre, et le regardai. Ses yeux étaient posés sur moi. Des cernes presque violets lui bouf-

26

faient le haut des joues. Cela accentuait la maigreur de son visage. Fonfon, je ne l'avais pas vu vieillir. Je ne savais même plus l'âge qu'il avait. Soixante-quinze, soixante-seize. Ce n'était pas si vieux que ça.

— Tu vas me faire chialer, je dis pour plaisanter.

Mais je savais bien que lui, il ne plaisantait pas. Ouvrir le bar lui demandait chaque matin un effort considérable. Il ne supportait plus les clients. Il ne supportait plus sa solitude. Peut-être qu'un jour, même moi, il ne me supporterait plus, et c'est ça qui devait l'inquiéter.

— Je vais arrêter, Fabio.

D'un geste large, il désigna le bar. La vaste salle avec sa vingtaine de tables, le baby-foot dans un coin – une pièce rare des années 60 –, au fond, le comptoir, en bois et zinc, que tous les matins Fonfon astiquait avec soin. Et les clients. Deux types au comptoir. Le premier plongé dans *L'Équipe* et le second lorgnant les résultats sportifs par-dessus son épaule. Deux vieux, presque face à face. L'un lisant *Le Provençal*, l'autre *La Marseillaise*. Trois lycéens qui attendaient le bus, en se racontant leurs vacances.

L'univers de Fonfon.

— Déconne pas !

— J'ai toujours été derrière un comptoir. Depuis que je suis arrivé à Marseille avec Luigi, mon pauvre frère. Tu l'as pas connu, toi. À seize ans, on a commencé. Au bar de Lenche. Lui, il s'est mis docker. Moi j'ai fait Le Zanzi, le bar Jeannot aux Cinq-Avenues, et le Wagram, sur le Vieux-Port. Après la guerre, quand j'ai eu quatre sous, je me suis mis ici. Aux Goudes. On était bien, vé. Ça fait quarante ans.

— Avant, on se connaissait tous. Un jour, t'aidais Marius à repeindre son bar. Un jour, c'est lui qui te filait un coup de main pour malonner la terrasse. On partait à la pêche ensemble. À la tartane, qu'on pêchait. Y avait encore le mari d'Honorine, ce pauvre Toinou. Je te dis pas ce qu'on ramenait ! Et on partageait pas. Rien. On se faisait des bouillabaisses monstres, chez l'un, chez l'autre. Les femmes, les enfants. Vingt, trente, qu'on était parfois. Et ça te rigolait ! Vé, tes parents, là où ils sont, que Dieu les garde, ils doivent encore s'en souvenir.

— Je m'en rappelle, Fonfon.

— Voueï, toi, tu voulais manger que la soupe avèque les croûtons. Pas le poisson. Tu y faisais un de ces cirques à ta pauvre mère.

Il cessa de parler, perdu dans les souvenirs du «bon temps». Le vers de terre noiraud que j'étais jouait à noyer Magali, sa fille, dans le port. Nous avions le même âge. Tous, ils nous voyaient déjà mariés, elle et moi. Magali, ce fut mon premier amour. La première avec qui j'ai couché. Dans le blockhaus, au-dessus de la Maronnaise. Le matin, on avait eu droit aux engueulades, parce que nous étions rentrés après minuit.

Nous avions seize ans.

— C'est vieux tout ça.

— Vé ! C'est ce que je t'explique. Tu vois, on avait chacun nos idées. On s'engueulait, pire que des poissonnières. Et tu me connais, j'étais pas le dernier. J'ai

28

toujours été grande gueule. Mais bon, on avait le respect. Maintenant, si tu chies pas sur plus pauvre que toi, on te cracherait à la gueule.

— Qu'est-ce que tu vas faire ?

— Je ferme.

— T'en as parlé à Magali et à Fredo ?

— Te fais pas plus couillon que t'es ! Tu l'as pas vue ici depuis combien de temps, Magali ? Et les enfants ? Ça fait des années qu'ils se la jouent Parisiens. Avec tout le saint-frusquin et la voiture qui va avec. L'été, y préfèrent aller se faire bronzer les fesses à Benidorm, chez les Turcs, ou aux îles je-sais-pas-quoi. Ici, tu parles, c'est qu'un endroit de minables comme nous. Et Fredo, vé, il est peut-être mort. La dernière fois qu'y m'a écrit, il allait ouvrir un *ristorante* à Dakar. Depuis, les nègres, ils ont dû le manger tout cru ! Tu veux un café ?

— Je veux bien.

Il se leva. Il posa la main sur mon épaule et se pencha vers moi, sa joue frôlant la mienne.

— Fabio, tu mets un franc sur la table, et le bar, je te le donne. J'ai pas arrêté d'y penser. Tu vas pas rester, comme ça, à rien faire. Hein ? L'argent, ça va ça vient, mais ça dure jamais longtemps. Alors, je me garde la maisonnette et quand je meurs, tu t'assures juste qu'y me mettent bien à côté de ma Louisette.

— Putain ! Mais t'es pas encore mort !

— Je sais. Ça te laisse un peu de temps pour réfléchir.

Et il partit vers son comptoir sans que je puisse ajouter un mot. D'ailleurs, je ne sais pas ce que j'aurais pu dire. Sa proposition me laissait sans voix. Sa générosité, plus que tout. Parce que moi, je ne me voyais pas derrière son comptoir. Je ne me voyais nulle part.

J'attendais de voir venir, comme on dit ici.

Ce que je vis venir, de plus immédiat, c'est Honorine. Ma voisine. Elle marchait d'un pas alerte, son cabas sous le bras. L'énergie de cette petite bonne femme de soixante-douze ans me surprenait toujours.

Je finissais un second café, en lisant le journal. Le soleil me chauffait doucettement le dos. Ça me permettait de ne pas trop désespérer du monde. La guerre se poursuivait dans l'ex-Yougoslavie. Une autre venait d'éclater en Afrique. Il s'en couvait une en Asie, aux frontières du Cambodge. Et, c'était plus que certain, ça ne tarderait pas à péter à Cuba. Ou quelque part par là-bas, en Amérique Centrale.

Plus près de nous, ce n'était guère plus réjouissant.

«Cambriolage sanglant au Panier», titrait en page locale *Le Provençal*. Un article bref, de dernière heure. Deux personnes avaient été assassinées. Les propriétaires, en week-end à Sanary, avaient découvert hier soir seulement les cadavres des amis qu'ils hébergeaient. Et leur maison vidée de tout ce qui était revendable : télé, magnétoscope, hi-fi, CD... Selon la police, la mort des victimes remontait à la nuit du vendredi au samedi, vers les trois heures du matin.

Honorine vint droit sur moi.

— Je pensais bien vous trouver là, dit-elle en posant son cabas par terre.

Fonfon apparut instantanément, un sourire sur les lèvres. Ils s'aimaient bien, ces deux-là.

— Adieu Honorine.

— Vous me faites un petit café, Fonfon. Mais pas trop serré, hein, que j'en ai déjà trop bu. Elle s'assit, et tira sa chaise vers moi. Dites, vous avez de la visite.

Elle me regarda, guettant ma réaction.

— Où ça ? Chez moi ?

— Bé oui, chez vous. Pas chez moi. Qui vous voulez qui vienne me voir ? Elle attendait que je l'interroge, mais ça lui brûlait les lèvres de faire la bavarde. Vous vous imaginez pas qui c'est !

— Ben non.

Je n'imaginais pas qui pouvait venir me voir. Comme ça, un lundi, à neuf heures et demie du matin. La femme de ma vie était dans sa famille, entre Séville, Cordoue et Cadix, et je ne savais pas quand elle reviendrait. Je ne savais même pas si Lole reviendrait un jour.

— Vé, ça va vous faire une surprise. Elle me regarda encore, les yeux pleins de malice. Elle n'y tenait plus. C'est votre cousine. Votre cousine Angèle.

Gélou. Ma belle cousine. Pour une surprise, c'en était une. Gélou, je ne l'avais pas revue depuis dix ans. Depuis l'enterrement de son mari. Gino s'était fait descendre, une nuit, en fermant son restaurant à Bandol. Comme ce n'était pas un voyou, tout le monde pensa à une mauvaise histoire de racket. L'enquête se perdit, comme tant d'autres, au fond d'un tiroir. Gélou vendit le restaurant, prit ses trois enfants sous le bras et partit refaire sa vie ailleurs. Je n'avais plus jamais eu de ses nouvelles.

Honorine se pencha vers moi et parla sur le ton de la confidence :

— La pauvre, vé, elle a pas l'air dans son assiette. Je mettrais ma main au feu qu'elle a des ennuis.

— Qu'est-ce qui vous fait dire ça ?

— C'est pas qu'elle a pas été gentille, hein. Elle m'a fait la bise, et des sourires. On a un peu fait la bazarette en buvant le café. Mais j'ai bien vu que dessous tout ça, elle a une pauvre figure de jours sans pain.

— Elle est peut-être simplement fatiguée.

— Pour moi, c'est les ennuis. Et qu'elle vient vous voir pour ça.

Fonfon revint avec trois cafés. Il s'assit devant nous.

— T'en reprendrais un, je me suis dit. Ça va ? il demanda en nous regardant.

— C'est Gélou, dit Honorine. Vous vous souvenez ? Il acquiesça. Elle vient d'arriver.

— Ben, et alors ?

— Elle a des ennuis, je dis.

Honorine avait des jugements infaillibles. Je regardai la mer, en me disant que la tranquillité était sans doute finie. En un an, j'avais pris deux kilos. D'être peinard, ça commençait à me peser. Alors, avec des ennuis ou pas, Gélou était la bienvenue. Je vidai ma tasse et me levai.

— J'y vais.

— Et si je prenais une fougasse, pour midi, dit Honorine. Elle va bien rester pour manger, non ?

2

Où quand on parle,
on en dit toujours trop

Gélou se retourna et toute ma jeunesse me sauta à la gueule. C'était la plus belle du quartier. Elle avait fait tourner la tête à plus d'un, et à moi le premier. Elle avait accompagné mon enfance, alimenté mes rêves d'adolescent. Elle avait été mon amour secret. Inaccessible. Gélou, c'était une grande. Elle avait près de trois ans de plus que moi.

Elle me sourit, et deux fossettes illuminèrent son visage. Le sourire de Claudia Cardinale. Elle le savait, Gélou. Et qu'elle lui ressemblait, aussi. Presque trait pour trait. Elle en avait souvent joué, poussant même jusqu'à s'habiller et se coiffer comme la star italienne. Nous ne rations aucun de ses films. Ma chance, c'était que les frères de Gélou n'aimaient pas ça, le cinéma. Ils préféraient les matchs de foot. Gélou venait me chercher, le dimanche après-midi, pour que je l'accompagne. Chez nous, à dix-sept ans, une fille ne sortait jamais seule. Même pour aller retrouver des copines. Il devait toujours y avoir un garçon de la famille. Et Gélou, elle m'aimait bien.

J'adorais ça, être avec elle. Dans la rue, quand elle me donnait le bras, Dieu n'était pas mon cousin! Lors de la projection du *Guépard*, de Visconti, je faillis devenir fou. Gélou s'était penchée vers moi et m'avait murmuré à l'oreille :

— Hein! qu'elle est belle.

Alain Delon la prenait dans ses bras. J'avais posé ma main sur celle de Gélou et, presque sans voix, je lui avais répondu :

— Comme toi.

Sa main resta dans la mienne pendant toute la projection. Je ne compris rien au film tellement je bandais. J'avais quatorze ans. Mais je ne ressemblais pas le moins du monde à Delon, et Gélou était ma cousine. Quand la lumière revint, la vie reprit ses droits et, je le compris, elle serait totalement injuste.

Ce fut un sourire fugace. L'éclair des souvenirs. Gélou s'avança vers moi. J'eus à peine le temps de voir les larmes qui embuaient ses yeux qu'elle était dans mes bras.

— Ça me fait plaisir de te voir, dis-je en la serrant contre moi.

— J'ai besoin de ton aide, Fabio.

La même voix, brisée, que la comédienne. Mais ce n'était pas une réplique de film. Nous n'étions plus au cinéma. Claudia Cardinale s'était mariée, avait eu des enfants et vivait heureuse. Alain Delon avait grossi et gagné beaucoup d'argent. Nous, nous avions vieilli. La vie, comme promis, avait été injuste avec nous. Et elle l'était toujours. Gélou avait des ennuis.

— Tu vas me raconter ça.

Guitou, le plus jeune de ses trois garçons, avait fugué. Vendredi matin. Sans laisser de mot, rien. Il avait seulement piqué mille francs dans la caisse du magasin. Depuis, le silence. Elle avait espéré qu'il l'appelle, comme quand il partait en vacances chez ses cousins à Naples. Elle avait pensé qu'il reviendrait le samedi. Elle l'avait attendu toute la journée. Puis tout le dimanche. Cette nuit, elle avait craqué.

— Tu penses qu'il est allé où ?

— Ici. À Marseille.

Elle n'avait pas hésité. Nos yeux se croisèrent. Le regard de Gélou se perdit au loin, là où ça ne devait pas être simple d'être une mère.

— Faut que je t'explique.

— Je crois, oui.

Je refis du café pour la seconde fois. J'avais mis un disque de Bob Dylan. L'album *Nashville Skyline.* Mon préféré. Avec *Girl from the North Country,* en duo avec Johnny Cash. Une vraie merveille.

— C'est vieux, ça. Ça fait des années, que je l'ai pas entendu. T'écoutes toujours ça, toi ?

Elle avait dit ces derniers mots presque avec dégoût.

— Ça et autres choses. Mes goûts évoluent peu. Mais je peux te mettre Antonio Machin, si tu préfères. *Dos gardenias per amor...* fredonnai-je en esquissant quelques pas de boléro.

Cela ne la fit pas sourire. Peut-être préférait-elle

Julio Iglesias! J'évitai de lui poser la question et partis vers la cuisine.

Nous nous étions installés sur la terrasse, face à la mer. Gélou était assise dans un fauteuil d'osier, mon préféré. Les jambes croisées, elle fumait, pensive. De la cuisine, je l'observai du coin de l'œil, en attendant que le café monte. J'ai, quelque part dans un placard, une superbe cafetière électrique, mais je continue à me servir de ma vieille cafetière italienne. Question de goût.

Gélou, le temps semblait l'avoir épargnée. Elle approchait la cinquantaine et restait une belle femme, désirable. De fines pattes d'oie au coin des yeux, ses seules rides, ajoutaient à sa séduction. Mais il émanait d'elle quelque chose qui me gênait. Qui m'avait gêné dès qu'elle s'était retirée de mes bras. Elle semblait appartenir à un monde où je n'avais jamais mis un pied. Un monde respectable. Où l'on respire du Chanel N° 5 même en plein terrain de golf. Où les fêtes s'égrènent en communions, fiançailles, mariages, baptêmes. Où tout est en harmonie, jusque dans les draps, les housses de couettes, les chemises de nuit et les chaussons. Et les amis, des relations mondaines que l'on invite à dîner une fois par mois, et qui savent rendre la pareille. J'avais vu une Saab noire garée devant ma porte et j'étais prêt à parier que le tailleur gris que portait Gélou n'avait pas été commandé à la Redoute.

Depuis la mort de Gino, j'avais dû rater des épisodes de la vie de ma belle cousine. Je brûlais d'en savoir plus, mais ce n'était pas par là qu'il fallait commencer.

— Guitou, cet été, il s'est fait une petite amie. Un flirt, quoi. Elle campait avec une bande de copains au lac de Serre-Ponçon. Il l'a connue à une fête de village. À Manse, je crois. Tout l'été, il y a des fêtes de villages, avec des bals et tout ça. Depuis ce jour, il ne se sont plus lâchés.

— C'est de son âge.

— Oui. Mais il n'a que seize ans et demi. Et elle dix-huit, tu vois.

— Ben, il doit être beau gosse, ton Guitou, dis-je en plaisantant.

Toujours pas de sourire. Elle ne se déridait pas. L'angoisse l'étreignait. Je n'arrivais pas à l'apaiser. Elle attrapa son sac, qui traînait à ses pieds. Un sac Vuiton. Elle en sortit un portefeuille, l'ouvrit et me tendit une photo.

— C'était au ski, cet hiver. À Serre-Chevalier.

Elle et Guitou. Aussi mince qu'un clou, il la dépassait d'une bonne tête. Des cheveux longs, fous, retombaient sur son visage. Un visage presque efféminé. Celui de Gélou. Et le même sourire. À côté d'elle, il semblait décalé. Autant elle respirait l'assurance, la détermination, autant lui paraissait non pas frêle, mais fragile. Je me dis que c'était le dernier, le *caganis,* celui qu'elle et Gino n'attendaient plus, et qu'elle avait dû le gâter tant et plus. Ce qui me surprit, c'est que seule la bouche de Guitou souriait, pas ses yeux. Son regard, perdu dans le vague, était triste.

Et à la manière qu'il avait de tenir ses skis, je devinais que tout cela l'ennuyait plus qu'autre chose. Je n'en fis pas la remarque à Gélou.

— Je suis sûr qu'il t'aurait fait craquer, toi aussi, à dix-huit ans.

— Tu trouves qu'il ressemble à Gino ?

— Il a ton sourire. Dur d'y résister. Tu connais, ça…

Elle ne releva pas l'allusion. Ou elle ne voulut pas. Elle haussa les épaules et rangea la photo.

— Tu vois, Guitou, il se fait vite des idées. C'est un rêveur. Je ne sais pas de qui il tient ça. Il passe des heures à lire. Il n'aime pas le sport. Le moindre effort semble lui coûter. Marc et Patrice ne sont pas comme ça. Ils sont plus… terre à terre. Plus pratiques.

J'imaginais. Réalistes, disait-on aujourd'hui.

— Ils vivent avec toi, Marc et Patrice ?

— Patrice est marié. Depuis trois ans. Il gère un magasin que j'ai à Sisteron. Avec sa femme. Ça marche vraiment bien pour eux. Marc est aux États-Unis, depuis un an. Il fait des études d'ingénierie touristique. Il est reparti, il y a dix jours. Elle s'arrêta, pensive. C'est sa première copine, à Guitou. Enfin, la première dont je connais l'existence.

— Il t'en a parlé ?

— Quand elle est repartie, après le 15 août, ils n'arrêtaient pas de se téléphoner. Le matin, le soir. Le soir, ça durait des heures. Ça commençait à bien faire ! Il a bien fallu en parler.

— T'espérais quoi ? Que ça se finisse, comme ça. Un dernier bisou, et bonjour-bonsoir.

— Non, mais…

— Tu crois qu'il est venu la retrouver ? C'est ça ?

— Je ne crois pas, je le sais. Il voulait d'abord que je l'invite un week-end à la maison, sa copine, et j'ai refusé. Puis il m'a demandé l'autorisation d'aller la voir à Marseille, et j'ai dit non. Il est trop jeune. Et puis, à la veille de la rentrée des classes, je ne trouvais pas ça bien.

— Tu trouves ça mieux ? dis-je en me levant.

Cette discussion m'énervait. Je pouvais comprendre ça, la peur de voir s'envoler le petit vers une autre femme. Surtout le dernier. Les mères italiennes sont très fortiches à ce jeu. Mais il n'y avait pas que ça. Gélou ne me disait pas tout, je le sentais.

— Ce n'est pas un conseil que je veux, Fabio, c'est de l'aide.

— Si tu crois t'adresser au flic, tu t'es trompée d'adresse, dis-je froidement.

— Je sais. J'ai appelé l'hôtel de police. Tu n'es plus sur les effectifs depuis plus d'un an.

— J'ai démissionné. Une longue histoire. De toute façon, je n'étais rien qu'un petit flic de banlieue. Dans les quartiers nord [1].

— C'est toi que je suis venue voir, pas le flic. Je veux que tu ailles le chercher. J'ai l'adresse de la fille.

Là, je ne comprenais plus.

— Attends, Gélou. Explique-moi. Si tu as

1. *Total Kéops*, coll. « Série Noire », n° 2370.

l'adresse, pourquoi tu n'y es pas allée directement ?
Pourquoi tu n'as pas appelé, au moins ?

— J'ai appelé. Hier. Deux fois. Je suis tombée sur
la mère. Elle m'a dit que Guitou, elle ne le connaissait pas. Qu'elle ne l'avait jamais vu. Et que sa fille
n'était pas là. Qu'elle était chez son grand-père, et
qu'il n'avait pas le téléphone. N'importe quoi.

— C'est peut-être vrai.

Je réfléchissais. J'essayais de mettre de l'ordre dans
tout ce micmac. Mais il me manquait encore quelques
éléments, j'en étais sûr.

— À quoi tu penses ?

— Elle t'a fait quelle impression, la gamine ?

— Je ne l'ai vue qu'une fois. Le jour de son départ.
Elle est venue chercher Guitou à la maison, pour qu'il
l'accompagne à la gare.

— Elle est comment ?

— Comme ça.

— Comme ça comment ? Elle est jolie ?

Elle haussa les épaules.

— Hum.

— Oui ou non ? Merde ! Qu'est-ce qu'elle a ? Elle
est moche ? Infirme ?

— Non. Elle est…. Non, elle est jolie.

— Ben, on dirait que ça te fait mal. Elle te paraît
sérieuse ?

Elle haussa encore les épaules, et, vraiment, ça
commençait sérieusement à m'énerver.

— Je ne sais pas, Fabio.

Elle dit ça avec une pointe de panique dans la voix.

40

Ses yeux se firent fuyants. Nous approchions de la vérité de cette histoire.

— Comment tu ne sais pas ? Tu ne lui as pas parlé ?

— Alex, il l'a flanquée dehors.

— Alex ?

— Alexandre. L'homme avec qui je vis depuis... Presque depuis la mort de Gino.

— Ah ! Et pourquoi il a fait ça ?

— C'est... C'est une petite Arabe. Et... Et on ne les aime pas trop, quoi.

On y était. C'est là que ça coinçait. Soudain, je n'osai plus regarder Gélou. Je me retournai, vers la mer. Comme si elle pouvait répondre de tout. J'avais honte. Je l'aurais volontiers foutue dehors, Gélou, mais c'était ma cousine. Son fils avait fugué, il risquait de rater la rentrée des classes, et elle était inquiète. Et ça, je pouvais le comprendre, malgré tout.

— Vous avez eu peur de quoi ? Que ça fasse tâche chez vous, la petite Arabe ? Non mais, putain de nom de Dieu de merde ! Tu sais d'où tu viens, toi ? Tu te souviens de ce qu'il était ton père ? Comment on l'appelait ? Lui, le mien ? Tous les *nabos* ? Chiens des quais ! Oui ! Me dis pas que tu n'en as pas souffert, d'être née là, au Panier, chez les chiens des quais ! Et tu viens me parler d'Arabes !

« C'est pas parce que tu roules en Saab et que tu portes un tailleur de pouffiasse à la con, que tu es autre chose aujourd'hui. Si on faisait les cartes d'identité après prise de sang, on te mettrait Arabe dessus. »

Elle se leva, hors d'elle.

— Mon sang, il est italien. Nous, les Italiens, on n'est pas des Arabes.

— Le Sud, c'est pas l'Italie. C'est le pays des métèques. Tu sais comment ils disent, au Piémont ? *Mau-Mau.* Une expression pour désigner les bougnoules, les gitans, et tous les ritals au-dessous de Rome ! Et merde ! Va pas me dire que tu crois à toutes ces conneries, Gélou !

— Alex, il a fait l'Algérie. Ils lui en on fait baver. Il sait comment ils sont. Sournois et....

— C'est ça. Et tu as peur qu'en faisant une pipe à ton gamin, elle lui file le Sida !

— Tu es vraiment grossier.

— Ouais. Face à la connerie, je n'ai rien trouvé d'autre. Tu prends ton sac, et tu te tires. Envoie ton Alex chez les Arabes. Peut-être qu'il te reviendra vivant, et avec ton fils.

— Il n'en sait rien, Alex. Il n'est pas là. Il est en déplacement. Jusqu'à demain soir. Faut qu'on soit rentrés demain avec Guitou, sinon...

— Sinon quoi ?

Elle se laissa retomber dans le fauteuil et éclata en sanglots. Je m'accroupis devant elle.

— Sinon quoi, Gélou ? redemandai-je avec plus de douceur.

— Il va encore le taper.

Honorine se montra enfin. Elle n'avait pas dû perdre une miette de mon engueulade avec Gélou, mais elle s'était bien gardée de faire une apparition sur sa terrasse. Ce n'était pas son genre. Se mêler de mes affaires. Du moins tant que je ne l'y conviais pas.

Gélou et moi étions perdus dans un silence grave. Quand on parle, on en dit toujours trop. Après, il faut assumer chacune de ses paroles. Et le peu que Gélou m'avait dit d'elle et d'Alex ne rimait pas forcément tous les jours avec bonheur.

Elle s'en contentait. Parce que, avait-elle ajouté, à cinquante ans, une femme, même séduisante, n'a plus beaucoup de choix. Un homme, ça compte plus que tout. Autant que la sécurité matérielle. Et ça valait bien quelques souffrances et quelques humiliations. Quelques sacrifices aussi. Guitou, avait-elle reconnu sans honte, elle l'avait abandonné quelque part par là. Avec les meilleures raisons du monde. C'est à dire la peur. Peur de se fâcher avec Alex. Peur de se faire larguer. Peur d'être seule. Le jour viendrait où Guitou quitterait la maison. Comme l'avait fait Patrice, puis Marc.

Guitou, c'est vrai, ils ne l'avaient pas souhaité, elle et Gino. Il était venu bien des années après. Six ans. Un accident. Les deux autres étaient déjà grands. Elle n'avait plus envie d'être mère, mais femme. Puis Gino était mort. Il lui restait cet enfant. Et un immense chagrin. Elle redevint mère.

Alex s'était bien occupé des enfants. Entre eux, ça collait. Il n'y avait pas de problème. Mais, en grandissant, Guitou se prit à haïr ce faux père. Son père, qu'il n'avait pas eu le temps de connaître, il le parait de toutes les vertus, de toutes les qualités. Guitou se mit à aimer et à détester tout ce qu'Alex détestait et aimait. Après le départ des deux frères, l'animosité avait grandi entre Guitou et Alex. Tout était prétexte à l'affrontement. Même le choix du film à la télé se terminait dans une dispute. Guitou se renfermait alors dans sa chambre et faisait hurler la musique. Rock puis reggae d'abord. Raï et rap depuis un an.

Alex commença à frapper Guitou. Des claques, rien de méchant. Comme Gino aurait pu en tirer. Les gamins en méritent quelquefois. Et Guitou plus que souvent. La claque qu'il avait reçue quand la gamine, la petite Arabe, s'était pointée à la maison, avait dégénéré. Guitou s'était rebellé. Alex avait dû frapper. Fort. Elle s'était interposée, mais Alex lui avait dit de ne pas s'en mêler. Ce gamin, il n'en faisait trop qu'à sa tête. On en avait déjà assez accepté. Passe encore d'écouter de la musique arabe, chez soi. De là à inviter des crouilles à la maison, il y avait une frontière qu'il n'était pas question de franchir. On connaissait le refrain. Ce serait elle d'abord, puis ses frères. Et toute la smala. Gélou, sur le fond, elle était assez d'accord avec Alex.

Maintenant, elle paniquait. Parce qu'elle ne savait plus, Gélou. Elle ne voulait pas perdre Alex, mais la fugue, le silence de Guitou avivaient sa culpabilité. C'était son enfant. Elle était sa mère.

— J'ai fait frire quelques panisses, dit Honorine à Gélou. Vé, elles sont toutes chaudes. Elle me tendit l'assiette et la fougasse qu'elle tenait sous son bras.

Depuis l'été, j'avais aménagé un petit passage entre

sa terrasse et la mienne. Avec une petite porte en bois. Cela lui évitait de sortir de chez elle pour venir chez moi. Honorine, je n'avais plus rien à lui cacher. Ni mon linge sale ni mes histoires de cœur. J'étais comme le fils que son Toinou n'avait pu lui donner.

Je souris, puis sortis l'eau et la bouteille de pastis. Et je préparai les braises pour faire griller les daurades. Quand les ennuis sont là, plus rien ne presse.

3

Où il y a de la rage,
il y a de la vie

Les gosses jouaient à merveille. Sans frime. Ils jouaient pour le plaisir. Pour apprendre encore, et être les meilleurs, un jour. Le terrain de basket, assez récent, avait bouffé l'espace d'une partie du parking, devant les deux grandes barres de la cité La Bigotte, sur les hauteurs de Notre-Dame Limite, à la «frontière» de Marseille et de Septème-les-Vallons. Une cité qui dominait les quartiers nord.

Ici, rien n'est pire qu'ailleurs. Ni mieux. Du béton dans un paysage convulsé, rocheux et calcaire. Et la ville là-bas, à gauche. Loin. On est là, loin de tout. Sauf de la misère. Même le linge qui sèche aux fenêtres en témoigne. Il semble toujours sans couleur, malgré le soleil et le vent qui l'agite. Des lessives de chômeurs, voilà tout. Mais, par rapport à «ceux d'en bas», il y a la vue. Magnifique. La plus belle de Marseille. On ouvre sa fenêtre et on a toute la mer pour soi. C'est gratuit. Quand on a rien, posséder la mer – cette Méditerranée – c'est beaucoup. Comme un quignon de pain pour celui qui a faim.

46

L'idée du terrain de basket revenait à un des gamins, qu'on appelait OubaOuba. Pas parce que c'était un sauvage de nègre sénégalais, mais parce que devant un panier, il sautait avec plus d'agilité, ou presque, qu'un marsupilami. Un artiste.

— Quand j'vois toutes ces bagnoles, qu'elles prennent toute la place, moi, ça m'fout en l'air, avait-il dit à Lucien, un mec plutôt sympa du Comité social. Chez moi, c'est pas grand, passe. Mais ces parkings, merde !...

L'idée avait fait son chemin. Une course de vitesse s'était ensuite engagée entre le maire et le député, sous le regard rigolard du conseiller général qui, lui, n'était pas en campagne électorale. Je m'en souvenais bien. Les gamins n'attendirent même pas la fin des discours officiels pour occuper «leur» terrain. Il n'était même pas terminé. Il ne le fut jamais, d'ailleurs, et la maigre couche de bitume se craquelait maintenant de toutes parts.

Je les regardai jouer, en fumant. Cela me faisait drôle de me retrouver là, dans les quartiers nord. C'était mon secteur. Depuis que j'avais démissionné, je n'y avais plus mis les pieds. Je n'avais aucune raison d'y venir. Ni ici, ni à la Bricarde, ni à la Solidarité, ni à la Savine, ni à la Paternelle... Des cités où il n'y a rien. Rien à voir. Rien à faire. Pas même aller s'acheter un Coca, comme au Plan d'Aou où, au moins, une épicerie survivait tant bien que mal.

Il fallait habiter là, ou être flic, ou éducateur, pour traîner ses pieds jusque dans ces quartiers. Pour la plupart des Marseillais, les quartiers nord ne sont qu'une réalité abstraite. Des lieux qui existent, mais qu'on ne connaît pas, qu'on ne connaîtra jamais. Et qu'on ne verra toujours qu'avec les « yeux » de la télé. Comme le Bronx, quoi. Avec les fantasmes qui vont avec. Et les peurs.

Bien sûr, je m'étais laissé convaincre par Gélou d'aller chercher Guitou. Nous avions évité d'en parler pendant le repas. Nous étions l'un et l'autre gênés. Elle pour ce qu'elle m'avait raconté. Moi pour ce que j'avais entendu. Heureusement, Honorine avait alimenté la conversation.

— Vé, moi je sais pas comme tu fais, là-bas, dans tes montagnes. Moi, j'ai quitté Marseille qu'une fois. C'était pour aller à Avignon. Une de mes sœurs, Louise, qu'elle avait besoin de moi. Qu'est-ce que j'étais malheureuse... Pourtant, je suis restée que deux mois. C'est la mer qui me manquait le plus. Ici, je peux rester des heures à la regarder. Elle est jamais la même. Là-bas, y avait le Rhône, bien sûr. Mais c'est pas pareil. Il change jamais. Il est toujours gris et il sent rien.

— On choisit pas toujours, dans la vie, avait répondu Gélou avec beaucoup de lassitude.

— Tu me diras, la mer c'est pas tout. Le bonheur, les enfants, la santé, ça passe avant.

Gélou était au bord des larmes. Elle avait allumé une cigarette. À peine si elle avait goûté sa daurade.

— Vas-y, je t'en prie, avait-elle murmuré quand Honorine disparut pour aller chercher les tasses à café.

J'y étais. Devant la barre où habitait la famille Hamoudi. Et Gélou m'attendait. Elle nous attendait, Guitou et moi. Anxieuse, même avec la compagnie rassurante de Honorine.

— Elle a des ennuis, hein, c'est bien ça, m'avait-elle demandé dans la cuisine.

— Avec son plus jeune. Guitou. Il a fugué. Elle pense qu'il est ici, à Marseille. Ne l'asticotez pas trop en mon absence.

— C'est vous que vous allez le chercher?

— Faut bien que quelqu'un y aille, non?

— Ç'aurait pu être... Je sais pas moi... Elle vit toute seule?

— On parlera de tout ça plus tard, d'accord?

— Vé, c'est ce que je disais, elle a des ennuis votre cousine. Pas qu'avec son caganis.

J'allumai une autre cigarette. OubaOuba réussit un panier qui laissa sans voix ses copains. C'était une sacrée bonne équipe, ces minots. Et moi, je n'arrivais pas à me décider. Pas le courage. Pas la conviction, plutôt. Cela ressemblait à quoi de débarquer comme ça chez les gens? «Bonjour, je m'appelle Fabio Montale. Je viens récupérer le gamin. Ça a assez duré, l'histoire. Toi, tu la mets en veilleuse, ta mère est assez inquiète comme ça.» Non, je ne pourrais pas faire ça. Ce que j'allais faire, c'était ramener les deux mômes chez moi, et qu'ils s'expliquent avec Gélou.

J'aperçus une silhouette familière. Serge. Je le reconnus à sa démarche, gauche, presque enfantine. Il sortait du D4, devant moi. Il me parut amaigri. Une barbe épaisse lui rongeait la moitié du visage. Il traversa pour rejoindre le parking. Les mains dans les poches d'un blouson de toile. Les épaules voûtées. Il semblait plutôt triste, Serge.

Je ne l'avais pas revu depuis deux ans. Je pensais même qu'il avait quitté Marseille. Éducateur dans les quartiers nord pendant plusieurs années, il s'était fait virer, un peu à cause de moi. Quand je ramassais des mômes qui avaient fait une connerie, c'est lui que j'appelais au commissariat, avant même les parents. Il me tuyautait sur les familles, me donnait des conseils. Les gamins, c'était sa vie. Il avait choisi ce boulot, pour ça. Marre de voir des adolescents finir au trou. Il leur faisait confiance, d'abord. Avec cette sorte de foi dans l'homme qu'ont certains curés. Curé, d'ailleurs, il l'était un peu trop à mon goût. Nous avions sympathisé, sans devenir amis. À cause de ça, ce côté cureton. Je n'ai jamais cru que les hommes sont bons. Seulement qu'ils méritent d'être égaux.

Mes liens avec Serge firent jaser. Et mes chefs, ils n'aimèrent pas, mais pas du tout. Un flic et un éducateur! On le paya. Serge d'abord, durement. Moi ensuite, mais avec un peu plus d'élégance. On ne virait pas aussi simplement un flic dont la nomination dans les quartiers nord avait été volontairement médiatisée quelques années plus tôt. On réduisit mes effectifs, et peu à peu, on me déresponsabilisa. Sans plus y croire, j'avais continué mon boulot parce que je ne savais rien faire d'autre que ça, être flic. Il avait fallu la mort de trop de gens

50

aimés, pour que le dégoût l'emporte, et me délivre.

Ce que Serge pouvait bien foutre là, je n'eus pas le temps de le lui demander. Une BMW noire, vitres fumées, arriva de je ne sais où. Elle roulait au pas, et Serge n'y prêta pas cas. Arrivée à sa hauteur, un bras apparut par la vitre arrière. Un bras armé d'un revolver. Trois coups, à bout portant. La BMW fit un bond et disparut aussi vite qu'elle avait surgi.

Serge gisait, allongé sur le bitume. Mort, cela ne faisait aucun doute.

Les coups de feu résonnèrent entre les barres. Les fenêtres s'ouvrirent. Les gamins cessèrent de jouer et le ballon roula sur la chaussée. Le temps se figea dans un bref silence. Puis on se précipita de toutes parts.

Et je courus vers Serge.

— Écartez-vous, je criai à tous ceux qui s'agglutinaient devant le cadavre. Comme si Serge pouvait avoir encore besoin d'espace, d'air.

Je m'accroupis devant lui. Un mouvement qui m'était devenu familier. Trop. Autant que la mort. Les années passaient, je ne faisais que ça, poser un genou à terre pour me pencher sur un cadavre. Merde! Cela ne pouvait recommencer encore, et toujours. Pourquoi ma route était-elle jonchée de cadavres? Et pourquoi était-ce de plus en plus souvent ceux de gens que je connaissais ou que j'aimais? Manu et Ugo, mes copains d'enfance et de galère. Leila, si belle, et si jeune que je n'avais pas osé vivre avec elle. Et mon pote Serge, maintenant.

La mort ne me lâchait plus, comme une espèce de poisse dans laquelle, un jour, j'avais dû foutre les pieds. Mais pourquoi? Pourquoi? Bordel de merde!

Serge avait tout reçu dans le bide. Du gros calibre. Du .38, je pensai. Des armes de professionnels. Dans quoi pouvait-il s'être fourré, ce con. Je levai les yeux vers le D4. De chez qui venait-il? Et pourquoi? Sûr que celui à qui il venait de rendre visite n'allait pas se mettre à la fenêtre pour se manifester.

— Tu l'as déjà vu? demandai-je à OubaOuba, qui s'était glissé près de moi.

— Jamais vu, ce mec.

La sirène des flics se fit entendre à l'entrée de la cité. Rapides, pour une fois! Les mômes se volatilisèrent en moins de deux. Ne restèrent que les femmes, les petits, quelques vieux sans âge. Et moi.

Ils arrivèrent comme des cow-boys. À la manière de freiner à la hauteur du groupe, j'étais sûr qu'ils avaient longuement regardé Starsky et Hutch à la télé. Ils avaient même dû répéter ça, cette arrivée, parce que c'était vachement au point. Les quatre portières s'ouvrirent au même moment et ils s'éjectèrent dans le mouvement. Sauf Babar. C'était le plus vieux flic du commissariat de secteur et il y avait longtemps que cela ne l'amusait plus de jouer les remake des séries policières. Il espérait arriver à la retraite comme il avait commencé sa carrière, sans trop en faire. Et vivant, de préférence.

Pertin, dit Deux-Têtes pour tous les gosses des cités, à cause des Ray-Ban qu'il portait en permanence, jeta un coup d'œil au cadavre de Serge, puis me dévisagea longuement.

— Qu'est-ce tu fous là, toi?

Pertin et moi n'étions pas franchement copains. Bien qu'il fût commissaire, pendant sept ans c'est moi qui eus toute autorité sur les quartiers nord. Son commissariat de secteur n'avait plus été qu'une antenne des brigades de sécurité, que je dirigeais. À notre disposition.

Dès les premiers jours, ce fut la guerre entre Pertin et moi. «Dans ces quartiers d'Arabes, répétait-il, y a qu'une chose qui marche, la force.» C'était son credo. Il l'avait appliqué à la lettre pendant des années. «Les Beurs, t'en chopes un de temps à autre, et tu le passes à tabac dans une carrière déserte. Y a toujours une connerie qu'ils ont faite, et que t'ignores. Tu tapes, et t'es sûr qu'elle saura pourquoi, cette vermine. Ça vaut tous les contrôles d'identité. Ça t'évite la paperasserie au commissariat. Et ça te calme les nerfs que ces crouilles t'ont foutu.»

Pour lui, «faire sincèrement son travail», c'était ça, avait-il déclaré aux journalistes. La veille, son équipe avait «accidentellement» abattu un Beur de dix-sept ans lors d'un banal contrôle d'identité. C'était en 1988. Cette bavure avait mis Marseille en émoi. On me bombarda à la tête des Brigades de sécurité cette année-là. Le super-flic qui devait ramener l'ordre et la sérénité dans les quartiers nord. On était, il est vrai, au bord de l'émeute.

Toute mon action, chaque jour, lui démontra qu'il

se trompait. Même si, moi aussi, je me trompais plus qu'à mon tour, à trop vouloir temporiser, concilier. À trop vouloir comprendre l'incompréhensible. La misère et le désespoir. Sans doute, je n'étais pas assez flic. C'est ce que m'expliquèrent mes chefs. Plus tard. Je pense qu'ils avaient raison. Du point de vue policier, je veux dire.

Depuis ma démission, Pertin avait retrouvé son pouvoir sur les cités. Sa «loi» régnait. Les passages à tabac avaient repris dans les carrières désaffectées. Les courses-rodéos en bagnole dans les rues aussi. La haine. Et l'escalade de la haine. Les fantasmes devenaient réalité et n'importe quel citoyen, armé d'un fusil, pouvait tirer à vue sur tout ce qui n'était pas franchement blanc. Ibrahim Ali, un Comorien de dix-sept ans, était mort ainsi, un soir de février 1995, en courant après le bus de nuit avec ses copains.

— Je t'ai posé une question. Tu fous quoi, ici ?

— Du tourisme. Ça me manquait, ces quartiers. Les gens, tout ça.

Des quatre, cela ne fit sourire que Babar. Pertin se pencha sur le corps de Serge.

— Merde ! C'est ton copain, le pédé ! Il est mort.

— J'ai vu.

Il me regarda. Méchamment.

— Qu'est-ce qu'il foutait là ?

— Pas la moindre idée.

— Et toi ?

— Je t'ai dit, Pertin. Je passais. J'ai eu envie de voir les mômes jouer. Je me suis arrêté.

Le terrain de basket était vide.

— Quels mômes ? Y a personne qui joue.

— La partie a pris fin avec les coups de feu. Tu sais comment ils sont, c'est pas qu'ils vous aiment pas. Mais ils préfèrent éviter de vous croiser.

— Laisse tomber tes commentaires, Montale. Je m'en cague. Raconte.

Je lui racontai.

Je lui racontai une seconde fois. Au commissariat. Pertin n'avait pas pu se refuser ce petit plaisir. M'avoir assis en face de lui, et m'interroger. Dans ce commissariat où, pendant des années, je fus seul maître à bord. C'était une mince revanche, mais il la dégustait avec ce bonheur qui n'appartient qu'aux minables, et il entendait en jouir le plus possible. Peut-être que cela ne se reproduirait plus, cette occasion.

Et il gambergeait, Pertin, derrière ses foutues Ray-Ban. Serge et moi, nous avions été potes. On pouvait l'être encore. Serge venait de se faire buter. Pour une sale affaire, sans doute. J'étais là, sur les lieux. Témoin. Oui, mais pourquoi pas complice ? Du coup, je pouvais être une piste. Pas pour coincer ceux qui avaient flingué Serge, mais pour me coincer moi. J'imaginais le pied pas possible qu'il y prendrait.

Je ne voyais pas ses yeux, mais c'est exactement ça que j'aurais pu y lire. La connerie n'empêche pas de raisonner logiquement.

— Profession, avait-il dit avec mépris.

— Chômeur.

Il éclata de rire. Carli cessa de taper sur sa machine et se marra également.

— Non! Tu pointes et tout ça? Comme les singes et les crouilles?

Je me tournai vers Carli.

— Tu notes pas ça?

— J'note que les réponses.

— C'est qu'y se vexerait, superman! reprit Pertin. Il se pencha vers moi : Et tu vis de quoi?

— Hé! Pertin, tu te crois où, là? À la télé? Au cirque?

J'avais juste haussé le ton. Pour remettre les pendules à l'heure. Pour rappeler ce que j'étais, un témoin. J'ignorais tout de cette histoire. Je n'avais rien à cacher, à part le but de ma visite dans la cité. Mon histoire, je pouvais la débiter cent fois, toujours de la même manière. Pertin l'avait pigé rapidement et ça le foutait vraiment en rogne. Il avait envie de m'aligner une baffe. Il en était capable. Il était capable de tout. À l'époque où il était sous mon autorité, il faisait informer les dealers quand je m'apprêtais à faire une descente. Ou il rencardait les stups, s'il sentait que le coup de filet pouvait être juteux. J'avais encore en mémoire l'échec d'une opération au Petit-Séminaire, une autre cité des quartiers nord. Les dealers opéraient en famille. Frères, sœurs et parents étaient dans le coup. Ils vivaient sur place, en bons voisins. Et les gamins payaient en matériel hi-fi provenant de braquages. Matériel qu'ils revendaient aussitôt, trois fois plus cher. Le bénéfice était réinvesti dans la «gave». On fit chou blanc. Les stups réussirent trois ans après, avec Pertin à leur tête.

Il sourit. Un sourire pas franc. Je marquais des points, et il le sentit. Pour me montrer qu'il restait maître du jeu, il attrapa le passeport de Serge qui traînait devant lui. Il l'agita sous mon nez.

— Dis, Montale, tu sais où il créchait, ton pote ?

— Aucune idée.

— T'es sûr ?

— Je devrais ?

Il ouvrit le passeport, et son sourire réapparut.

— Chez Arno.

Et merde ! C'était quoi cette histoire. Pertin observait mes réactions. Je n'en eus aucune. J'attendis. Sa haine envers moi l'amenait à faire des conneries, lâcher des informations à un témoin.

— C'est pas marqué là-dedans, dit-il en agitant le passeport comme un éventail. Mais on a nos informations. Plutôt bien renseignés même, depuis que t'es plus là. Vu qu'on n'est pas des curés, nous. On est des flics. Tu vois la différence ?

— Je vois, répondis-je.

Il se pencha vers moi.

— Dis, c'était un de vos chouchous, non, cette petite saloperie de Gitan ?

Arno. Arno Gimenez. Je n'avais jamais su si on avait fait une erreur avec lui. Dix-huit ans, braque, malin, têtu jusqu'à en être con, parfois. Passionné de motos. Le seul mec capable de lever une bécane dans

57

la rue avec la nana dessus. Et de l'embarquer, sans que ça crie au vol ou au viol. Un génie de la mécanique. Chaque fois qu'il plongeait dans une carambouille, Serge rappliquait, puis moi.

Un soir, on l'avait coincé dans un bar, le Balto, à l'Estaque.

— Pourquoi t'essaies pas de travailler, avait dit Serge.

— Ah ouais, super. J'pourrais m'acheter la télé, le magnétoscope, cotiser à la retraite et regarder passer les Kawa dans la rue. Comme les vaches, elles regardent les trains. C'est ça, hein ! Ouais, super, les mecs. C'est super cool…

Il se payait notre tête. Faut dire qu'on était pas experts en arguments sur les bienfaits de la société. Discourir sur la morale, ça on savait bien faire. Après, c'était plutôt le trou noir. Arno reprit :

— Les mecs, y veulent des bécanes. Je leur trouve des bécanes. J'les leur arrange et y sont contents. C'est moins cher qu'chez le concessionnaire, et pis y a même pas la TVA, alors…

J'avais plongé le nez dans mon verre de bière, pour méditer sur l'inutilité de telles discussions. Serge voulut placer encore quelques belles phrases, mais Arno le coupa.

— Pour les fringues, y a Carrefour. Le grand choix. La bouffe pareil. Y a qu'à passer commande. Il nous regarda, narquois : Voulez pas m'accompagner, un jour ?

Je songeais souvent au credo de Serge : « Où il y a

58

de la révolte, il y a de la rage. Là où il y a de la rage, il y a de la vie.» C'était beau. Et Arno, peut-être qu'on lui avait trop fait confiance. Ou pas assez. En tout cas pas suffisamment pour qu'il ne vienne pas nous voir le soir où il décida d'aller braquer une pharmacie, boulevard de la Libération, en haut de la Canebière. Tout seul, comme un con. Et même pas avec un pétard de bazar en plastoc. Non, un vrai, gros et noir, qui tire de vraies balles qui tuent. Tout ça parce que Mira, sa grande frangine, avait les huissiers aux fesses. Et qu'il fallait cinq mille balles cash pour qu'elle ne se retrouve pas sur le trottoir, elle et ses deux mômes.

Arno, il en avait écopé pour cinq ans. Mira avait été virée de chez elle. Elle avait pris ses mômes et était repartie à Perpignan, dans sa famille. L'assistante sociale n'avait rien pu faire pour elle, le comité de quartier rien empêcher. Ni Serge ni moi pour Arno. Nos témoignages furent évacués aussi vite que la merde dans la cuvette des chiottes. La société a besoin d'exemples, parfois, pour montrer aux citoyens qu'elle a la situation bien en main. Et fin des rêves chez les gosses Gimenez.

On avait pris un sacré coup de vieux, Serge et moi. Dans sa première lettre, Arno avait écrit : «Je me fais chier à mort. Les mecs, ici, j'ai rien à leur dire. Y en a un qui fait que raconter ses exploits. Y se prend pour Mesrine. Le con! L'autre, un rebeu, ce qui l'intéresse c'est de te taper tes clopes, ton sucre, ton café... Les nuits sont longues. Mais j'arrive pas à dormir, pourtant je suis crevé. Une fatigue énervée. Alors, j'arrête pas de ruminer...»

Pertin ne m'avait pas lâché des yeux, heureux de son effet.

— Comment t'expliques ça, hein? Qu'il créchait chez cet enfant de putain.

Je levai lentement mes fesses du siège, en approchant mon visage du sien. J'attrapai ses Ray-Ban et les lui fit glisser sur le nez. Il avait de petits yeux. Des yeux jaunes pourris. Les hyènes devaient avoir les mêmes. C'était plutôt dégueulasse de regarder droit dans ces yeux-là. Il ne cilla pas. On resta une fraction d'éternité comme ça. Du doigt, je repoussai violemment les Ray-Ban sur l'arête de son nez.

— On s'est assez vus. J'ai autre chose à faire, Oublie-moi.

Carli avait les doigts suspendus au-dessus du clavier. Il me regardait, la bouche ouverte.

— Quand t'auras finis le rapport, je lui dis, tu le signes pour moi et tu te torches le cul avec. OK. Je me retournai vers Pertin : Salut Deux-Têtes.

Je sortis. Personne ne me retint par le bras.

4

Où il est essentiel
que les gens se rencontrent

La nuit était tombée quand je réapparus cité La Bigotte. Retour à la case départ. Devant le D4. Sur la chaussée, le tracé à la craie du corps de Serge s'estompait déjà. Dans les tours, on avait dû causer du type qui s'était fait plomber jusqu'au journal de 20 heures. La vie avait ensuite repris ses droits. Demain, il ferait encore gris au Nord et beau au Sud. Et même les chômeurs trouvaient ça super.

Je levai les yeux vers les immeubles, me demandant duquel de ces appartements Serge sortait, qui il était venu voir, et pourquoi. Et qu'est-ce qu'il avait bien pu faire pour qu'on le tue, comme un chien.

Mon regard s'arrêta sur les fenêtres de la famille Hamoudi. Au neuvième. Là où habitait Naïma, une de leurs enfants. Celle que Guitou aimait. Mais les deux mômes, je ne les sentais pas ici. Pas dans ces barres. Ni dans une des chambres, à écouter de la musique. Ni même dans le salon, à regarder gentiment la télé. Ce n'était pas un lieu pour s'aimer, ces cités. Tous les gosses qui y étaient nés, qui y avaient grandi le savaient. Ici, ce n'est pas une vie, c'est la fin. Et l'amour a besoin de rêves, et d'avenir. La mer, loin de leur réchauffer le coeur, comme à leurs parents, les incitait à se tirer ailleurs.

Je le savais. Avec Manu et Ugo, dès qu'on pouvait, on «fuyait» le Panier, pour aller voir les cargos partir. Et là où ils allaient, c'était mieux que la misère que nous vivions dans les ruelles humides du quartier. Nous avions quinze ans, et c'est ce qu'on croyait. Comme soixante ans plus tôt mon père l'avait cru dans le port de Naples. Ou ma mère. Et, sans doute, des milliers d'Espagnols et de Portugais. D'Arméniens, de Vietnamiens, d'Africains. D'Algériens, de Comoriens.

C'est ce que je me disais, en traversant le parking. Et puis que la famille Hamoudi ne pouvait héberger un petit Français. Pas plus que Gélou n'acceptait de recevoir une petite Arabe. Les traditions étaient ainsi, et le racisme, on ne pouvait le nier, fonctionnait dans les deux sens. Aujourd'hui plus que jamais.

Mais j'étais là. Sans illusion, et toujours prêt à croire aux miracles. Trouver Guitou, le ramener à sa mère et à un connard de mec dont l'alphabet se résumait aux cinq doigts de la main. J'avais décidé, si je le trouvais, d'y aller en douceur. Je ne voulais rien brusquer. Pas avec ces deux mômes. Je croyais aux premières amours. À *« la première fille qu'on a pris dans ses bras… »*, comme le chantait Brassens.

Tout l'après-midi, je m'étais remis à penser à Magali. Cela ne m'était plus arrivé depuis des années. Le temps avait passé depuis cette première nuit dans

62

le blockhaus. Nous avions eu d'autres rendez-vous. Mais cette nuit-là, je ne l'avais jamais ressortie du carton des souvenirs. Je n'étais pas loin de penser que, quel que soit l'âge – quinze, seize, dix-sept ou même dix-huit ans – la première fois qu'on couche, qu'on en finit une fois pour toutes avec sa mère, ou son père est déterminante. Ce n'est pas qu'une question de sexe. C'est le regard qu'on portera ensuite sur les autres, les femmes, les hommes. Du regard qu'on portera sur la vie. Et du sentiment, exact ou pas, beau ou moche, qu'on aura, pour toujours, sur l'amour.

Magali, je l'aimais. J'aurais dû l'épouser. Ma vie, j'en étais sûr, aurait été autre. La sienne aussi. Mais ils étaient trop nombreux à vouloir que se réalise ce qu'elle et moi désirions si fort. Mes parents, les siens, les oncles, les tantes… Nous n'avions pas envie de leur donner raison, aux vieux, qui savent tout, qui imposent tout. Alors, nous avions joué à nous faire mal, Magali et moi. Sa lettre m'arriva à Djibouti, où je faisais mon service, dans la Coloniale. «Je suis enceinte de trois mois. Le papa va m'épouser. En juin. Je t'embrasse.» Magali fut la première connerie de ma vie. Les autres suivirent.

Guitou et Naïma, je ne savais pas s'ils s'aimaient, comme nous nous aimions, nous. Mais je ne voulais pas qu'ils s'abiment, se détruisent. Je voulais qu'ils puissent vivre ensemble un week-end, un mois, un an. Ou toujours. Sans que les adultes leur pompent l'air. Sans qu'on les fasse trop chier. Je pouvais faire ça pour eux. Je devais bien ça à Magali qui, depuis vingt ans, rongeait son frein auprès d'un homme qu'elle n'avait jamais vraiment aimé, comme elle me l'avait écrit longtemps après.

Je pris ma respiration, et je grimpai jusque chez les Hamoudi. Parce que, bien sûr, l'ascenseur était «momentanément en panne».

Derrière la porte, ça rappait à fond les amplis. Je reconnus la voix de MC Solaar. *Prose combat*. Un de ses tubes. Depuis qu'il était venu participer, un 1er mai, entre deux concerts, à un atelier d'écriture rap avec les gosses des cités, c'était l'idole. Une femme hurla. Le son décrut. J'en profitai pour sonner une seconde fois. «On sonne», cria la femme. Mourad ouvrit.

Mourad était un des gamins que je regardais évoluer tout à l'heure sur le terrain de basket. Je l'avais remarqué. Il jouait avec un sens aigu de l'équipe.

— Ah, dit-il avec un mouvement de recul. Salut.

— Qui c'est ? demanda la femme.

— Un m'sieur, répondit-il sans se retourner. Vous êtes flic ?

— Non. Pourquoi ?

— Ben… Il me dévisagea. Ben, pour tout à l'heure, quoi. Le céfran qui s'est fait buter. Je croyais. Que vous avez parlé avec les keufs, alors. Comme si vous les connaissiez.

— Tu es observateur.

— Ben, nous, on leur cause pas vraiment. On évite.

— Tu le connaissais, le type ?

— J'l'ai à peine *chouffé*. Mais les autres y disent qu'on l'avait jamais vu traîner par ici.

64

— Alors, il n'y a rien qui t'inquiète.

— Non.

— Mais tu as cru que j'étais flic. Et tu as eu peur. Il y a une raison ?

La femme apparut dans le couloir. Elle était habillée à l'européenne, et portait aux pieds des babouches avec de gros pompons rouges.

— C'est pourquoi, Mourad ?

— Bonsoir, madame, je dis.

Mourad battit en retraite derrière sa mère. Sans disparaître pour autant.

— C'est pourquoi, répéta-t-elle, à mon intention cette fois.

Ses yeux, noirs, étaient magnifiques. Tout comme sa figure, qu'encadraient des cheveux frisés épais colorés au henné. La quarantaine à peine. Une belle femme, qui prenait quelques rondeurs. Je l'imaginais vingt ans plus tôt et je pus me faire une image de Naïma. Guitou avait plutôt bon goût, me dis-je, un rien heureux.

— Je voudrais parler à Naïma.

Mourad réapparut franchement. Son visage s'était obscurci. Il regarda sa mère.

— Elle est pas là, elle dit.

— Je peux entrer un instant ?

— Elle a pas fait une bêtise ?

— C'est ce que je voudrais savoir.

Du bout des doigts, elle toucha son coeur.

— Laiss'le entrer, dit Mourad. C'est pas un flic.

Je débitai mon histoire, en buvant un thé à la menthe. Ce qui n'est pas, passé vingt heures, ma boisson favorite. Je rêvais d'un verre de Clos-Cassivet, un blanc aux effluves de vanille, que j'avais récemment découvert lors de mes virées dans l'arrière-pays.

Habituellement, à cette heure, c'est ce que je faisais, assis sur la terrasse, face à la mer. Je buvais, avec autant de plaisir que d'application. En écoutant du jazz. Coltrane ou Miles Davis, ces derniers temps. Je redécouvrais. J'avais exhumé le vieux *Sketches of Spain* et, les soirs où l'absence de Lole me pesait trop, je passais et repassais *Saeta* et *Solea*. La musique portait mon regard jusqu'à Séville. J'y serais bien allé, à Séville, là, maintenant, tout de suite. Mais j'étais trop fier pour faire ça. Lole était partie. Elle reviendrait. Elle était libre, et je n'avais pas à lui courir après. C'était un raisonnement à la con, et je le savais.

Dans ma volonté de convaincre la mère de Naïma, je fis allusion à Alex, le présentant comme « un homme pas commode ». J'avais raconté la rencontre de Guitou et Naïma, la fugue de Guitou, l'argent piqué dans la caisse, son silence depuis, et l'inquiétude de sa mère, ma cousine.

— Vous pouvez comprendre, dis-je.

Elle comprenait, Mme Hamoudi, mais elle ne me répondait pas. Son vocabulaire français semblait se résumer à : « Oui. Non. Peut-être. Je sais. Je sais pas. » Mourad ne me quittait pas des yeux. Entre lui et moi, je sentais un courant de sympathie. Son visage cependant restait fermé. Je devinais que tout ne devait pas être aussi simple que je l'avais envisagé.

— Mourad, c'est grave, tu sais.

Il regarda sa mère qui tenait ses mains serrées sur ses genoux.

— Parle lui, m'man. Y nous veut pas d'mal.

Elle se tourna vers son fils, le prit par les épaules et le serra contre elle, sur sa poitrine. Comme si, à cet instant, quelqu'un pouvait lui arracher son enfant. Mais, et je le compris après, c'était le geste d'une femme algérienne, s'octroyant le droit de parler sous la responsabilité d'un homme.

— Elle n'habite plus ici, commença-t-elle, les yeux baissés. Depuis une semaine. Elle vit chez son grand-père. Depuis que Farid est parti en Algérie.

— Mon père, précisa Mourad.

— Il y a une dizaine de jours, poursuivit-elle, toujours sans me regarder, les islamistes, ils ont attaqué le village de mon mari. Pour récupérer des fusils de chasse. Le frère de mon mari, il vit encore là-bas. On est inquiets, pour ce qui se passe au pays. Alors Farid, il a dit, je vais chercher mon frère.

« Je savais pas comment on allait faire, ajouta-t-elle après avoir bu une gorgée de thé, parce que c'est pas grand ici. Naïma, c'est pour ça qu'elle est partie vivre chez le grand-père. Ils s'aiment bien tous les deux. Elle ajouta très vite, et cette fois en me regardant dans les yeux : C'est pas qu'elle est pas bien avec nous, mais… Bon… Rien qu'avec les garçons… Et puis Redouane, Redouane c'est l'aîné, il est… comment dire… plus religieux. Alors, il est toujours après elle. Parce qu'elle met des pantalons, parce qu'elle fume, parce qu'elle sort avec des copines...

— Et qu'elle a des copains français, la coupai-je.

— Un *roumi* à la maison, non, c'est pas possible, monsieur. Pas pour une fille. Ça se fait pas. Comme dit Farid, il y a la tradition. Quand on revient au pays, il veut pas s'entendre dire : «Tu as voulu la France, et tu vois, elle a mangé tes enfants.»

— Pour le moment, c'est les barbus qui les mangent, vos enfants.

Je regrettai immédiatement d'avoir été aussi direct. Elle s'arrêta net, regarda autour d'elle, éperdue. Ses yeux revinrent sur Mourad, qui écoutait sans rien dire. Il se dégagea doucement de l'étreinte de sa mère.

— C'est pas à moi de parler de ça, reprit-elle. Nous on est Français. Le grand-père, il a fait la guerre pour la France. Il a libéré Marseille. Avec le régiment de tirailleurs algériens. Il a eu une médaille pour ça...

— L'a été gravement blessé, précisa Mourad. À la jambe.

La libération de Marseille. Mon père aussi avait eu une médaille. Une citation. Mais c'était loin tout ça. Cinquante ans. De l'histoire ancienne. Il n'y avait plus que le souvenir des soldats américains, sur la Canebière. Avec leurs boîtes de Coca, leurs paquets de Lucky Strike. Et les filles qui se jetaient dans leurs bras pour une paire de bas en nylon. Les libérateurs. Les héros. Oubliés leurs bombardements aveugles sur la ville. Et oubliés les assauts désespérés des tirailleurs algériens sur Notre-Dame de la Garde, pour déloger les Allemands. De la chair à canon, parfaitement commandée par nos officiers.

Marseille n'avait jamais remercié les Algériens pour ça. La France non plus. Au même moment, d'ailleurs, d'autres officiers français réprimaient violemment les premières manifestations indépendantistes en Algérie. Oubliés aussi les massacres de Sétif, où ne furent épargnés ni les femmes ni les enfants... Nous avons cette faculté-là, d'avoir la mémoire courte, quand ça nous arrange...

— Français, mais aussi musulmans, reprit-elle. Farid, avant, il allait dans les cafés, il buvait de la bière, il jouait aux dominos. Maintenant, il a arrêté. Il fait la prière. Peut-être qu'un jour il ira au Hadj, au pèlerinage à La Mecque. Chez nous, c'est comme ça, il y a un temps pour tout. Mais... On n'a pas besoin de gens pour nous dire ce qu'on doit faire ou pas. Le FIS, ça nous fait un peu peur. C'est ça qu'il dit Farid.

Cette femme était pleine de bonté. Et de finesse. Elle s'exprimait, maintenant, dans un français très correct. Lentement. Elle parlait des choses, avec force détails, mais sans en énoncer l'essentiel, en vraie orientale. Elle avait ses opinions mais elle les dissimulait sous celles de son mari. Je n'avais pas envie de la brusquer, mais je devais savoir.

— Redouane l'a chassée, c'est ça?

— Vous devriez partir, dit-elle en se levant. Elle est pas ici. Et je le connais pas le jeune homme dont vous m'avez parlé.

— Je dois voir votre fille, dis-je, me levant à mon tour.

— Ce n'est pas possible. Le grand-père n'a pas le téléphone.

— Je pourrais y aller. Je ne serai pas long. Il faut que je lui parle. Et à Guitou surtout. Sa mère est inquiète. Il faut que je le raisonne. Je ne leur veux pas de mal. Et... J'hésitai un instant : Et ça restera entre nous. Redouane n'a pas besoin de savoir cela. Vous en discuterez après, au retour de votre mari.

— Il est plus avec elle, intervint Mourad.

Sa mère le regarda avec reproche.

— Tu as vu ta soeur ?

— Il est plus avec elle. Il est reparti, c'est ce qu'elle a dit. Qu'ils s'étaient disputés.

Et merde ! Si c'était vrai, Guitou devait être quelque part dans la nature, en train de ruminer l'histoire d'un premier amour qui a mal tourné.

— Je dois quand même la rencontrer, dis-je en m'adressant à elle. Guitou n'est toujours pas rentré chez lui. Il faut que je le retrouve. Vous devez comprendre ça, dis-je.

Il y avait plein d'affolement dans ses yeux. Beaucoup de tendresse aussi. Et des questions. Son regard se perdit au loin et me traversa, cherchant en moi une réponse possible. Ou une assurance. Faire confiance, quand on est un immigré, c'était le chemin le plus difficile à faire. Elle ferma les yeux, une fraction de seconde.

— J'irai la voir, chez le grand-père. Demain. Demain matin. Appelez-moi vers midi. Si le grand-père est d'accord, alors Mourad il vous accompagnera.

Elle se dirigea vers la porte d'entrée. Il faut que vous partiez, Redouane va rentrer, c'est son heure.

— Merci, dis-je. Je me tournai vers Mourad. T'as quel âge ?

— Presque seize.

— Continue, le basket. Tu es vachement bon.

J'allumai une cigarette en sortant de l'immeuble, puis je partis vers ma voiture. Avec l'espoir qu'elle soit toujours entière. OubaOuba devait me surveiller depuis un bon bout de temps. Parce qu'il vint droit sur moi avant que je n'arrive au parking. Comme une ombre. Tee-shirt noir, pantalon noir. Et casquette des Rangers assortie.

— Salut, il dit sans s'arrêter de marcher. J'ai un tuyau pour toi.

— Je t'écoute, dis-je en le suivant.

— Le céfran qu'ils ont flingué, y s'raconte qu'il fouinait partout. À la Savine, à la Bricarde, partout. Et au Plan d'Aou, surtout. Ici, on le voyait pour la première fois.

On continua le long des barres, côte à côte, bavardant comme n'importe qui.

— Il fouinait quoi ?

— Des questions. Sur les jeunes. Rien qu' sur les rebeus.

— Quel genre de questions ?

— À cause des barbus.

— Qu'est-ce que tu sais ?

— Ce que j'te dis.

— Et encore ?

— Le keum qui conduisait la tire, on l'a vu quelques fois ici, avec Redouane.

— Redouane Hamoudi ?

— Ben, c'est d'chez lui qu' tu viens, non ?

On avait fait le tour de la cité, on revenait vers le parking et ma voiture. Les informations touchaient à leur fin.

— Pourquoi tu me dis tout ça ?

— J'sais qui t'es. Quelques copains aussi. Et que Serge, c'était un pote à toi. D'avant. D'quand t'étais shérif. Il sourit et un croissant de lune illumina son visage. Il était net, ce mec. Il a rendu service, qu'on dit. Toi aussi. Plein de minots, y te doivent une fière chandelle. Les mères, elles savent ça. Alors, t'as du crédit.

— J'ai jamais su ton prénom.

— Anselme. 'Pas fait d'assez grosses conneries pour arriver jusqu'au commissariat.

— Continue.

— J'ai d'bons vieux. C'est pas le cas de tous. Et le basket… Il sourit. Et y a le *chourmo*. T'sais ce que c'est ?

Je savais. Le *chourmo,* en provençal, la chiourme, les rameurs de la galère. À Marseille, les galères, on connaissait bien. Nul besoin d'avoir tué père et mère pour s'y retrouver, comme il y a deux siècles. Non, aujourd'hui, il suffisait seulement d'être jeune, immigré ou pas. Le fan-club de Massilia Sound System, le groupe de *raggamuffin* le plus déjanté qui soit, avait repris l'expression.

Depuis, le *chourmo* était devenu un groupe de rencontres autant que de supporters. Ils étaient deux cent cinquante, trois cents peut-être et «supportaient» maintenant plusieurs groupes. Massilia, les Fabulous, Bouducon, les Black Lions, Hypnotik, Wadada... Ensemble, ils venaient de sortir un album d'enfer. *Ragga baletti.* Ça faisait monter l'aïoli, le samedi soir!

Le *chourmo* organisait des *sound-systems* et, avec les recettes, éditait un bulletin, distribuait des cassettes *live*, et bricolait des voyages bon marché, pour suivre les groupes dans leurs déplacements. Ça fonctionnait aussi comme ça au stade, autour de l'O.M. Avec les Ultras, les Winners ou les Fanatics. Mais ce n'était pas l'essentiel du *chourmo.* L'essentiel, c'était que les gens se rencontrent. Se «mêlent», comme on dit à Marseille. Des affaires des autres, et vice versa. Il y avait un esprit *chourmo.* On n'était plus d'un quartier, d'une cité. On était *chourmo.* Dans la même galère, à ramer! Pour s'en sortir. Ensemble.

Rastafada, quoi!

— Il se passe des trucs, dans les cités? hasardai-je en arrivant au parking.

— Y s'passe toujours des trucs, tu devrais le savoir. Réfléchis à ça.

Et, arrivé à la hauteur de ma voiture, il continua sans dire au revoir.

J'attrapai une cassette de Bob Marley dans la boîte à gants. J'en avais toujours au moins une avec moi, pour des moments comme celui-ci. Et *So much trouble in the world,* ça m'irait bien pour rouler dans la nuit marseillaise.

5

Où un peu de vérité
ne fait de mal à personne

Place des Baumes, à Saint-Antoine, ma décision était prise. Au lieu de m'engager sur l'autoroute du Littoral, pour rentrer chez moi, je fis le tour du giratoire, et m'engageai sur le chemin de Saint-Antoine à Saint-Joseph. Direction le Merlan.

La discussion avec Anselme occupait mes pensées. Pour qu'il ait jugé nécessaire de venir me parler de Serge, c'est qu'il devait y avoir anguille sous roche. J'avais envie de savoir. De comprendre, comme toujours. Une vraie maladie. Je devais avoir un esprit de flic. Pour démarrer, comme ça, au quart de tour. À moins que je ne sois *chourmo*, moi aussi ! Peu importait. Un peu de vérité, me dis-je, ne fait jamais de mal à personne. Pas aux morts, en tout cas. Et Serge n'était pas n'importe qui. C'était un type bien, que je respectais.

J'avais une bonne nuit d'avance pour aller fouiner dans ses affaires. Pertin était orgueilleux, haineux. Mais ce n'était pas un bon flic. Je ne l'imaginais pas se résigner à perdre une heure, une seule heure, à ratisser l'appartement d'un mort. Il préférerait laisser ça aux «gratte-papier», comme il appelait ses collègues de l'hôtel de police. Lui, il avait autre chose de plus intéressant à faire. Jouer les cow-boys dans les quartiers nord. Surtout la nuit. J'avais toutes les chances d'être peinard.

Le plus vrai, c'est que je voulais gagner du temps. Comment rentrer chez moi, les mains dans les poches, et affronter le regard de Gélou? Et lui dire quoi? Que Guitou et Naïma pouvaient bien passer encore une nuit ensemble. Que ça ne faisait de mal à personne. Des choses comme ça. Des mensonges. Ça blesserait juste son orgueil de mère. Mais, des blessures, elle en avait connues de plus graves. Et moi, je manque parfois de courage. Surtout devant les femmes. Celles que j'aime, en particulier.

Au Merlan-village, j'avisai une cabine téléphonique libre. Ça ne répondait pas chez moi. J'appelai chez Honorine.

— On vous a pas attendu, vé. On s'est mis à table. J'ai fait quelques spaghetti avèque du pistou. Vous avez vu le petit?

— Pas encore, Honorine.

— C'est qu'elle se ronge les sangs. Dites, avant que je vous la passe, vos muges, que vous avez ramenées ce matin, y a assez d'œufs pour faire une bonne poutargue. Ça vous dirait?

La poutargue, c'était une spécialité des Martigues. Comme un caviar. Ça faisait une éternité que je n'en avais pas mangé.

— Faut pas vous tracasser Honorine, c'est du travail tout ça.

Il fallait en effet extraire les deux grappes d'œufs, sans déchirer la membrane qui les protège, les saler, les écraser, puis les faire sécher. Cela prenait bien une semaine, la préparation.

— Non. C'est rien. Et puis, vé, c'est l'occasion. Vous pourrez inviter ce pauvre Fonfon, à dîner. J'ai le sentiment que l'automne, ça le rend tout chose.

Je souris. C'est vrai que Fonfon, cela faisait un bail que je ne l'avais pas invité. Et si je ne l'invitais pas, ces deux-là ne s'invitaient pas non plus. Comme si cela était indécent que deux veufs septuagénaires puissent avoir envie de se voir.

— Bon, je vous passe Gélou, qu'elle meurt d'impatience.

J'étais prêt.

— Allô.

Claudia Cardinale en direct. La sensualité de la voix de Gélou s'accentuait au téléphone. Cela descendit en moi avec la même chaleur qu'un verre de Lagavulin. Doux et chaud.

— Allô, répéta-t-elle.

Je devais chasser les souvenirs. Les souvenirs de Gélou, aussi. Je pris mon souffle et déballai mon laïus.

— Écoute, c'est plus complexe. Ils ne sont pas chez les parents. Ni chez le grand-père. Tu es sûre qu'il n'est pas rentré ?

— Non. J'ai laissé ton téléphone, à la maison. Sur son lit. Et Patrice est au courant. Il sait que je suis ici.

— Et... Alex?

— Il n'appelle jamais quand il est en déplacement. C'est encore une chance. C'est... C'est comme ça depuis qu'on se connaît. Il fait ses affaires. Je pose pas de questions. Il y eut un silence, puis elle reprit : Guitou, il est... Ils sont peut-être chez un ami à elle. Mathias. Il était de la bande de copains avec qui elle campait. Ce Mathias, il l'accompagnait, quand elle est venue dire au revoir à Guitou, et que...

— Tu connais son nom?

— Fabre. Mais je ne sais pas où il habite.

— Des Fabre, y en a plein l'annuaire à Marseille.

— Je sais. Dimanche soir je l'ai consulté. J'en ai appelé plusieurs. Chaque fois je me trouvais idiote. Au douzième, j'ai renoncé, épuisée. Et énervée. Et encore plus idiote qu'avant d'avoir essayé.

— De toute façon, c'est râpé pour la rentrée des classes, je crois. Je vais voir ce que je peux encore faire ce soir. Sinon, demain, j'essaierai d'en apprendre un peu plus sur ce Mathias. Et j'irai voir le grand-père.

Un peu de vérité, au milieu des mensonges. Et l'espoir que la mère de Naïma ne m'ait pas mené en bateau. Que le grand-père existe. Que Mourad m'y accompagne. Que le grand-père me reçoive. Que Guitou et Naïma soient là, ou pas loin...

— Pourquoi pas tout de suite?

— Gélou, tu as vu l'heure?

— Oui, mais... Fabio, dis, tu crois qu'il va bien?

— Là, il est sous la couette, avec une chouette

gamine. Il sait même plus qu'on existe. Rappelle-toi, ça devait pas être mal, non?

— J'avais vingt-ans! Et avec Gino, on allait se marier.

— Ça devait quand même être bien, non? C'est ce que je te demande.

Il y eut un nouveau silence. Puis je l'entendis renifler à l'autre bout. Cela n'avait rien d'érotique. Ce n'était pas la star italienne qui jouait la comédie. C'était ma cousine qui pleurait, simplement, comme une mère.

— Je crois que j'ai vraiment fait une bêtise, avec Guitou. Tu ne crois pas?

— Gélou, tu dois être fatiguée. Finis de manger et va te coucher. M'attends pas. Prends mon lit et essaie de dormir.

— Ouais, soupira-t-elle.

Elle renifla encore un coup. Derrière, j'entendis Honorine tousser. Manière de dire que je ne m'inquiète pas, qu'elle s'occupait d'elle. Honorine ne toussait jamais.

— Je t'embrasse, je dis à Gélou. Tu verras, demain, on sera tous ensemble.

Et je raccrochai. Un peu brutalement même, parce que depuis quelques minutes deux petits connards à mobylette tournaient autour de ma bagnole. J'avais quarante-cinq secondes pour sauver mon autoradio. Je sortis de la cabine en hurlant. Plus pour me libérer, que pour leur faire peur. Je leur fis vraiment peur, et ça ne me vida pas la tête de toutes les pensées qui s'y bousculaient. En repassant devant moi, plein gaz, le passager de la mob me gueula un «enculé de ta race» qui ne valait même pas le prix de mon autoradio pourave.

Arno habitait au lieu-dit «Le Vieux Moulin», un endroit étrangement épargné par les promoteurs sur le chemin du Merlan. Avant et après, ce n'était plus que lotissements provençaux à quatre sous. Des HLM à l'horizontale pour employés de banque et cadres moyens. J'y étais venu quelques fois, avec Serge. L'endroit était plutôt sinistre. Surtout la nuit. Passé vingt-heures trente, il n'y avait plus de bus et les voitures se faisaient rares.

Je me garai devant le vieux moulin, qui était devenu un dépôt-vente de meubles. Devant s'étendait la casse automobile de Saadna, un gitan, cousin éloigné d'Arno. Arno créchait derrière, dans un gourbi de parpaings au toit en tôle. Saadna l'avait construit pour y aménager un petit atelier mécanique.

Je contournai le moulin, et longeai le canal des eaux de Marseille. À cent mètres, il faisait un coude, juste derrière la casse. Je dévalai un talus d'immondices jusqu'à la piaule d'Arno. Quelques chiens aboyèrent, mais rien de grave. Les chiens dormaient tous dans les maisons. Où ils crevaient de trouille, comme leurs maîtres. Et Saadna, lui, il n'aimait pas les chiens. Il n'aimait personne.

Autour, il y avait encore quelques carcasses de motos. Volées, sans doute. La nuit, Arno les bricolait, torse nu, en pantoufles, un pétard entre les lèvres.

— Tu pourrais plonger, pour ça, lui avais-je dit, un

soir que je passais par là. Histoire de m'assurer qu'il
était bien chez lui, et pas dans une carambouille qui
se préparait à la cité Bellevue. Dans une heure, on
devait faire une descente dans les caves et ramasser
tout ce qui traînait. Came, dealers et autres saloperies
humaines.

— Fais pas chier, Montale! Va pas t'y mettre, toi
aussi. Toi et Serge, vous m'les émiettez à la fin. C'est
du boulot, ça. OK. J'ai pas la sécu, mais c'est ma vie.
D'la démerde. Tu comprends ça, la démerde? Il avait
tiré furieusement sur son joint, l'avait jeté, rageur,
puis m'avait regardé, sa clef de neuf à la main. Ben,
quoi! Tu vois, j'vais pas habiter là toute ma vie. Alors,
je bosse. Qu'est-ce tu crois…

Je ne croyais rien. C'était ça qui m'inquiétait chez
Arno. «L'argent volé, c'est de l'argent gagné.» C'est
avec ce raisonnement qu'à vingt ans, avec Manu et
Ugo, nous avions fait notre entrée dans la vie. On a
beau se répéter que cinquante millions, c'est un bon
chiffre pour s'arrêter, un jour ou l'autre, il y a toujours un type qui en fait plus que ce qu'on attend de
lui. Manu avait tiré. Ugo avait jubilé parce que c'était
notre plus beau coup. Moi, j'avais dégueulé, et
m'étais engagé dans la Coloniale. Une page s'était
tournée, brutalement. Celle de l'adolescence, et de
nos rêves de voyages, d'aventures. Du bonheur d'être
libre, de ne pas travailler. Pas de patrons, pas de
chefs. Ni Dieu, ni maître.

À une autre époque, j'aurais pu embarquer sur un
paquebot. L'Argentine. Buenos Aires. «Prix réduits.

Aller simple», pouvait-on lire sur les vieilles affiches des Messageries Maritimes. Mais les paquebots, c'était déjà fini, en 1970. Le monde était devenu comme nous, sans destination. Sans avenir. J'étais parti. Gratos. À Djibouti. Pour cinq ans. J'y avais déjà fait mon service militaire, quelques années plus tôt. Ce n'était pas pire que la prison. Ou que l'usine. Avec en poche, pour tenir, pour rester sain d'esprit, *Exil* de Saint-John Perse. L'exemplaire que Lole nous lisait sur la Digue du Large, face à la mer.

J'avais, j'avais ce goût de vivre chez les hommes, et voici que la terre exhale son âme d'étrangère...

À pleurer.

Puis j'étais devenu flic, sans trop savoir pourquoi ni comment. Et perdu mes amis. Aujourd'hui Manu et Ugo étaient morts. Et Lole était quelque part où l'on devait pouvoir vivre sans souvenirs. Sans remords. Sans rancune. Se mettre en règle avec la vie, c'était se mettre en règle avec les souvenirs. C'est ce que m'avait dit Lole, un soir. La veille de son départ. J'étais d'accord avec elle, là-dessus. Interroger le passé ne sert à rien. Les questions, c'est à l'avenir qu'il faut les poser. Sans avenir, le présent n'est que désordre. Oui, bien sûr. Mais moi, je ne m'en sortais pas avec mon passé, c'était ça, mon problème.

Aujourd'hui, je n'étais plus rien. Je ne croyais pas aux voleurs. Je ne croyais plus aux gendarmes. Ceux qui représentaient la loi avaient perdu tout sens des

81

valeurs morales, et les vrais voleurs n'avaient jamais pratiqué le vol à l'arraché pour croûter le soir. On mettait des ministres en prison, bien sûr, mais ce n'était qu'une péripétie de la vie politique. Pas la justice. Ils rebondiraient tous, un jour. Dans la société des affaires, la politique lave toujours plus blanc. La Mafia en est le plus bel exemple. Mais, pour des milliers de mômes des cités, la taule, c'était le grand plongeon. Quand ils en revenaient, c'était pour le pire. Le meilleur était loin derrière eux. Ils l'avaient bouffé, et c'était déjà du pain noir.

Je poussai la porte. Elle n'avait jamais eu de verrou. En hiver, Arno mettait une chaise pour la maintenir fermée. En été, il dormait dehors, dans un hamac cubain. L'intérieur était tel que je le connaissais. Un lit en ferraille des surplus militaires, dans un coin. Une table, deux chaises. Une petite armoire. Un petit réchaud à gaz. Un chauffage électrique. À côté de l'évier, la vaisselle d'un repas avait été faite. Une assiette, un verre, une fourchette, un couteau. Serge vivait seul ici. Je le voyais d'ailleurs mal y inviter une frangine. Vivre là, il fallait le vouloir. De toute façon, à Serge, je ne lui avais jamais connu de petite copine. Peut-être qu'il était vraiment pédé.

Je ne savais pas ce que j'étais exactement venu chercher. Un truc qui m'indiquerait dans quoi il trempait, et qui expliquerait qu'on le butte dans la rue. Je n'y croyais pas trop, mais ça ne mangeait pas de pain d'essayer. Je commençai par l'armoire, le dessus, le dessous. Dedans, une veste, un blouson, deux jeans.

Rien dans les poches. La table n'avait pas de tiroir. Une lettre ouverte traînait dessus, je la mis dans ma poche. Rien sous le lit. Sous le matelas, non plus. Je m'assis, et réfléchis. Il n'y avait aucune cache possible.

À côté du lit, sur une pile de journaux, deux livres de poche. *Fragments d'un paradis* de Jean Giono et *L'Homme foudroyé* de Blaise Cendrars. Je les avais lus. J'avais ces livres chez moi. Je les feuilletai. Pas de papiers. Pas de notes. Je les reposai. Un troisième livre, relié celui-là, n'appartenait pas à mes classiques. *Le Licite et l'Illicite en Islam* de Youssef Qaradhawi. Une coupure de presse faisait état d'un arrêté interdisant la vente et la circulation de ce livre «en raison de sa tonalité nettement anti-occidentale et des thèses contraires aux lois et valeurs fondamentales républicaines qu'il contient.» Aucune note dans celui-ci non plus.

Je tombai sur un chapitre intitulé : «Ce qu'on doit faire quand la femme se montre fière et rebelle.» Je souris, en me disant que j'y apprendrais peut-être comment agir avec Lole, si elle revenait un jour. Mais pouvait-on, d'une loi, régir la vie à deux? Il fallait le fanatisme des religieux – islamistes, chrétiens ou juifs – pour y songer. Moi, en amour, je ne croyais qu'à la liberté et à la confiance. Et ça ne simplifiait pas mes rapports amoureux. Je l'avais toujours su. Je le vivais aujourd'hui.

Les journaux étaient ceux de la veille. *Le Provençal, Le Méridional, Libé, Le Monde, Le Canard enchaîné* de la semaine. Plusieurs numéros récents de quotidiens algériens, *Liberté* et *El Watam*. Et, plus étonnant, une pile de *Al Ansar,* le bulletin clandestin du Groupe islamique armé. Sous les journaux, dans des chemises, plusieurs articles de presse découpés : «Procès de Marrakech : un procès sur fond de banlieue française», «Une rafle sans précédent dans les milieux islamistes», «Terrorisme : comment les islamistes recrutent en France», «L'araignée islamiste tisse sa toile en Europe», «Islam : la résistance à l'intégrisme».

Ça, le livre de Qaradhawi, les numéros de *Liberté,* de *El Watam* et de *Al Ansar,* c'était peut-être le bout d'une piste. Que pouvait-il donc bien foutre, Serge, depuis que je l'avais perdu de vue ? Du journalisme ? Une enquête sur les islamistes à Marseille ? Il y avait six chemises pleines de coupures de presse. J'avisai un sac Fnac sous l'évier et y rangeai le livre et toute cette paperasse.

— On bouge plus ! cria-t-on derrière moi.

— Déconne pas Saadna, c'est Montale !

J'avais reconnu sa voix. Je n'avais pas envie de le rencontrer. C'est pour ça que j'étais passé par le canal.

La lumière se fit dans la pièce. Par l'unique ampoule pendue à un fil au plafond. Une lumière blanche, crue, violente. Le lieu m'apparut encore plus sordide. Je me retournai lentement en clignant des yeux, mon sac Fnac à la main. Saadna me tenait en joue avec un fusil de chasse. Il fit un pas, traînant sa jambe boiteuse. Une polio mal guérie.

— T'es venu par le canal, hein ? dit-il avec un mauvais sourire. Comme un voleur. Tu t'es recyclé dans la cambriole, Fabio ?

— Pas de risque de devenir riche, ici, ironisai-je.

Saadna et moi, on se détestait franchement. C'était l'archétype du Gitan. Les gadgés étaient tous des enfoirés. Chaque fois qu'un jeune Gitan faisait une connerie, c'était, bien sûr, la faute aux gadgés. Depuis des siècles, on les avait dans le collimateur. Nous n'existions que pour leur malheur. Une invention du diable. Pour emmerder Dieu le Père qui, dans son infinie bonté, avait créé le Gitan à son image. Le Rom. L'Homme. Depuis, le diable avait faire pire. Il avait répandu en France des millions d'Arabes, rien que pour emmerder encore plus les Gitans.

Il se donnait des airs de vieux sage, avec barbe et cheveux longs poivre et sel. Les jeunes venaient souvent lui demander conseil. C'était, toujours, le plus mauvais. Dicté par la haine, le mépris. Le cynisme. Par eux, il se vengeait de la patte folle qu'il traînait derrière lui depuis l'âge de douze ans. Sans l'affection qu'il éprouvait pour lui, Arno n'aurait peut-être jamais fait de conneries. Il ne se serait jamais retrouvé en prison. Et il serait encore en vie.

Quand Chano, le père d'Arno, mourut, Serge et moi, nous étions intervenus pour qu'on lui accorde une permission. Il était bouleversé, Arno. Il tenait à être à l'enterrement. J'avais même fait du gringue à l'assistante sociale – «plus baisable que l'éducatrice», m'avait dit Arno – pour qu'elle intervienne aussi, personnellement. La permission fut accordée, puis retirée, sur décision expresse du directeur, sous prétexte qu'Arno était une tête dure. On l'autorisa seulement à voir son père, une dernière fois, à la morgue. Entre deux gendarmes. Arrivés là-bas, ils ne voulurent pas lui retirer les menottes. Alors Arno refusa de voir son père. «Je ne voulais pas qu'il me regarde avec ça aux poignets», nous avait-il écrit peu après.

Au retour, il craqua, fit un foin du diable et se retrouva au mitard. «Voyez, les mecs, j'en ai marre de la merde, et qu'on me tutoie, et de tout le reste. Les murs, le mépris, les insultes... Ça pue! J'ai regardé deux mille fois le plafond, et c'est plus possible.»

À la sortie du mitard, il s'était tailladé les veines.

Saadna baissa les yeux. Et son flingue.

— Les gens honnêtes, y passent par l'entrée principale. Ça t'faisait mal de venir m'dire bonsoir? Il jeta un coup d'œil circulaire à la pièce. Son regard s'arrêta sur le sac Fnac. T'embarques quoi, là-d'dans?

— Des papiers. Serge, il en a plus besoin. Il s'est fait buter. Devant moi. Cet après-midi. Demain, t'auras les flics ici.

— Buter, tu dis?

— Tu as une idée, de ce qu'il fricotait, Serge?

— J'ai besoin d'un gorgeon. Suis-moi.

Même s'il avait su quoi que ce soit, Saadna ne m'aurait rien dit. Pourtant, il ne se fit pas prier pour parler et ne s'embarqua pas dans des explications tortueuses, comme il le faisait quand il mentait. Cela

86

aurait dû me surprendre. Mais j'étais trop pressé de quitter son trou à rats.

Il avait rempli deux verres poisseux d'un bouillon à l'odeur infecte, qu'il appelait whisky. Je n'y avais pas touché. Même pas trinqué. Saadna faisait partie de ces gens avec qui je ne trinquais pas.

Serge était venu le trouver, l'automne dernier, pour lui proposer d'habiter la piaule d'Arno. «J'en ai besoin quelque temps», lui avait dit Serge. «Besoin d'une planque.» Il avait essayé de lui tirer les vers du nez, Saadna, mais en vain. «Tu risques rien, mais moins t'en sauras, mieux c'est.» Ils se croisaient peu, se parlaient rarement. Il y a une quinzaine, Serge lui avait demandé de s'assurer que personne ne le suivait, quand il rentrait le soir. Il lui avait filé mille balles pour ça.

Saadna, il n'avait pas une grande sympathie pour Serge non plus. Éducateur, flic, c'était la même foutue engeance d'enfoirés. Mais Serge, il s'était occupé d'Arno. Il lui écrivait, lui envoyait des colis, allait le voir. Il avait dit ça, avec sa méchanceté habituelle, pour bien marquer qu'entre Serge et moi, il faisait quand même une différence. Je ne dis rien. Je n'avais pas envie de jouer à copain-copain avec Saadna. Comment j'agissais ne regardait que moi, et ma conscience.

Arno, c'est vrai, je ne lui écrivis pas beaucoup. Ça n'a jamais été mon truc, les lettres. La seule à qui j'en ai écrit des tonnes, c'est Magali. Quand elle est entrée à l'internat de Caen, pour devenir instit. Je lui racontais Marseille, les Goudes. Ça lui manquait tellement. Mais les mots, ce n'est pas mon fort. Je m'embrouille. Même parler, je ne sais pas. De ce qui est en nous, je veux dire. Le reste, la tchatche, comme tous les Marseillais, je me débrouille très bien.

Mais tous les quinze jours, j'allais le voir, Arno. D'abord à la prison des jeunes, à Luynes, près d'Aix-en-Provence. Puis aux Baumettes. Un mois après, on l'avait mis à l'infirmerie parce qu'il ne bouffait plus rien. Et qu'il passait son temps à aller chier. Il se vidait. Je lui avais apporté des Pépitos, il adorait ça.

— Je vais te raconter, pour les Pépitos, me dit-il. Un jour, j'avais quoi, huit ou neuf ans, je zonais avec mes frères, les grands. Ils avaient tapé une clope à un *payo* et se la fumaient en parlant cul. Tu parles qu'ça me passionnait ! Le Pacho, à un moment, y dit : "Marco, un yaourt nature, ça fait combien de calories ?" Sûr, il en savait rien, Marco. Les yaourts, à quinze ans, c'était pas sa spécialité. "Et un œuf dur ?", poursuivit le Pacho. "Accouche !", reprirent les autres, qui voyaient pas où y voulait en venir.

«Le Pacho, l'avait entendu raconter que quand on baise, on carbonise quatre-vingts calories. Et qu'ça fait un œuf dur, ou un Danone. Sérieux. "Normalement, si tu les bouffes, il dit, ça doit repartir" La rigolade ! Marcou, y voulut pas être de reste : "Moi, j'ai entendu dire que si t'as pas ça sous la main, tu bouffes quinze Pépitos, et ça repart pareil !" Depuis, j'suis aux Pépitos ! On sait jamais ! Bon, tu m'diras, ici, c'est pas vraiment utile. T'as vu la gueule de l'infirmière !

On avait éclaté de rire.

J'eus soudainement besoin d'air. Pas envie de parler d'Arno avec Saadna. Ni de Serge. Saadna salissait quand il parlait. Il salissait ce qu'il touchait, ce qui l'entourait. Et ceux à qui il s'adressait aussi. Il avait accepté que Serge vienne là, non pas à cause de l'amitié qu'il portait à Arno, mais parce que de le savoir dans la merde le rapprochait de lui.

— T'as pas touché ton verre, il dit quand je me levai.

— Tu le sais, Saadna. Je ne bois jamais avec des types comme toi.

— Tu le regretteras un jour.

Et il vida cul sec mon verre.

Dans la voiture, j'allumai le plafonnier et regardai la lettre que j'avais embarquée. Elle avait été postée, samedi, du bureau Colbert, dans le centre. Au dos, le destinataire, au lieu d'indiquer son nom et son adresse, avait écrit, maladroitement : «Parce que les cartes ont été mal distribuées, nous atteignons ce degré de désordre où l'existence n'est plus possible.» Je frissonnai. À l'intérieur, il n'y avait qu'une feuille, arrachée à un cahier. La même écriture. Deux phrases brèves. Que je lus fébrilement, mu par l'urgence d'un tel appel au secours. «J'en peux plus. Viens me voir. Pavie.»

Pavie. Bon Dieu! Il ne manquait plus qu'elle au tableau.

6

Où, dans la vie, les choix
ne déterminent pas tout

C'est en mettant mon clignotant, pour attraper, à droite, la rue de la Belle-de-Mai, que je réalisai que j'étais suivi. Une Safrane noire me filait le train, à bonne distance, mais avec finesse. Dans le boulevard Fleming, elle s'était même offert le luxe de me doubler, après un feu rouge. Elle était venue se garer, en double file. J'avais senti un regard sur moi. J'avais jeté un coup d'oeil vers la voiture. Mais ses vitres fumées mettaient le chauffeur à l'abri des regards indiscrets. Je n'avais aperçu que le reflet de mon visage.

La Safrane roula ensuite devant moi, en respectant scrupuleusement la limitation de vitesse en ville. Cela aurait dû m'intriguer. La nuit, personne ne respecte les limitations de vitesse. Même pas moi avec ma vieille R5. Mais j'étais trop occupé à mettre de l'ordre dans mes pensées pour m'inquiéter d'un éventuel suiveur. Et puis, j'étais à cent lieues d'imaginer qu'on puisse me prendre en filature.

Je réfléchissais à ce que l'on appelle les concours

de circonstance, et qui fait que l'on se réveille le matin peinard et que l'on se retrouve le soir avec le môme d'une cousine en cavale, un copain qui se fait assassiner sous vos yeux, un gamin que tu connais à peine venu faire ami avec toi, un type que tu ne veux pas voir et avec lequel tu es obligé de faire la causette. Avec les souvenirs qui te remontent à la gorge. Magali. Manu, Ugo. Et Arno, qui se rappelait violemment à moi, par son ex-petite amie, qui vivait dans le shoot permanent. Pavie, la petite Pavie, qui avait trop rêvé. Et trop vite compris que la vie est un mauvais film, où le Technicolor ne change rien au fond de l'histoire. Pavie qui appelait à l'aide, et Serge aux abonnés absents pour toujours.

L'existence est ainsi faite, de croisements. Et d'un choix qui nous emporte sur une route autre que celle que l'on espérait, selon que nous avons pris à gauche plutôt qu'à droite. Que nous avons dit oui à ceci, non à cela. Ce n'était pas la première fois que je me trouvais dans une telle situation. J'avais parfois le sentiment de toujours prendre la mauvaise direction. Mais l'autre route, aurait-elle été meilleure ? Différente ?

J'en doutais. Mais je n'en étais pas sûr. J'avais lu quelque part, dans un roman bon marché, que «les hommes sont conduits par l'aveugle qui est en eux.» C'était ça, nous avancions ainsi. À l'aveuglette. Le choix n'était qu'une illusion. Le *change* qu'offrait la vie pour faire passer sa pilule amère. Ce n'était pas le choix qui déterminait tout, mais notre disponibilité devant les autres.

Quand Gélou avait débarqué ce matin, j'étais un être vacant. Elle avait été comme l'étincelle dans la réaction en chaîne. Le monde, autour de moi, s'était remis en mouvement. Et à pétarader, selon son habitude.

Galère !

Un coup d'œil au rétroviseur m'apprit que j'étais toujours suivi. Qui ? Pourquoi ? Depuis quand ? Questions sans intérêt, puisque je n'avais aucun élément de réponse. Je pouvais juste supposer que la filature avait commencé en quittant Saadna. Mais tout aussi bien après avoir laissé Anselme. Ou en sortant du commissariat. Ou en partant de chez moi. Non, impossible, pas depuis chez moi, cela n'avait aucun sens. Mais « quelque part » après la mort de Serge, oui, ça c'était plausible.

Je réenclenchai la cassette de Bob Marley sur *Slave Driver*, pour me donner du cœur à l'ouvrage, et, rue Honorat, le long de la voix ferrée, j'accélérai un petit coup. La Safrane réagit à peine à mon soixante-dix à l'heure. Je revins à la vitesse normale.

Pavie. Elle avait assisté au procès de Arno. Sans moufter, sans pleurer, sans un mot. Fière, comme Arno. Puis elle replongea, dans la dope et les petites arnaques pour en avoir. Sa vie avec Arno ne fut, finalement, qu'une parenthèse de bonheur. Arno avait été pour elle une planche de salut. Mais sa planche était savonnée de la même merde. Il avait glissé, elle avait plongé.

Place d'Aix, la Safrane passa le feu à l'orange. Bon, me dis-je, il est près de onze heures, et j'ai une petite faim. Et soif. Je pris la rue Sainte-Barbe, sans mettre mon clignotant, mais sans accélérer non plus. Rue Colbert ensuite, puis rue Méry et rue Caisserie, vers les Vieux-Quartiers, le territoire de mon enfance. Là où avaient vécu mes parents en fuyant l'Italie. Là où était née Gélou. Là où j'avais connu Manu et Ugo. Et Lole, qui semblait toujours habiter les rues de sa présence.

Place de Lenche, je me garai à la mode de chez nous, où c'était interdit, devant l'entrée d'un petit immeuble, ma roue droite tout contre la marche d'entrée. Il y avait bien une place de l'autre côté, mais je voulais que mon suiveur ait le sentiment que si je ne faisais pas de créneau, c'est parce que je n'allais pas m'absenter longtemps. On est comme ça ici. Parfois, même pour un petit quart d'heure, le double file, avec les warning, c'était ce qui se faisait de mieux.

La Safrane montra le bout de son nez, alors que je verrouillai ma porte. Je n'y prêtai pas attention. J'allumai une cigarette, puis, d'un pas décidé, je remontai la place de Lenche, pris à droite la rue des Accoules, puis à droite encore, la rue Fonderie-Vieille. Une volée de marches à descendre, et j'étais à nouveau rue Caisserie. Il ne me restait plus qu'à revenir place de Lenche, pour voir ce que devenait mon suiveur.

Pas bégueule, il avait pris la place que j'avais laissée. Un créneau impeccable. La fenêtre du conducteur était ouverte, et il s'en échappait des bouffées de fumée. Tranquille, le mec. Je ne m'inquiétais pas pour

93

lui. Ces bagnoles, elles avaient même la stéréo. La Safrane était immatriculée dans le Var. Je notai le numéro. Cela ne m'avançait à rien pour l'instant. Mais demain il ferait jour.

À table, me dis-je.

Chez Félix, deux couples finissaient de dîner. Félix était au fond du restaurant. Assis à une table, ses Gitanes filtre d'un côté, son pastis de l'autre, il lisait *Les Pieds Nickelés à Deauville*. Sa lecture favorite. Il ne lisait rien d'autre, pas même un journal. Il collectionnait les *Pieds Nickelés* et les *Bibi Fricotin*, et s'en régalait dès qu'il avait cinq minutes devant lui.

— Oh! Céleste, cria-t-il en me voyant entrer, on a un invité.

Sa femme sortit de la cuisine en essuyant ses mains sur son tablier noir qu'elle ne quittait qu'à la fermeture du restaurant. Elle avait encore bien pris trois bons kilos, Céleste. Là où ça se remarque le mieux. Dans la poitrine et dans les fesses. Rien que de la voir, on avait envie de passer à table.

Sa bouillabaisse était une des meilleures de Marseille. Rascasse, galinette, fielas, saint-pierre, baudroie, vive, roucaou, pageot, chapon, girelle... Quelques crabes aussi, et, à l'occasion, une langouste. Rien que du poisson de roche. Pas comme tant d'autres. Et puis, pour la rouille, elle avait son génie bien à elle pour lier l'ail et le piment à la pomme de terre et à la chair d'oursin. Mais elle n'était jamais au menu, sa bouillabaisse. Il fallait téléphoner régulièrement pour savoir quand elle la cuisinait. Parce que pour une bonne bouillabaisse, ça demandait d'être au moins sept ou huit personnes. Pour pouvoir la faire copieuse, et y mettre le plus d'espèces de poissons possibles. On se retrouvait ainsi toujours entre amis, et connaisseurs. Même Honorine «admettait» les qualités de Céleste. «Mais bon, hein, moi, c'est pas mon métier...»

— Vous tombez bien, dit-elle en m'embrassant. Je cuisinais quelques restes. Des palourdes en sauce, comme une fricassée quoi. Et je comptais faire griller un peu de figatelli. Vous voulez quelques sardines à l'escabèche pour commencer?

— Faites comme pour vous.

— Fan! Pourquoi tu demandes, sers! dit Félix.

Il avala son verre, puis il passa derrière le comptoir et servit d'autorité une tournée. Félix, les pastis, sa moyenne c'était dix-douze le midi et dix-douze le soir. Aujourd'hui, il les buvait dans un verre normal, avec une larmichette d'eau en plus. Avant, il ne servait que des mominettes, un tout petit verre où l'alcool avait la plus grande place. Les tournées de mominettes, on ne les comptait pas. Selon le nombre de copains à l'apéro, une tournée ça pouvait être huit à dix pastis. Jamais moins. Quand Félix disait : «c'est la mienne», ça repartait. Mais ailleurs, au Péano et à L'Unic, avant que l'un ne devienne un bar branché et l'autre un bar rock, c'était pareil. Le pastis et la kémia – olives noires et vertes, cornichons et toutes sortes de légumes cuits au vinaigre – faisaient partie de l'art de vivre marseillais. Une époque où les gens savaient encore se parler, où ils avaient encore des choses à se dire. Bien sûr, ça donnait soif. Et ça prenait du temps. Mais le temps ne comptait pas. Rien ne pressait. Tout pouvait attendre cinq minutes de plus. Une époque ni pire ni meilleure que la nôtre. Mais, simplement, joies et chagrins se partageaient, sans fausse pudeur. La misère même se racontait. On n'était jamais seul. Il suffisait de venir jusque chez Félix. Ou Marius. Ou Lucien. Et les drames nés dans les sommeils agités venaient mourir dans les vapeurs d'anis.

Céleste, souvent, elle apostrophait un client :

— Ho! Zé! Je te mets un couvert ?

— Non. Je rentre manger chez moi.

— Et ta femme, elle le sait que tu vas manger chez toi ?

— Eh pardi! Je le lui ai dit, ce matin.

— Elle doit plus t'attendre, vé. Tu as vu l'heure, un peu ?

— Oh! putain!

Et il s'asseyait devant une assiette de spaghetti aux clovisses, qu'il mangeait vite fait, pour être à l'heure au travail.

Félix posa le verre devant moi et trinqua, ses yeux injectés de sang plantés dans les miens. Heureux. Vingt-cinq ans, qu'on se connaissait. Mais, depuis quatre ans, il avait reporté sur moi sa tendresse paternelle.

Dominique, leur fils unique, passionné des épaves qui peuplent le fond marin entre les îles Riou et

96

Maïre, n'était jamais remonté d'une plongée. Des pêcheurs de Sanary, avait-il entendu dire, accrochaient régulièrement leurs filets sur les fonds du plateau de Blauquières, à vingt kilomètres de la côte, entre Toulon et Marseille. Cela pouvait être un rocher proéminent. Cela pouvait être autre chose. Dominique ne vint jamais le raconter.

Mais Dominique avait «senti juste». Il y a quelques mois, tout à fait par hasard, deux plongeurs de la Compagnie maritime d'expertise, Henri Delauze et Popof, avaient mis à jour, à cet endroit précis, à cent vingt mètres de fond, l'épave intacte du *Protée*. Le sous-marin français porté disparu en 1943 entre Alger et Marseille. La presse locale avait abondamment salué la découverte, évoquant Dominique en quelques lignes. Le midi, j'avais rappliqué chez Félix. La découverte du *Protée* ne redonnait pas vie à son fils. Elle le ressuscitait, en faisant de lui un pionnier. Il entrait dans la légende. Nous avions fêté ça. Du bonheur, jusqu'aux larmes.

— Santé!

— Ça fait plaisir, sas.

Je n'étais plus venu depuis ce jour-là. Quatre mois. Le temps, quand on ne bouge pas, passe à une vitesse folle. Je m'en rendais soudainement compte. Depuis le départ de Lole, je n'avais plus quitté mon cabanon. Et négligé les rares amis qu'il me restait.

— Tu peux me rendre un service?

— Ben ouais, dit-il en hochant la tête.

Je pouvais tout lui demander, sauf de boire de l'eau.

— Téléphone à Jo, du Bar de la Place. Une Safrane noire est garée presque devant chez lui. Tu fais servir un café au chauffeur, de la part du mec en R5. Il décrocha le combiné. Et tu leur demandes de voir à quoi il ressemble, le type. Il me colle au cul depuis une plombe, une vraie arapède.

— Des cons, y en a de plus en plus. Tu l'as fait cocu ?

— Je ne m'en souviens pas.

De rigoler un peu en fin de journée, ça ne lui déplut pas, à Jo. Cela ne m'étonnait pas. C'était le genre de la maison, les *engatses*. Son bar, d'ailleurs, je l'évitais. Un peu trop *mia* à mon goût. Beauf, quoi. J'avais d'autres habitudes. Félix, bien sûr. Étienne, en haut du Panier, rue de Lorette. Et Ange, place des Treize-Coins, juste derrière l'hôtel de police.

— Et après le café, interrogea Jo, on le serre ? On est huit dans le bar.

Félix me regarda. Je tenais l'écouteur. Je fis non de la tête.

— Laisse tomber, répondit Félix. Le café, ça ira. C'est juste un qu'il a des cornes neuves.

Un quart d'heure après, Jo rappelait. Nous avions déjà éclusé un Côteaux d'Aix, un rouge, du Domaine des Béates. 1988.

— Oh ! Félix ! Le mec, si tu l'as fait cocu, tu devrais faire gaffe.

— Pourquoi ? demanda Félix.

— Antoine Balducci, y s'appelle.

Félix m'interrogea du regard. Je ne connaissais personne de ce nom-là. Et encore moins sa femme.

— Connais pas, dit Félix.

— C'est un habitué du Rivesalte, à Toulon. Ce type, il fricote avec le milieu varois. C'est ce qu'y dit, Jeannot. Je l'ai fait m'accompagner, pour servir le café. Histoire qu'on aurait pu s'amuser, tu vois, quoi. Jeannot, il a été serveur là-bas. C'est là qu'il l'a connu, Balducci. Heureusement qu'y faisait noir, putain ! S'il l'avait reconnu, peut-être que ça aurait fait vinaigre… Qu'en plus, tu vois, ils étaient deux.

— Deux ? répéta Félix en m'interrogeant du regard.

— Tu savais pas ?

— Non.

— L'autre, reprit Jo, j'peux même pas te dire comment elle est sa tronche. Il a pas bougé. Pas dit un mot. Pas même respiré, le mec. À mon avis, tu vois, c'est la first classe, rapport à Balducci…. Dis, t'as des ennuis, Félix ?

— Non, non… C'est un… Un bon client, quoi.

— Ben, dis-y lui de s'écraser tout petit. Ceux-là, si tu veux mon avis, ils sont chargés jusqu'aux oreilles.

— Je vais passer le conseil. Dis, Jo, ça t'a pas causé des ennuis, t'es sûr ?

— Non, Balducci il a rigolé. Jaune. Mais il a rigolé. Ces mecs, tu vois, y savent encaisser.

— Ils sont toujours là ?

— Partis. « C'était offert ? » qu'il a fait, en montrant le café. « Ouais, m'sieur », j'ai dit. Il m'a mis dix sacs dans la tasse. Que le café, vé, j'en avais plein les doigts. « Pour le service. » Tu vois le genre.

— Je vois. Merci, Jo. Passe prendre l'apéro, un de ces quatre. Ciao.

Céleste amena le figatelli, grillé à point, accompagné de quelques pommes de terre persillées. Félix s'assit et déboucha une autre bouteille. Avec ses senteurs de thym, de romarin et d'eucalyptus, ce vin était un petit chef-d'œuvre. On ne s'en lassait pas.

Tout en mangeant, on parla du concours de pêche au thon que le Club nautique du Vieux-Port organisait traditionnellement fin septembre. C'était la saison. À Marseille, à Port-de-Bouc, à Port-Saint-Louis. Il y a trois ans, au large des Saintes-Maries-de-la-Mer, j'avais sorti un thon de 300 kilos, dans un fond de 85 mètres. Trois heures et quart de lutte. J'avais eu droit à ma photo dans l'édition d'Arles du *Provençal*. Depuis, j'étais membre d'honneur de La Rascasse, la Société nautique des Goudes.

Le concours, je m'y préparais, comme chaque année. Depuis peu, il était autorisé de pêcher au *broumé*. Une méthode traditionnelle de pêche marseillaise. Bateau arrêté, on appelle le poisson en jetant à la mer des sardines broyées et du pain. Cela fait comme une plaque huileuse, que le courant transporte. Quand le poisson, qui nage à contre-courant, rencontre cette odeur, il remonte vers le bateau. Après, c'est une autre histoire. Du sport, du vrai !

— Alors, t'es pas plus avancé, c'est ça ? lâcha Félix, un brin inquiet, quand Céleste partit chercher les fromages.

— Mouais, répondis-je laconique.

100

Je les avais oubliés, les mecs de la Safrane. C'était vrai, je n'étais guère plus avancé maintenant. Dans quoi avais-je pu foutre le pied pour que deux truands varois me serrent au cul? Toulon, je n'y connaissais personne. J'évitais depuis près de trente ans. C'est là que, bidasse, j'avais fait mes classes. J'en avais bavé. Salement. Toulon, je l'avais rayée à jamais de ma géographie. Et je n'étais pas prêt de changer d'opinion. Depuis les dernières municipales, la ville s'était «donnée» au Front national. Ce n'était peut-être pas pire qu'avec l'ancienne municipalité. C'était juste une question de principe. Comme avec Saadna. Je ne prenais jamais un verre avec des gens remplis de haine.

— T'as pas fait une connerie? reprit-il, paternel.

Je haussai les épaules.

— J'ai passé l'âge.

— Ce que j'en dis... Vé, c'est pas pour me mêler de ce qui me regarde pas, mais... Je croyais que tu te la coulais douce, dans ton cabanon. Avec Lole, aux petits oignons pour toi.

— Je me la coule douce, Félix. Mais sans Lole. Elle est partie.

— Excuse, dit-il désolé. Je croyais. À vous voir comme vous étiez la dernière fois...

— Lole, elle a aimé Ugo. Elle a aimé Manu. Elle m'aimait aussi. Tout ça, en vingt ans. J'étais le dernier.

— C'est toi qu'elle a toujours aimé.

— Manu me l'a dit un jour. Quelques jours avant qu'il se fasse buter, là, sur ton trottoir. On avait mangé l'aïoli, tu te souviens?

— Il vivait dans cette peur, que tu la lui enlèves, un jour. Il pensait que ça se ferait, elle et toi.

— Lole, on ne l'enlève pas. Ugo avait besoin d'elle, pour exister. Manu aussi. Pas moi. Pas à cette époque. Aujourd'hui oui.

Il y eut un silence. Félix remplit nos verres.

— Faut la finir, la bouteille, dit-il un rien gêné.

— Ouais… J'aurais pu être le premier, et tout aurait été différent. Pour elle et pour moi. Pour Ugo et Manu aussi. Mais non, je suis le dernier. Qu'on s'aime est une chose. Mais on ne vit pas simplement dans un musée, au milieu des souvenirs. Ceux qu'on a aimés ne meurent jamais. On vit avec eux. Toujours… C'est comme cette ville, tu vois, elle vit de tous ceux qui y ont vécu. Tout le monde y a transpiré, galèré, espéré. Dans les rues, ma mère et mon père ils sont toujours vivants.

— C'est parce qu'on appartient à l'exil.

— C'est Marseille qui appartient à l'exil. Cette ville ne sera jamais rien d'autre, la dernière escale du monde. Son avenir appartient à ceux qui arrivent. Jamais à ceux qui partent.

— Oh! Et ceux qui restent, alors?

— Ils sont comme ceux qui sont en mer, Félix. On ne sait jamais s'ils sont morts ou vivants.

Comme nous, pensai-je, en finissant mon verre. Pour que Félix le remplisse encore.

Ce qu'il s'empressa de faire, bien sûr.

7

Où il est proposé de démêler
le fil noir du fil blanc

J'étais rentré tard, j'avais pas mal bu, trop fumé et j'avais mal dormi. La journée ne pouvait être que dégueulasse.

Il faisait pourtant un temps splendide, comme cela n'existe qu'ici, en septembre. Passé le Lubéron, ou les Alpilles, c'était déjà l'automne. À Marseille, jusqu'à la fin d'octobre parfois, l'automne garde un arrière-goût d'été. Il suffisait d'un courant d'air pour en raviver ses odeurs de thym, de menthe et de basilic.

Ce matin, c'est cela que ça sentait. Menthe et basilic. Les odeurs de Lole. Son odeur dans l'amour. Je m'étais soudainement senti vieux et las. Triste, aussi. Mais je suis toujours ainsi quand j'ai trop bu, trop fumé et mal dormi. Je n'avais pas eu le courage de sortir le bateau. Mauvais signe. Cela ne m'était plus arrivé depuis longtemps. Même après le départ de Lole, j'avais continué mes virées en mer.

Cela m'était essentiel de prendre, chaque jour, de la distance avec les humains. De me ressourcer au silence. Pêcher était accessoire. Juste un hommage, qu'il fallait rendre à cette immensité. Loin, au large, on réapprenait l'humilité. Et je revenais sur terre, toujours plein de bonté pour les hommes.

Lole savait cela, et bien d'autres choses encore que je n'avais jamais dites. Elle m'attendait pour déjeuner sur la terrasse. Puis nous mettions de la musique et nous faisions l'amour. Avec autant de plaisir que la première fois. Avec la même passion. Nos corps semblaient s'être promis ces fêtes depuis notre naissance. La dernière fois, nous avions commencé nos caresses avec *Yo no puedo vivir sin ti.* Un album des gitans de Perpignan. Des cousins de Lole. C'est après qu'elle m'avait annoncé son intention de partir. Elle avait besoin de «l'ailleurs», comme moi de la mer.

Un café brûlant à la main, je me plantai devant la mer, laissant mon regard errer au plus loin. Là où même les souvenirs n'ont plus cours. Là où tout bascule. Au phare de Planier, à vingt milles de la côte.

Pourquoi n'étais-je jamais parti, pour ne jamais revenir? Pourquoi me laissais-je vieillir dans ce cabanon de trois sous, à regarder s'en aller les cargos? Marseille, c'est sûr, y était pour beaucoup. Qu'on y soit né ou qu'on y débarque un jour, dans cette ville, on a vite aux pieds des semelles de plomb. Les voyages, on les préfère dans le regard de l'autre. De celui qui revient après avoir affronté «le pire». Tel Ulysse. On l'aimait bien, Ulysse ici. Et les Marseillais, au fil des siècles, tissaient et détissaient leur histoire comme la pauvre Pénélope. Le drame, aujourd'hui, c'est que Marseille ne regardait même

104

plus l'Orient, mais le reflet de ce qu'elle devenait.

Et moi, j'étais comme elle. Et ce que je devenais, c'était rien, ou presque. Les illusions en moins, et le sourire en plus, peut-être. Je n'avais rien compris de ma vie, j'en étais sûr. Planier, d'ailleurs, n'indiquait plus leur route aux bateaux. Il était désaffecté. Mais c'était ma seule croyance, cet au-delà des mers.

Je reviendrai m'échouer dans le cœur des navires

Ce vers de Louis Brauquier, un poète marseillais, mon préféré, me revint en mémoire. Oui, me dis-je, quand je serai mort, j'embarquerai dans ce cargo qui part, à destination de mes rêves d'enfant. En paix, enfin. Je finis mon café, et sortis voir Fonfon.

Personne ne m'attendait à côté de la voiture, quand j'avais quitté Félix, à une heure du matin. Personne ne m'avait suivi non plus. Je ne suis pas peureux, mais, passé la Madrague de Montredon, à l'extrême sud-est de Marseille, la route qui mène aux Goudes est, la nuit, assez angoissante. Un vrai paysage lunaire, et aussi désertique. Les habitations s'arrêtent autour de la calanque de Samena. Après, plus rien. La route, étroite et sinueuse, longe la mer à quelques mètres au-dessus des rochers. Les trois kilomètres ne me parurent jamais aussi longs. J'avais hâte de rentrer.

Gélou dormait, sans avoir éteint la lampe de chevet. Elle avait dû m'attendre. Elle était roulée en boule, sa main droite agrippée à l'oreiller comme à une bouée de secours. Son sommeil devait ressembler à un naufrage. J'éteignis. C'était tout ce que je pouvais alors faire pour elle.

Je m'étais servi un verre de Lagavulin et m'étais installé pour la nuit sur le canapé avec *En marge des marées* de Conrad. Un livre que je ne cesse de relire, chaque soir. Il m'apaise et m'aide à trouver le sommeil. Comme les poèmes de Brauquier m'aident à vivre. Mais mon esprit était ailleurs. Sur la terre des hommes. Je devais ramener Guitou à Gélou. C'était simple. Il me faudrait ensuite avoir une petite discussion avec elle, même si, j'en étais persuadé, elle avait déjà compris l'essentiel. Un enfant, il mérite qu'on aille avec lui jusqu'au bout. Aucune femme ne m'avait laissé l'occasion de devenir père, mais j'étais convaincu de ça. Ce n'était sans doute jamais facile d'élever un enfant. Cela n'allait pas sans douleur. Mais ça valait la peine. S'il y avait un avenir à l'amour.

Je m'étais endormi pour me réveiller presque aussitôt. Ce qui me préoccupait était plus profond. Serge, sa mort. Et tout ce que cela avait fait resssurgir. Arno, et Pavie, perdue quelque part dans la nuit. Et ce que cela avait déclenché. Si deux truands m'avaient pris en filature, c'était à cause de ça. De ce que traficotait Serge. Je ne voyais pas le lien entre des barbus exaltés et le milieu varois. Mais de Marseille à Nice, tout était possible. On en avait vu des vertes et des pas mûres. Et le pire était toujours envisageable.

Je trouvais anormal aussi de ne pas avoir déniché un carnet d'adresses, de notes ou de je-ne-sais-quoi. Ne fût-ce qu'un simple bout de papier. Peut-être, m'étais-je dit, que Balducci et son copain sont passés avant moi. J'étais arrivé après. Mais je ne me souvenais pas avoir vu ni croisé de Safrane en arrivant au Vieux-Moulin. Toute cette documentation sur les islamistes devait avoir un sens.

Après m'être resservi un second verre de Lagavulin, je m'étais plongé dans les journaux et les coupures de presse que j'avais rapportés. Il en ressortait que, pour l'Islam aujourd'hui, dans son rapport à l'Europe, plusieurs voies se présentaient. La première, le *Dar el-Suhl,* littéralement «terre de contrat», où l'on doit se conformer aux lois du pays. La seconde, le *Dar el-Islam,* terre où l'islam doit inévitablement devenir majoritaire. C'est ce qu'analysait Habib Mokni, un cadre du mouvement islamiste tunisien réfugié en France. C'était en 1988.

Depuis, le *Dar el-Suhl* avait été rejeté par les barbus. Et l'Europe, et plus particulièrement la France, étaient devenues un enjeu et une base arrière d'où l'on fomente des actions destinées à déstabiliser le pays d'origine. L'attentat de l'hôtel Atlas Asni, à Marrakech, au Maroc, en août 1994, avait sa source dans une cité de la Courneuve. Cette conjonction d'objectifs nous précipitait, nous les Européens, et eux, les intégristes, dans une troisième voie, celle du *Dar el-Harb*, «terre de guerre», selon les termes coraniques.

Depuis la vague d'attentats de l'été 95 à Paris, il

était inutile de se cacher la tête dans le sable. Une guerre avait commencé sur notre sol. Une sale guerre. Et dont les «héros», comme Khaled Kelkal, avaient grandi en banlieue, parisienne ou lyonnaise. Les quartiers nords de Marseille pouvaient-ils être, aussi, un vivier de «soldats de Dieu»? Était-ce à cette question que tentait de répondre Serge? Mais pourquoi? Et pour qui?

À la dernière page de l'article de Habib Mokni, Serge avait écrit dans la marge : «Ses victimes les plus visibles sont celles des attentats. D'autres tombent, sans lien apparent.» Il avait également surligné au marqueur jaune une citation du Coran : «Jusqu'à ce que se distingue, pour vous, du fait de l'autre, le fil blanc du fil noir.» C'était tout.

Épuisé, j'avais fermé les yeux. Et sombré immédiatement dans un immense écheveau de fils noirs et blancs. Pour me perdre ensuite dans le plus fou des labyrinthes. Un véritable palais des miroirs. Mais ce n'était pas mon image que les glaces me renvoyaient. C'était celles des amis perdus, des femmes aimées. Chacun me repoussant sur l'autre. Un tableau affichait des visages, des prénoms. J'avançais comme une bille de flipper. J'étais dans un flipper. Je m'étais réveillé, en sueur. Secoué énergiquement.

Tilt.

Gélou était devant moi. Les yeux ensommeillés.

— Ça va! avait-elle demandé, inquiète. Tu as crié.

— Ça va. Un cauchemar. Ça m'arrive quand je dors sur cette saloperie de canapé.

Elle avait regardé la bouteille de whisky et mon verre vide.

— Et que tu forces sur l'alcool.

J'avais haussé les épaules et m'étais assis. La tête lourde. Retour sur terre. Il était quatre heures du matin.

— Désolé.

— Viens te coucher avec moi. Tu seras mieux.

Elle m'avait tiré par la main. Aussi douce et chaude que lorsqu'elle avait dix-huit ans. Sensuelle, et maternelle. La douceur, Guitou avait dû l'apprendre dans ces mains-là, quand elles se posent sur vos joues pour vous faire un petit bisou sur le front. Comment avaient-ils pu rater leur rendez-vous, tous les deux? Pourquoi, bon sang!

Dans le lit, Gélou s'était retournée et immédiatement rendormie. Je n'avais plus osé bouger, de peur de la réveiller à nouveau.

Nous devions avoir douze ans la dernière fois que nous avions dormi ensemble. Cela arrivait souvent, quand nous étions gamins. Presque tous les samedis soir, en été, toute la famille se retrouvait ici, aux Goudes. Nous les enfants, on nous mettait tous à dormir sur des matelas, par terre. Gélou et moi, on était les premiers au lit. On s'endormait en se tenant la main, en écoutant les rires et les chansons de nos parents. Bercés par les *Maruzzella, Guaglione* et autres refrains napolitains popularisés par Renato Carosone.

Plus tard, quand ma mère tomba malade, Gélou se

mit à venir deux ou trois soirs par semaine à la maison.
Elle faisait la lessive, le repassage et préparait le repas.
Elle arrivait sur ses seize ans. À peine couchés, elle se
blottissait contre moi et on se racontait des histoires
horribles. À se faire des peurs pas possibles. Alors, elle
glissait sa jambe entre les miennes, et on se serrait
encore plus fort l'un contre l'autre. Je sentais ses seins,
déjà bien formés, et leur téton tout dur sur ma poitrine.
Cela m'excitait comme un fou. Elle le savait. Mais,
bien sûr, nous n'en parlions pas, de ça, de ces choses
qui appartenaient encore aux grands. Et nous nous
endormions ainsi, pleins de tendresse et de certitudes.

Je m'étais retourné doucement, pour remettre à
leur place ces souvenirs, fragiles comme du cristal.
Pour repousser ce désir de poser ma main sur son
épaule et de la prendre dans mes bras. Comme avant.
Juste pour chasser nos peurs.

J'aurais dû.

Fonfon me trouva une sale tête.

— Ouais, dis-je, on ne choisit pas toujours la tête
qu'on veut.

— Oh, et puis monsieur a mal dormi aussi.

Je souris, et m'assis sur la terrasse. À ma place
habituelle. Face à la mer. Fonfon revint avec un café
et *Le Provençal*.

— Té ! Je te l'ai fait serré. Je sais pas si ça va te
réveiller, mais au moins, y te rendra peut-être poli.

J'ouvris le journal et partis à la recherche d'un
article sur l'assassinat de Serge. Il n'avait droit qu'à
un petit article. Sans commentaire, ni détails. On ne

110

rappelait même pas que Serge avait été éducateur de rues dans ces cités pendant plusieurs années. Il était qualifié de «sans profession», et l'article se terminait par un laconique «la police penche pour un règlement de compte entre voyous». Pertin avait dû faire un rapport des plus succints. Pour une histoire de voyous, il n'y aurait pas d'enquête. C'est ça que cela voulait dire. Et que Pertin gardait l'affaire pour lui. Comme un os à ronger. L'os en question, ça pouvait être moi, tout simplement.

Je tournai machinalement la page en me levant pour aller chercher *La Marseillaise*. Le gros titre, en tête de la page 5, me figea sur place : «Le double assassinat du Panier : le cadavre d'un jeune homme à moitié nu non identifié.» Au centre de l'article, en encadré : «Le propriétaire de la maison, l'architecte Adrien Fabre, bouleversé.»

Je m'assis, sonné. Ce n'était peut-être que la somme de coïncidences. Je me dis ça, pour pouvoir lire l'article sans trembler. J'aurais donné ma vie pour ne pas voir les lignes qui s'étalaient sous mes yeux. Car je savais ce que j'allais y découvrir. Un frisson me parcourut l'échine. Adrien Fabre, architecte bien connu, hébergeait depuis trois mois Hocine Draoui, un historien algérien, spécialiste de la Méditerranée antique. Menacé de mort par le Front islamique du Salut (FIS), celui-ci, comme un grand nombre d'intellectuels algériens, avait fui son pays. Il venait de demander le statut d'exilé politique.

Bien sûr, on pensait immédiatement à une action

111

du FIS. Mais, pour les enquêteurs, c'était plutôt improbable. Jusqu'à ce jour, il n'y avait eu – officiellement, il est vrai – qu'une seule exécution revendiquée, celle à Paris, de l'imman Sahraoui, le 11 juillet 1995. Plusieurs dizaines de Hocine Draoui vivaient en France. Pourquoi lui et pas un autre ? Et puis, comme le reconnaissait Adrien Fabre, Hocine Draoui n'avait jamais fait état devant lui d'une quelconque menace de mort. Il n'était inquiet que du sort de sa femme restée en Algérie, et qui devait le rejoindre dès que son statut serait réglé.

Adrien Fabre évoquait son amitié avec Hocine Draoui, qu'il avait rencontré une première fois en 1990, lors d'un grand colloque autour de «Marseille grecque et la Gaule». Ses travaux, sur la situation du port – phénicien, puis romain – devaient, selon lui, renouveler l'histoire de notre ville et l'aider à enfin recouvrir sa mémoire. Sous le titre «Au commencement était la mer», le journal publiait des extraits de l'intervention de Hocine Draoui lors de ce colloque.

Pour l'heure, la thèse du cambriolage qui tourne mal était celle retenue par la police. Les cambriolages au Panier étaient fréquents. Cela freinait d'ailleurs la politique de rénovation du quartier. Les nouveaux arrivants, de classe aisée en majorité, étaient la cible des malfrats, de jeunes Arabes pour la plupart. Certaines maisons ayant même été visitées trois ou quatre fois à quelques mois d'intervalles, contraignant ainsi les nouveaux propriétaires à quitter le Panier, écœurés.

C'était la première fois que la maison des Fabre était cambriolée. Allaient-ils déménager ? Sa femme, son fils et lui étaient encore trop bouleversés pour penser à ça.

Restait l'énigme du second cadavre.

Les Fabre ne connaissaient pas le jeune homme, âgé de seize ans environ, vêtu seulement d'un caleçon, qu'on avait retrouvé mort au rez-de-chaussée, devant la porte d'entrée du studio qu'occupe leur fils. Les enquêteurs avaient fouillé entièrement la maison, ils n'avaient trouvé que ses vêtements – un jean, un tee-shirt, un blouson – et un petit sac à dos avec des affaires de toilette et un rechange, mais aucun portefeuille ni même de papiers d'identité. Une chaîne, qu'il portait au cou, lui avait été arrachée violemment. Il en portait encore la trace.

Selon Adrien Fabre, Hocine Draoui n'aurait jamais hébergé quelqu'un sans leur en parler. Même un parent de passage, ou un ami. S'il avait dû le faire, pour une raison quelconque, il aurait téléphoné à Sanary avant. Il était très respectueux de ses hôtes.

Qui était ce jeune homme ? D'où venait-il ? Que faisait-il là ? Pour le commissaire Loubet, chargé de l'enquête, c'est en répondant à ces questions que l'on éclaircirait cette dramatique affaire.

J'avais les réponses.

— Fonfon !

Fonfon arriva, deux cafés sur le plateau.

— Pas la peine de crier, ils sont prêts, les cafés ! Vé, je me suis dit qu'un autre, bien serré, ça te ferait pas

113

de mal. Tiens, dit-il en les posant sur la table. Puis il me regarda : Oh! Tu es malade? Que t'es tout blanc, dis!

— Tu as lu le journal?

— Pas encore eu le temps.

Je glissai la page du *Provençal* devant lui.

— Lis.

Il lut, lentement. Je ne touchai pas à ma tasse, incapable que j'étais de faire le moindre geste. Mon corps était pris de frissons. Je tremblais jusqu'au bout des doigts.

— Et alors? dit-il en relevant la tête.

Je lui racontai. Gélou. Guitou. Naïma.

— Putain!

Il me regarda, puis se replongea dans l'article. Comme si, de le lire une seconde fois, pouvait abolir la triste vérité.

— Donne-moi un cognac.

— Des Fabre…, commença-t-il

— Y en a plein l'annuaire, je sais. Va me chercher un cognac, va!

J'avais besoin de déglacer le sang dans mes veines.

Il revint avec la bouteille. J'en bus deux, cul sec. Les yeux fermés, me tenant d'une main à la table. La saloperie du monde courait plus vite que nous. On pouvait l'oublier, la nier, elle nous rattrapait toujours au coin d'une rue.

Je bus un troisième cognac. J'eus un haut-le-coeur. Je courus au bout de la terrasse et vomis au-dessus des rochers. Une vague se fracassa sur eux, bouffant

114

mon dégueuli du monde. Son inhumanité, et sa violence inutile. Je regardai l'écume blanche lécher les anfractuosités de la roche avant de se retirer. Mon ventre me faisait mal. Mon corps cherchait sa bile. Mais je n'avais plus rien à vomir. Qu'une immense tristesse.

Fonfon m'avait refait un café. J'avalai un autre cognac, le café, puis je m'assis.

— Qu'est-ce tu vas faire ?

— Rien. Je vais rien lui dire. Pour l'instant. Il est mort, ça ne change plus rien. Et elle, qu'elle souffre maintenant, ce soir, ou demain, ça ne change rien non plus. Je vais aller vérifier tout ça. Il faut que je trouve la gamine. Et le gosse, ce Mathias.

— Voueï, fit-il en secouant la tête, sceptique. Tu crois pas que…

— Tu vois, Fonfon, je ne comprends pas. Ce minot, il a passé ses vacances avec Guitou, ils ont fait la fête ensemble, tous les soirs ou presque. Pourquoi il dit qu'il ne le connaît pas ? Pour moi, Guitou et Naïma, c'est là qu'ils comptaient passer le week-end, dans ce studio. Guitou, le vendredi soir, il y a dormi en attendant de retrouver la petite, le lendemain. Il lui a bien fallu une clef pour entrer, ou que quelqu'un le fasse entrer.

— Hocine Draoui.

— Ouais. C'est sûr. Et les Fabre, ils savent qui est Guitou. Ma main à couper, Fonfon.

— La police, elle a peut-être voulu garder le secret.

— Je ne pense pas. Un autre que Loubet, peut-être. Lui, il n'est pas aussi machiavélique. S'il connaissait l'idendité de Guitou, il l'aurait révélée. Il dit lui-même que l'identification du cadavre permettra d'éclaircir l'affaire.

Loubet, je le connaissais bien. Il était à la brigade anti-criminalité. Des cadavres, il en avait vu passer. Il avait plongé dans les histoires les plus tordues pour élucider ce qui ne devait jamais l'être. C'était un bon flic. Honnête et droit. Un de ceux pour qui la police est au service de l'ordre républicain. Du citoyen. Quel qu'il soit. Il ne croyait plus à grand-chose, mais il tenait bon. Et quand il menait une enquête, personne n'avait intérêt à marcher sur ses plates-bandes. Il allait toujours au bout. Je m'étais souvent demandé par quelle chance il était encore en vie. Et à ce poste.

— Alors ?

— Alors, il y a un truc qui ne colle pas.

— Tu crois pas à un cambriolage ?

— Je ne crois rien.

Si, j'avais cru que cette journée serait dégueulasse. C'était pire.

8

Où l'histoire n'est pas
la seule forme du destin

La porte s'ouvrit, et je ne sus plus quoi dire. Une jeune Asiatique se tenait devant moi. Vietnamienne, pensai-je. Mais je pouvais me tromper. Elle était pieds nus et habillée selon la tradition. Tunique de soie écarlate boutonnée sur l'épaule et tombant à mi-cuisse sur un pantalon bleu nuit et court. Ses cheveux, longs et noirs, étaient ramenés sur le côté et cachaient en partie son œil droit. Son visage était grave et son regard me reprochait d'avoir sonné à sa porte. Elle appartenait sans doute à cette catégorie de femmes que l'on dérange toujours, quelle que soit l'heure. Il était pourtant un peu plus de onze heures.

— Je souhaitais parler à monsieur et madame Fabre.

— Je suis madame Fabre. Mon mari est à son bureau.

Une nouvelle fois, je restai sans voix. Je n'avais pas imaginé un seul instant que l'épouse d'Adrien Fabre soit vietnamienne. Et si jeune. Elle devait avoir dans les trente-cinq ans. Je me demandai à quel âge elle avait dû avoir Mathias. Mais ce n'était peut-être pas sa mère.

— Bonjour, arrivai-je enfin à articuler, sans pour autant cesser de la dévorer des yeux.

C'était assez insolent de ma part. Mais, plus encore que sa beauté, le charme de cette femme opérait sur moi. Je le sentis dans mon corps. Comme un courant électrique qui se propage. Cela arrive parfois dans la rue. On croise le regard d'une femme et l'on se retourne avec l'espoir de recroiser ce regard une nouvelle fois. Sans même se demander si cette femme est belle, comment est son corps, quel est son âge. Juste pour ce qui passe dans les yeux, à cet instant : un rêve, une attente, un désir. Toute une vie, possible.

— C'est à quel sujet ?

Elle avait à peine remué les lèvres et sa voix avait le même ton qu'une porte qu'on vous claque au nez. Mais la porte resta ouverte. Un peu nerveusement, elle repoussa ses cheveux en arrière, me donnant à voir son visage.

Elle m'examina des pieds à la tête. Pantalon de toile bleu marine, chemise bleue à pois blancs – cadeau de Lole –, espadrilles blanches. Bien droit dans mon mètre soixante-quinze et les mains dans les poches d'un blouson gris pétrole. Honorine m'avait trouvé très élégant. Je ne lui avais rien raconté de ce que j'avais lu dans le journal. Pour elle et pour Gélou, je partais chercher Guitou.

Nos yeux se rencontrèrent, et je restai ainsi, mes yeux dans les siens, sans rien dire. Son visage se crispa.

118

— Je vous écoute, reprit-elle, cassante.

— Nous pourrions tout aussi bien en parler à l'intérieur.

— De quoi s'agit-il?

Malgré l'assurance qui devait habituellement être la sienne, elle était sur la défensive. Découvrir deux cadavres, chez soi, en rentrant de week-end, n'incitait pas à être accueillant. Et, même si j'avais fait un effort vestimentaire, avec mes cheveux noirs, légèrement frisés, et ma peau mate, presque cendrée, j'avais des allures de métèque. Ce que j'étais d'ailleurs.

— De Mathias, dis-je avec le plus de douceur possible. Et du copain avec lequel il a passé les vacances, cet été. Guitou. Que l'on a retrouvé mort chez vous.

Tout son être se referma.

— Qui êtes-vous? balbutia-t-elle, comme si ces mots lui blessaient la gorge.

— Un parent de la famille.

— Entrez.

Elle désigna un escalier au fond du hall, et elle s'effaça pour me laisser passer. Je fis quelques pas, puis m'arrêtai devant la première marche. La pierre – une pierre blanche de Lacoste – s'était gorgée du sang de Guitou. Tâche sombre, qui barrait la marche comme un crêpe noir. La pierre aussi était en deuil.

— C'est là? demandai-je.

— Oui, murmura-t-elle.

J'avais fumé plusieurs cigarettes, en regardant la mer, avant de me décider à bouger. Je savais ce que j'allais faire, et dans quel ordre, mais je me sentais lourd. Comme en plomb. Un petit soldat de plomb. Qui attendait qu'une main le manipule pour entrer en action. Et cette main, c'était le destin. La vie, la mort. On n'échappait pas à ce doigt qui se pose sur vous. Qui que l'on soit. Pour le meilleur, ou le pire.

Le pire, c'est ce que je connaissais de mieux.

J'avais appelé Loubet. Je connaissais ses habitudes. C'était un bosseur et un lève-tôt. Il était huit heures trente et il répondit à la première sonnerie.

— C'est Montale.

— Oh! Un revenant. Ça fait plaisir de t'entendre.

Il avait été un des rares à payer son verre lors de mon départ. J'y avais été sensible. Arroser ma démission révélait, aussi bien que les élections syndicales, les clivages dans la police. Sauf que là, ce n'était pas à bulletin secret.

— J'ai la réponse à tes questions. Pour le gamin du Panier.

— Quoi! De quoi tu parles, Montale?

— De ton enquête. Je sais qui est le môme. D'où il vient, et tout le reste.

— Comment tu sais ça?

— C'est le fils de ma cousine. Il a fait une fugue, vendredi.

— Qu'est-ce qu'il foutait là?

— Je te dirai. On peut se voir?

— Et comment! Tu peux être là dans combien?

— On se retrouve chez Ange, je préfère. Aux Treize-Coins, ça te va?

— OK.

— Vers midi, midi et demi.

— Midi et demi! Oh! Montale, t'as quoi à foutre avant?

— Aller à la pêche.

— T'es un sacré menteur.

— C'est vrai. À tout à l'heure, Loubet.

C'était bien à la pêche que je comptais aller. Mais aux informations. Loups et daurades sauraient m'attendre. Ils en avaient l'habitude. Je n'étais pas un vrai pêcheur, qu'un amateur.

Cûc – c'était son prénom, et elle était bien Vietnamienne, de Dalat, au Sud, «la seule ville froide du pays» – tourna son visage vers moi et son regard se perdit à nouveau sous une mèche de cheveux. Elle ne les releva pas. Elle s'était installée dans un canapé, les jambes croisées sous ses fesses.

— Qui d'autre est au courant?

— Personne, mentis-je.

J'étais à contre-jour, dans le fauteuil qu'elle m'avait désigné. D'après ce que je pouvais en apercevoir, ses yeux de jais n'étaient plus que deux fentes, d'un noir brillant et dur. Elle avait retrouvé de son assurance. Ou, du moins, assez de force pour me tenir à distance. Sous son calme apparent, je devinais l'énergie qui pouvait être la sienne. Elle bougeait comme une sportive. Cûc n'était pas seulement sur ses gardes, elle était prête à bondir, toutes griffes dehors. Elle devait avoir beaucoup à défendre depuis son arrivée en France. Ses souvenirs, ses rêves. Sa vie. Sa vie d'épouse d'Adrien Fabre. Sa vie de mère de Mathias.

Son fils. «Mon fils à moi», comme elle avait tenu à préciser.

Je fus à deux doigts de lui poser des tas de questions indiscrètes. Mais je m'en tins à l'essentiel. Qui j'étais. Ma parenté avec Gélou. Et je lui racontai l'histoire de Guitou et de Naïma. Sa fugue. Marseille. Ce que j'avais lu dans le journal et comment j'avais fait le rapprochement.

— Pourquoi n'avoir rien dit à la police?

— À propos de quoi?

— De l'identité de Guitou.

— Vous me l'avez apprise tout à l'heure. Nous n'en savions rien.

Je ne pouvais le croire.

— Mathias, pourtant… Il le connaissait, et…

— Mathias n'était pas avec nous, quand nous sommes rentrés dimanche soir. Nous l'avions déposé à Aix, chez mes beaux-parents. Il entre en fac cette année, et il avait encore quelques formalités à régler.

C'était plausible, mais pas convaincant.

— Et bien sûr, ne pus-je m'empêcher d'ironiser, vous ne lui avez pas téléphoné. Il ignore tout du drame qui a eu lieu, et qu'un de ses copains de vacances s'est fait tué ici?

— Mon mari l'a appelé. Mathias a juré qu'il n'avait prêté sa clef à personne.

— Et vous l'avez cru?

Elle écarta sa mèche de cheveux. Un geste qui se voulait jouer sur le registre de la sincérité. J'avais pigé ça, depuis notre rencontre.

122

— Pourquoi ne l'aurions-nous pas cru, monsieur Montale? dit-elle en se penchant légèrement, son visage tendu vers moi.

J'étais de plus en plus sous son charme et ça me mettait les nerfs en boule.

— Parce que si quelqu'un était chez vous, Hocine Draoui vous en aurait informé, répliquai-je, plus durement que je ne souhaitai. C'est ce que votre mari explique, dans le journal.

— Hocine est mort, dit-elle doucement.

— Guitou aussi! criai-je. Je me levai, énervé. Il était midi. Je devais en savoir plus avant de rencontrer Loubet. Où puis-je téléphoner?

— À qui?

Elle avait bondi. Et elle me faisait face. Droite, immobile. Elle me sembla plus grande, et ses épaules plus larges. Je sentis son souffle sur ma poitrine.

— Au commissaire Loubet. Il est temps qu'il sache l'identité de Guitou. Je ne sais pas s'il avalera votre histoire. Ce qui est sûr, c'est que cela lui permettra d'avancer dans son enquête.

— Non. Attendez.

Des deux mains, elle repoussa ses cheveux en arrière. Elle m'évalua. Elle était prête à tout. Même à me tomber dans les bras. Et je n'y tenais pas vraiment.

— Vous avez de superbes oreilles, m'entendis-je murmurer.

Elle sourit. Un sourire preque imperceptible. Sa main se posa sur mon bras, et, cette fois-ci, le courant

électrique passa. Violemment. Sa main était brûlante.
— S'il vous plaît.

J'arrivai en retard aux Treize-Coins. Loubet buvait une mauresque, dans un grand verre. Ange, en me voyant entrer, me servit un pastis. Difficile de changer ses habitudes. Pendant des années, ce bar, derrière l'hôtel de police, m'avait servi de cantine. Loin des autres flics, qui avaient leur table rue de l'Évêché ou place des Cantons. Là où des serveuses leur roucoulent des mots d'amour pour gratter du pourboire.

Ange, ce n'était pas le genre bavard. Les clients, il ne leur courait pas après. Quand le groupe IAM décida de tourner le clip du nouvel album chez lui, il avait dit simplement : «Oh ! Qu'est-ce vous avez après mon bar?» Avec un zeste de fierté, quand même.

Il était féru d'histoire. Avec le grand H. Tout ce qui lui tombait sous la main, c'était bon. Decaux, Castellot. Mais aussi, pêle-mêle au hasard des bouquinistes, Zévaes, Ferro, Rousset. Entre deux verres, il faisait mes remises à niveau. La dernière fois où j'étais passé le voir, il m'avait entrepris, avec force détails, sur l'entrée triomphale de Garibaldi dans le port de Marseille, le 7 octobre 1870. «À dix heures exactement». Au troisième pastis, je lui avais dit que je refusais l'idée que l'Histoire soit la seule forme du destin. Je ne savais pas ce que j'entendais par là, et je ne le sais toujours pas, mais cela me semble juste. Il m'avait regardé, ahuri, et n'avait plus rien dit.

— On t'attendait, il dit en poussant le verre vers moi.

— La pêche a été bonne, Montale?

— Pas mal.

— Vous mangez là? interrogea Ange.

Loubet me regarda.

— Après, dis-je avec lassitude.

La morgue, je n'y tenais pas vraiment. Mais pour Loubet, c'était incontournable. Il n'y avait que Mahias, et Cûc et moi, à savoir que c'était bien Guitou que l'on avait découvert mort. Je ne tenais pas à raconter à Loubet ma rencontre avec Cûc. Il n'aurait pas apprécié, et, surtout, il aurait foncé tête baissée chez elle. Et j'avais promis à Cûc de lui laisser du temps. Le repas de midi. Pour qu'elle, son mari et Mathias mettent au point une version vraie d'un mensonge. J'avais promis ça. Ça ne mangeait pas de pain, m'étais-je dit. Un peu honteux, quand même, de m'être si facilement laissé séduire. Mais on ne me changera pas, je suis sensible à la beauté des femmes.

Je vidai mon verre comme un condamné à mort.

Je n'avais mis les pieds à la morgue que trois fois dans ma carrière. L'atmosphère glaciale me saisit dès la porte de la réception franchie. On passait du soleil à la lumière du néon. Blanche, blafarde. Humide. L'enfer, ce n'était rien d'autre que ça. La mort, froide. Pas seulement ici. Au fond d'un trou, même en été, c'était pareil.

J'évitais de penser à ceux que j'avais déjà enterrés,

que j'aimais. Quand j'avais jeté la première poignée de terre sur le cercueil de mon père, je m'étais dit : «Voilà, maintenant tu es seul.» J'avais eu du mal après, avec les autres. Même avec Carmen, la femme qui partageait alors ma vie. J'étais devenu taciturne. Dans l'impossibilité d'expliquer que cet absent avait soudainement plus d'importance que sa présence à elle. Son amour. C'était idiot. Mon père, c'est vrai, avait été un vrai père. Mais comme Fonfon ou Félix. Comme beaucoup d'autres. Comme j'aurais pu l'être aussi, simplement, naturellement.

Ce qui me minait, en vérité, c'était la mort elle-même. J'étais trop jeune, quand ma mère nous quitta. Là, avec mon père, pour la première fois, la mort s'était infiltrée en moi, comme un rongeur. Dans la tête, les os. Dans le cœur. Le rongeur avait continué son chemin putassier. Mon cœur, depuis l'atroce mort de Leila, n'était plus qu'une plaie, qui n'arriverait pas à guérir.

Je concentrai mon attention sur une employée qui nettoyait le sol à la serpillière. Une grosse Africaine. Elle leva la tête et je lui souris. Parce que, quand même, il fallait un sacré courage pour bosser là.

— Pour le 747, dit Loubet, en montrant sa carte de police.

Il y eût un déclic métallique et la porte s'ouvrit. La morgue était au sous-sol. L'odeur, si particulière, des hôpitaux, me monta à la gorge. La lumière du jour filtrait, aussi jaunâtre que l'eau du seau dans lequel la femme de ménage trempait sa serpillière.

— Ça va ? dit Loubet.

— Ça ira, répondis-je

Guitou arriva sur un chariot chromé, poussé par un petit bonhomme chauve, avec une clope au coin des lèvres.

— C'est pour vous ?

Loubet acquiesça d'un signe de tête. Le type planta le chariot devant nous et repartit sans un mot de plus. Loubet souleva lentement le drap, le descendit jusqu'au cou. J'avais fermé les yeux. Je pris ma respiration, puis regardai enfin le cadavre de Guitou. Le fils chéri de Gélou.

Le même que sur la photo. Mais, propre, exsangue et glacé, il ressemblait à un ange. Du paradis à la terre, en chute libre. Est-ce qu'ils avaient eu le temps de s'aimer, Naïma et lui ? Cûc m'avait appris qu'ils étaient arrivés le vendredi soir. Elle avait téléphoné à Hocine vers les vingt heures. Des questions me trottaient depuis dans la tête : où pouvait être Naïma quand Guitou fut tué ? Déjà partie ? Ou avec lui ? Et qu'avait-elle vu ? Il me faudrait attendre jusqu'à cinq heures pour avoir, peut-être, des réponses. Mourad devait me conduire chez le grand-père.

C'est la première chose que j'avais faite, après avoir appelé Loubet. Aller voir la mère de Naïma. Cela lui avait déplu que je vienne la voir, et si tôt. Redouane aurait pu être là, et elle tenait à ce qu'il reste en dehors de cette histoire. «La vie est déjà bien compliquée comme ça» avait-elle dit. C'est un risque que j'avais pris, mais mon temps était compté. Je tenais à avoir une longueur d'avance sur Loubet. C'était con, mais je voulais *savoir* avant lui.

Cette femme était bonne. Elle s'inquiétait pour ses enfants. C'est ce qui me décida à lui faire peur.

— Naïma est peut-être dans une sale histoire. À cause de ce garçon.

— Le Français ?

— Le fils de ma cousine.

Elle s'était assise lentement sur le bord du canapé, et elle avait pris son visage entre ses mains.

— Qu'est-ce qu'elle a fait ?

— Rien. Enfin, je ne sais pas. Ce jeune homme, elle est la dernière à l'avoir vu.

— Pourquoi vous nous laissez pas tranquilles. C'est déjà trop de soucis, les enfants, en ce moment. Elle tourna son visage vers moi. Il est peut-être retourné chez lui, ce jeune homme. Ou il va retourner. Redouane aussi il avait disparu, plus de trois mois sans nouvelles. Puis il est revenu. Maintenant, il part plus. Il est sérieux.

Je m'accroupis devant elle.

— Je vous crois, madame. Mais Guitou, lui, il ne reviendra jamais. Il est mort. Il a été tué. Et cette nuit-là, Naïma était avec lui.

Je vis la panique passer dans ses yeux.

— Mort ? Et Naïma...

— Ils étaient ensemble. Tous les deux, dans la même... La même maison. Il faut qu'elle me raconte. Si elle était encore là quand cela s'est passé, elle a dû voir des choses.

128

— Ma pauvre petite.

— Je suis le seul à savoir tout cela. Si elle n'était pas là, personne n'en saura rien. Il n'y a aucune chance pour que la police remonte jusqu'à elle. Elle ne sait rien de son existence, la police. Vous comprenez. Voilà pourquoi je ne peux plus attendre.

— Le grand-père, il a pas le téléphone. C'est vrai, faut me croire, monsieur. Y dit que c'est rien que prétexte à plus se voir, le téléphone. Je comptais y aller, comme je vous avais promis. C'est loin, c'est à Saint-Henri. D'ici, y faut en prendre des bus. C'est pas simple.

— Je vous y emmène, si vous voulez.

— Ce n'est pas possible, monsieur. Moi dans votre voiture. Ça se saurait. Tout se sait ici. Et Redouane, il ferait encore des histoires.

— Donnez-moi l'adresse.

— Non ! dit-elle, catégorique. Mourad, il finit la classe à trois heures, cet après-midi. Il vous accompagnera. Attendez-le au terminus du bus, cours Joseph Thierry, à quatre heures.

— Merci, avais-je dit.

Je sursautai. Loubet venait de me prendre par le bras pour que je regarde mieux le corps de Guitou. Il avait descendu le drap jusqu'au ventre.

— Il a pris du .38 spécial. Une seule balle. À bout portant. Ça ne laisse aucune chance. Muni d'un bon silencieux, ça ne fait pas plus de bruit qu'une mouche. Un vrai pro, le type.

La tête me tournait. Ce n'était pas ce que je voyais.

C'est ce que j'imaginais. Guitou à poil, et l'autre, avec son flingue dans les mains. Est-ce qu'il l'avait regardé, ce gamin, avant de tirer ? Parce qu'il n'avait pas tué, comme ça, au jugé, en fuyant. Non, face à face. Dans ma vie, je n'en avais pas rencontré des masses de type capables de faire ça. Quelques uns à Djibouti. Légionnaires, paras. Des survivants de l'Indochine, de l'Algérie. Même les soirs de grande biture, ils n'en parlaient pas. Ils avaient sauvé leur peau, c'était tout. Je le comprenais. On pouvait tuer par jalousie, sur un coup de colère, par désespoir. Je pouvais aussi le comprendre. Mais ça, non.

La haine m'envahissait.

— L'arcade sourcilière, poursuivit Loubet, en la désignant du doigt, c'est en tombant. Puis son doigt descendit jusqu'au cou. Ça, tu vois, c'est plus intéressant. On lui a arraché la chaîne qu'il portait.

— Pour sa valeur ? Tu crois qu'ils étaient à une chaîne en or près ?

Il haussa les épaules.

— Peut-être que cette chaîne pouvait permettre de l'identifier.

— Quel intérêt, pour ces types ?

— Gagner du temps.

— Explique, tu veux. Je pige pas, là.

— C'est juste une supposition. Que l'assassin connaisse Guitou. Hocine Draoui avait une superbe gourmette en or au poignet. Il l'a toujours.

— Ça ne mène à rien de penser ça.

— Je sais. Je constate, Montale. Je fais des hypo-

130

thèses. J'en ai une centaine. Elles ne mènent à rien non plus. Donc, elles sont toutes bonnes. Son doigt revint vers le corps de Guitou. À l'épaule. Ce bleu, c'est plus ancien. Quinze, vingt jours jours environ. Un sacré bleu. Tu vois, ça l'identifie aussi bien qu'une chaîne, et ça ne nous amène pas plus loin.

Loubet recouvrit le corps de Guitou puis me regarda. Je savais qu'il me faudrait ensuite signer le registre. Et que ce n'était pas ça le plus difficile.

9

Où il n'y a pas
de mensonge innocent

Au milieu de la rue Sainte-Françoise, devant le Treize-Coins, un certain José était en train de laver sa voiture, une R21 aux couleurs de l'O.M. Bleu en bas, blanc en haut. Avec fanion assorti, accroché au rétro-viseur, et écharpe des supporters sur la plage arrière. Musique à fond. Les Gipsy Kings. *Bamboleo, Djobi Djoba, Amor, Amor...* Le best of.

Sicard, le cantonnier, lui avait ouvert la prise d'eau du caniveau. José avait pour lui, à volonté, toute la flotte de la ville. De temps en temps, il venait jusqu'à la table de Sicard, et s'asseyait pour boire le pastis sans quitter des yeux sa bagnole. Comme si c'était une pièce de collection. Mais peut-être rêvait-il à la pin-up qu'il allait embarquer dedans pour une virée à Cassis. En tout cas, vu le sourire content qu'il affi-chait, il ne pensait certainement pas à son percepteur. Et il prenait son temps, José.

Ici, au quartier, cela se passait toujours ainsi, quand on voulait laver sa voiture. Les années passaient, et il y avait toujours un Sicard qui offrait l'eau si vous payiez le pastis. Fallait vraiment être un *cake* de Saint-Giniez pour aller au Lavomatic.

Là, si une autre bagnole arrivait, il lui faudrait attendre que José ait fini. Y compris de passer, lentement, une peau de chamois sur la carrosserie. En espérant qu'un pigeon ne vienne pas chier dessus, juste à cet instant.

Si le conducteur était du Panier, il se prendrait tranquillement l'apéro avec José et Sicard, en parlant du championnat de foot, ironisant, bien sûr, sur les mauvais scores du P.S.G. Et ils ne pouvaient être que mauvais, même si les Parisiens caracolaient en tête du classement. Si c'était un «touriste», et après quelques coups de klaxons intempestifs, ils pourraient en venir aux mains. Mais c'était rare. Quand on n'est pas du Panier, on ne vient pas y faire *d'engatse.* On s'écrase et on prend son mal en patience. Mais aucune voiture ne se présenta, et, Loubet et moi, on put manger tranquilles. Personnellement, je n'avais rien contre les Gipsy Kings.

Ange nous avait installés sur la terrasse, avec une bouteille de rosé de Puy-Sainte-Réparade. Au menu, petits farcis de tomates, de pommes de terre, de courgettes et d'oignons. J'avais faim, et c'était un délice. J'aime ça, manger. Mais c'est pire quand j'ai des ennuis, et pire encore quand je côtoie la mort. J'ai besoin d'ingurgiter des aliments, légumes, viandes, poissons, dessert ou friandises. De me laisser envahir par leurs saveurs. Je n'avais rien trouvé de mieux pour réfuter la mort. M'en préserver. La bonne cuisine et les bons vins. Comme un art de survivre. Ça ne m'avait pas trop mal réussi jusqu'à aujourd'hui.

Loubet et moi gardions le silence. Nous avions juste échangé quelques banalités en mangeant un peu de charcuterie. Il ruminait ses hypothèses. Moi, les miennes. Cûc m'avait proposé un thé, un thé noir. «Je crois que je peux vous faire confiance», avait-elle commencé. J'avais répondu que, pour l'heure, il n'était pas question de confiance, seulement de vérité. D'une vérité à avouer au flic chargé de l'enquête. L'identité de Guitou.

— Je ne vais pas vous raconter toute ma vie, expliqua-t-elle. Mais vous comprendrez mieux quand je vous aurai raconté certaines choses. Je suis arrivée en France à dix-sept ans. Mathias venait de naître. C'était en 1977. Ma mère avait décidé qu'il était temps de partir. Le fait que je vienne d'accoucher a peut-être été pour quelque chose dans sa décision. Je ne sais plus

Elle me jeta un coup d'oeil furtif, puis elle attrapa un paquet de Craven A et alluma une cigarette nerveusement. Son regard se perdit dans une volute de fumée. Très loin. Elle poursuivit. Ses phrases s'étiraient parfois en de longs silences. Sa voix s'atténuait. Des mots restaient en suspend, dans l'air, et elle semblait les écarter d'un revers de main en chassant la fumée de sa cigarette. Son corps ne bougeait pas. Seuls ses longs cheveux se balançaient au rythme de la tête, qu'elle inclinait comme à la recherche d'un détail perdu.

Je l'écoutai, attentif. Je n'osais croire être le premier à qui elle faisait confidence de sa vie. Je savais qu'au bout de son récit, il y aurait un service en échange. Mais, par cette intimité soudaine, elle me séduisait. Et ça marchait.

— Nous sommes rentrés, ma mère, ma grand-mère, mes trois sœurs cadettes, et l'enfant et moi. Ma mère a eu beaucoup de cran. Vous savez, nous faisions partie de ce qu'on appelait les rapatriés. Ma famille était naturalisée depuis 1930. D'ailleurs, j'ai la double nationalité. Nous étions considérés comme des Français. Mais l'arrivée en France n'eût rien d'idyllique. De Roissy, nous avons été emmenés dans un foyer de travailleurs à Sarcelles. Puis on nous a dit qu'il fallait partir, et nous avons échoué au Havre.

«Nous y avons vécu quatre ans, dans un petit deux pièces. Ma mère s'est occupée de nous jusqu'à ce qu'on puisse se débrouiller seules. C'est au Havre que j'ai rencontré Adrien. Un hasard. Sans lui.... Vous savez, je suis dans la mode. Je crée des collections, et des tissus, d'inspiration orientale. L'atelier et le magasin sont au cours Julien. Et je viens d'ouvrir une boutique à Paris, rue de la Roquette. Et bientôt une à Londres.

Elle s'était redressée pour dire ça.

La mode, c'était du dernier chic à Marseille. La précédente municipalité avait claqué un fric fou dans un Espace Mode-Méditerranée, sur la Canebière. Dans les anciens locaux des magasins Thierry. Le «Beaubourg de la haute-couture». Les journaux

135

avaient présenté ça comme ça. J'y avais mis les pieds une fois, par curiosité. Parce que je ne voyais pas ce qu'on pouvait faire là-dedans. En vérité, il ne s'y passe rien. Mais, m'avait-on expliqué, «à Paris, ça donnait une autre image de nous».

De quoi sourire, vraiment! J'appartenais à cette race de Marseillais qui se fout de l'image que l'on peut avoir de nous à Paris, ou ailleurs. L'image ne change rien. Pour l'Europe, nous ne sommes toujours que la première ville du tiers-monde. La plus favorisée, pour ceux qui ont quelques sympathies pour Marseille.

L'important, pour moi, était que l'on fasse des choses pour Marseille. Pas pour séduire Paris. Tout ce que nous avons gagné, nous l'avons toujours gagné contre Paris. C'est ce qu'avait toujours affirmé la vieille bourgeoisie marseillaise, celle des Fraissinet, des Touache, des Paquet. Celle qui, en 1870, comme me l'avait raconté Ange, finança l'expédition de Garibaldi à Marseille, pour repousser l'invasion prussienne. Mais aujourd'hui, cette bourgeoisie ne parlait plus, n'agissait plus. Elle agonisait paisiblement dans ses somptueuses villas du Roucas Blanc. Indifférente à ce que l'Europe tramait contre la ville.

— Ah, répondis-je évasivement.

Cûc, femme d'affaires. Ça rompait le charme. Ça nous ramenait surtout à plus de réalité.

— N'allez pas croire, je débute. Deux ans seulement. J'ai démarré fort, mais je ne suis pas encore au niveau de Zazza of Marseille.

136

Zazza, je connaissais. Elle aussi s'était lancée dans la mode. Et sa griffe de prêt-à-porter artisanal commençait à faire le tour du monde. On voyait sa photo dans tous les magazines qui «racontent» Marseille au bon peuple de France. L'exemple de la réussite. Le symbole de la Méditerranée créatrice. Mais peut-être n'étais-je pas objectif. C'était possible. Il n'en était pas moins vrai qu'aux Goudes, aujourd'hui, il n'y avait plus que six pêcheurs professionnels, et guère plus à l'Estaque. Qu'à la Joliette les cargos se faisaient rares. Que les quais étaient pratiquement déserts. Que La Spezia, en Italie, et Algésiras, en Espagne, avaient vu leur trafic marchandises quadruplé. Alors, face à tout ça, je me demandais souvent, pourquoi un port n'était pas d'abord utilisé, et développé, comme un port ? C'est comme ça que je voyais la révolution culturelle à Marseille. Les pieds dans l'eau, d'abord.

Cûc attendit une réaction de ma part. Je n'en eus pas. J'attendais. J'étais là pour comprendre.

— Tout ça pour vous dire, reprit-elle avec assurance maintenant, sans plus buter sur les mots, que je tiens à ce que j'ai construit. Et ce que j'ai construit, c'est pour Mathias. Toute ma vie est pour lui.

— Il n'a pas connu son père ? l'interrompis-je.

Elle fut déroutée. Ses cheveux retombèrent sur ses yeux, comme un écran.

— Non… Pourquoi ?

— Guitou non plus. De ce côté-là, jusqu'à la nuit de vendredi, ils étaient à égalité. Et je suppose que les rapports de Mathias avec Adrien ne sont pas des plus faciles.

— Qu'est-ce qui vous permet de penser ça ?

— Parce que j'ai entendu une histoire similaire hier. Celle de Guitou. Et d'un type qui se prend pour votre père. Et du père qu'on idéalise. La complicité avec la mère…

— Je ne vous suis pas.

— Non ? C'est pourtant simple. Votre mari ignorait que Mathias prêtait son studio à Guitou pendant le week-end. Ce n'est certainement pas dans ses habitudes, je suppose. Vous étiez la seule à le savoir. Et Hocine Draoui, bien sûr. Qui a partagé le secret. Plus complice avec vous qu'avec votre mari…

J'avais jeté le bouchon un peu loin. Elle avait écrasé sa cigarette avec violence et s'était levée. Si elle avait pu me jeter dehors, elle l'aurait fait. Mais elle avait besoin de moi. Elle me fit face, avec le même aplomb que tout à l'heure. Aussi droite. Aussi fière.

— Vous êtes un goujat. Mais c'est exact. À cette seule différence : Hocine n'a accepté cette… cette complicité comme vous dites, que par amitié pour Mathias. Il croyait que la jeune fille en question, Naïma, qui est souvent venue ici, était l'amie de Mathias. Sa… petite amie, je veux dire. Il ignorait qu'il y aurait l'autre garçon.

— Ben voilà, dis-je. Ses yeux me fixèrent, et je sentis la tension extrême qui était en elle. Vous n'étiez pas obligée de me raconter votre vie, pour me dire tout simplement cela.

138

— Vous ne comprenez donc rien.

— Je ne veux rien comprendre.

Elle sourit, pour la première fois. Et cela lui allait à merveille.

— «Je ne veux rien comprendre.» On dirait une réplique de Bogart !

— Merci. Mais cela ne me dit pas ce que vous comptez faire maintenant.

— Que feriez-vous à ma place ?

— J'appellerais votre mari. Puis la police. Comme je vous l'ai dit tout à l'heure. Racontez la vérité à votre mari, trouvez un mensonge plausible pour la police.

— Vous en avez un à me proposer ?

— Des centaines. Mais moi, je ne sais pas mentir.

Je ne vis pas la claque arriver. Je l'avais méritée. Pourquoi avais-je dit cela ? Il y avait trop d'électricité entre elle et moi. Sans doute. On allait s'électrocuter. Et je ne voulais pas. Il fallait couper le courant.

— Je suis désolée.

— Je vous donne deux heures. Après, le commissaire Loubet sonnera à votre porte.

J'étais parti, pour rejoindre Loubet. Dehors, loin de son attraction, je m'étais ressaisi. Cûc était une énigme. Son histoire en cachait une autre. Je le sentais. On ne ment pas innocemment.

Mon regard croisa celui de Loubet. Il m'observait.

— T'en penses quoi, de cette affaire ?

— Rien. C'est toi le flic, Loubet. Tu as toutes les cartes, pas moi.

— Fais pas chier, Montale. Tu as toujours eu un point de vue, même avec les poches vides. Et là, je sais que tu rumines.

— Comme ça, à vue de nez, je pense qu'il n'y a pas de rapport entre le meurtre de Hocine Draoui et celui de Guitou. Ils n'ont pas été tués de la même façon. Je crois que Guitou s'est trouvé là au mauvais moment, c'est tout. Que de l'avoir tué était indispensable, mais que c'est une erreur de leur part.

— Tu ne crois pas au cambriolage qui tourne mal.

— Il y a toujours des exceptions. Je peux revenir en deuxième semaine, chef ?

Il sourit.

— C'est aussi mon point de vue.

Deux rastas traversèrent la terrasse, une odeur de shit derrière eux. L'un d'eux avait récemment joué dans un film, mais « il n'en faisait pas une maladie » comme on dit ici. Ils entrèrent dans le bar et s'installèrent au comptoir. L'odeur de shit me chatouilla le nez. Cela faisait des années que j'avais arrêté la fumette. Mais l'odeur me manquait. Parfois je la cherchais en fumant des Camel.

— Tu sais quoi sur Hocine Draoui ?

— Tout ce qui permettrait de penser que les barbus sont venus là, rien que pour le liquider. D'abord, c'était un ami intime de Azzedine Medjoubi, le dramaturge qui a récemment été assassiné. Ensuite, il a été membre pendant quelques années du PAGS, le Parti de l'avant-garde socialiste. Aujourd'hui, c'est surtout un militant actif de la FAIS. La fédération des

140

artistes, intellectuels et scientifiques algériens. Son nom est cité dans le groupe de préparation d'une rencontre de la FAIS, qui doit se tenir à Toulouse dans un mois.

«À mon avis, un type vachement courageux, ce Draoui. Il est venu en France, une première fois, en 1990. Il y est resté un an, en faisant pas mal d'aller-retour. Il est revenu fin 1994, après avoir été poignardé dans un commissariat d'Alger. Depuis quelques temps, son nom était dans le peloton de tête des types à supprimer. Sa maison est surveillée vingt-quatre heures sur vingt quatre par l'armée. En arrivant en France, il a vécu un peu à Lille, puis à Paris avec des visas touristiques. Ensuite, il a été pris en charge par des comités de soutien aux intellectuels algériens à Marseille.

— Et c'est là qu'il rencontre Adrien Fabre.

— Ils s'étaient déjà rencontrés en 1990, lors d'un colloque sur Marseille.

— C'est vrai. Il le rappelait, dans le journal.

— Ils avaient bien sympathisé tous les deux. Fabre milite depuis des années pour les Droits de l'Homme. Ça a dû aider.

— Je ne le savais pas militant.

— Les Droits de l'Homme, c'est tout. On ne lui connait pas d'autres engagements politiques. Il n'en a jamais eu. À part en 1968. Il était au mouvement du 22 mars. Il a dû lancer quelques pavés sur les flics. Comme tout bon étudiant de cette époque-là.

Je le regardai. Loubet avait fait une maîtrise de

droit. Il avait rêvé d'être avocat. Il était devenu flic. «J'ai pris ce qui payait le plus dans les voies administratives», avait-il plaisanté un jour. Mais, bien sûr, je ne l'avais pas cru.

— Tu as fait les barricades?

— J'ai surtout couché avec beaucoup de filles, dit-il en souriant. Et toi?

— Jamais été étudiant.

— Tu étais où en 68?

— À Djibouti. Dans la Coloniale… De toute façon, c'était pas pour nous, ça.

— Tu veux dire toi, Ugo, Manu?

— Je veux dire qu'il n'y a pas une révolution vivante, qu'on peut montrer du doigt, en exemple. On ne savait pas grand-chose, mais ça, oui, on le savait. Sous les pavés, il n'y a jamais eu la plage. Mais le pouvoir. Les plus purs finissent toujours au gouvernement, et ils y prennent goût. Le pouvoir ne corrompt que les idéalistes. Nous, on était des petits voyous. On aimait l'argent facile, les filles et les bagnoles. On écoutait Coltrane. On lisait de la poésie. Et on traversait le port à la nage. Le plaisir et la frime. On ne demandait pas plus à la vie. On ne faisait de mal à personne, et ça nous faisait du bien.

— Et tu es devenu flic.

— Je ne me suis guère donné de choix dans la vie. J'y ai cru. Et je ne regrette rien. Mais tu sais bien… je n'avais pas l'esprit.

On garda le silence jusqu'à ce que Ange nous apporte les cafés. Les deux rastas s'étaient assis à la

142

terrasse et regardaient José finir de laver sa voiture. Comme si cela avait été un martien, mais avec, tout de même, une pointe d'admiration. Le cantonnier regarda l'heure :

— Ho! José! J'ai fini de travailler, là, dit-il en vidant son verre. Vé! Va falloir que je la ferme, l'eau.

— On est bien ici, reprit Loubet en étirant ses jambes.

Il alluma un cigarillo, et aspira la fumée avec plaisir. Je l'aimais bien, Loubet. Il n'était pas facile, mais avec lui, jamais d'entourloupes. De plus, il adorait bien manger, et, pour moi, c'était essentiel. Je n'accorde aucune confiance à ceux qui mangent peu, et n'importe quoi. Je brûlais d'envie de l'interroger sur Cûc. De savoir ce qu'il savait. Je n'en fis rien. Poser une question à Loubet, c'était comme un boomerang, ça vous revenait toujours dans la gueule.

— Tu n'avais pas fini sur Fabre.

— Bof... De famille bourgeoise. Il a commencé petit. Il est aujourd'hui un des architectes les plus en vue à Marseille, mais aussi sur toute la Côte. Surtout dans le Var. Un gros cabinet. Il est spécialisé dans les grands travaux. Pour le privé, mais aussi le public. Beaucoup d'élus font appel à lui.

Ce qu'il me dit ensuite sur Cûc ne m'apprit rien. Qu'aurais-je voulu savoir de plus? Des détails, essentiellement. Juste pour m'en faire une idée plus précise. Un portrait froid. Sans charge émotionnelle. Je n'avais cessé de penser à elle durant tout le repas. Je n'aimais pas ça, me sentir sous influence.

— Une belle femme, précisa Loubet.

Puis il me regarda avec un sourire qui n'avait rien d'innocent. Se pouvait-il qu'il sache que je l'avais déjà rencontrée?

— Ah oui, répondis-je évasivement.

Il sourit encore, regarda sa montre, puis il se pencha vers moi en éteignant son cigarillo.

— J'ai un service à te demander, Montale.

— Vas-y.

— L'identité de Guitou, on la garde pour nous. Quelques jours.

Cela ne me surprit pas. Guitou, parce qu'il était une «erreur» des tueurs, restait une des clefs de l'enquête. Dès qu'il serait officiellement identifié, ça se mettrait à bouger. Du côté des salauds qui avaient fait ça. Forcément.

— Et qu'est-ce que je raconte à ma cousine?

— C'est ta famille. Tu sauras.

— Facile à dire.

En vérité, ça m'arrangeait aussi. Depuis ce matin, je repoussais assez loin dans ma tête cette heure où il me faudrait affronter Gélou. Comment elle réagirait, je pouvais le deviner. Pas très beau à voir. Et dur à vivre. Elle devrait, à son tour, venir identifier le corps. Il y aurait les formalités. L'enterrement. Je savais déjà que, dans la minute même, elle basculerait dans un autre monde. Celui de la douleur. Où l'on vieillit, définitivement. Gélou, ma si belle cousine.

Loubet se leva, posa sa main sur mon épaule. Sa poigne était ferme.

— Encore une chose, Montale. N'en fais pas une histoire personnelle, pour Guitou. Je sais ce que tu ressens. Et je te connais assez bien. Alors, n'oublie pas, c'est mon enquête. Je suis flic, et pas toi. Si tu apprends des choses, tu m'appelles. L'addition est pour moi. Ciao.

Je le suivis des yeux pendant qu'il remontait la rue du Petit-Puits. Il marchait d'un pas décidé, la tête haute et les épaules en arrière. Il était à l'image de cette ville.

J'allumai une cigarette et fermai les yeux. Je sentis immédiatement la douceur du soleil sur mon visage. C'était bon. Je ne croyais qu'à ces instants de bonheur. Aux miettes de l'abondance. Nous n'aurons rien d'autre que ce que nous pourrons glaner, ici ou là. Ce monde n'avait plus de rêves. Pas d'espoir non plus. Et on pouvait tuer des gamins de seize ans à tort et sans raison. Dans des cités, à la sortie d'un dancing. Ou même chez un particulier. Des gamins qui ne sauront jamais rien de la beauté fugace du monde. Ni de celle des femmes.

Non, Guitou, je n'en faisais pas une affaire personnelle. C'était plus que ça. Comme un coup de sang. Une envie de pleurer. « Quand tu es au bord des larmes, m'avait dit ma mère, si tu sais t'arrêter juste à temps, c'est les autres qui pleureront. » Elle me caressait la tête. Je devais avoir onze ou douze ans. Elle était dans son lit, incapable de bouger. Elle savait qu'elle allait bientôt mourir. Moi aussi, je crois. Mais je n'avais pas compris le sens de ses paroles. J'étais

145

trop jeune. La mort, la souffrance, la douleur, ça n'avait pas de réalité. J'avais passé une partie de ma vie à pleurer, une autre à refuser de pleurer. Et je m'étais fait baiser sur toute la ligne. Par la douleur, la souffrance. Par la mort.

Chourmo de naissance, j'avais appris l'amitié, la fidélité dans les rues du Panier, sur les quais de la Joliette. Et la fierté de la parole donnée sur la Digue du Large, en regardant un cargo prendre la haute mer. Des valeurs primaires. Des choses qui ne s'expliquent pas. Quand quelqu'un était dans la merde, on ne pouvait être que de la même famille. C'était aussi simple. Et il y avait trop de mères qui s'inquiétaient, qui souffraient dans cette histoire. Trop de gamins aussi, tristes, un peu paumés, perdus déjà. Et Guitou mort.

Loubet comprendrait ça. Je ne pouvais rester en dehors. D'ailleurs, il ne m'avait rien fait promettre. Simplement donné un conseil. Sans doute persuadé que je passerais outre. Avec l'espoir que je fourre mon nez là où il ne pouvait mettre le sien. Cela m'arrangeait de croire ça, parce que c'était bien ce que je comptais faire. M'en mêler. Juste pour être fidèle à ma jeunesse. Avant d'être vieux, définitivement. Car nous vieillissons tous, par nos indifférences, nos démissions, nos lâchetés. Et par désespoir de savoir tout cela.

— Nous vieillissons tous, dis-je à Ange en me levant.

Il ne fit aucun commentaire.

10

Où il est difficile
de croire aux coïncidences

J'avais deux heures devant moi, avant de retrouver Mourad. Je savais quoi faire. Essayer de voir Pavie. Le mot écrit à Serge m'inquiétait. Apparemment, pour elle, c'était toujours galère. Le risque, maintenant que Serge était mort, c'est qu'elle se raccroche à moi. Mais je ne pouvais l'abandonner. Pavie et Arno, j'y avais cru.

Je décidai de tenter ma chance au dernier domicile que je connaissais d'elle. Rue des Mauvestis, à l'autre bout du Panier. Peut être, me dis-je, pourra-t-elle m'éclairer sur les activités de Serge. Si elle avait su où le joindre, c'est qu'ils se voyaient encore.

Le Panier ressemblait à un gigantesque chantier. La rénovation battait son plein. N'importe qui pouvait acheter ici une maison pour une bouchée de pain et, en plus, la retaper entièrement à coup de crédits spéciaux de la Ville. On abattait des maisons, voire des pans de rues entiers pour créer de jolies placettes, et donner de la lumière à ce quartier qui a toujours vécu dans l'ombre de ses ruelles étroites.

Les jaunes et les ocres commençaient à dominer. Marseille italienne. Avec les mêmes odeurs, les mêmes rires, les mêmes éclats de voix que dans les rues de Naples, de Palerme ou de Rome. Le même fatalisme devant la vie, aussi. Le Panier resterait le Panier. On ne pouvait changer son histoire. Pas plus que celle de la ville. De tous temps, on avait débarqué ici sans un sou en poche. C'était le quartier de l'exil. Des immigrés, des persécutés, des sans-toits et des marins. Un quartier de pauvres. Comme les Grands-Carmes, derrière la place d'Aix. Ou le cours Belsunce, et les ruelles qui montent doucement vers la gare Saint-Charles.

La rénovation voulait enlever la mauvaise réputation qui collait à la peau de ces rues. Mais les Marseillais ne venaient pas se promener par là. Même ceux qui y étaient nés. Dès qu'ils avaient eu quatre sous devant eux, ils étaient passés de «l'autre côté» du Vieux-Port. Vers Endoume et Vauban. Vers Castellane, Baille, Lodi. Ou même plus loin, vers Saint-Tronc, Sainte-Marguerite, Le Cabot, La Valbarelle. Et s'ils s'aventuraient quelques fois à retraverser la Canebière, c'était pour se rendre au centre commercial de la Bourse. Ils n'allaient pas au-delà. Au-delà, ce n'était plus leur ville.

Moi, j'avais grandi dans ces ruelles où Gélou était «la plus belle du quartier». Avec Manu et Ugo. Et Lole qui, bien que plus jeune que nous, devint vite la princesse de nos rêves. Mon cœur restait de ce côté-là de Marseille. Dans «ce chaudron où bouillotte le plus étonnant coulis d'existence», comme disait Gabriel Audisio, l'ami de Brauquier. Et rien n'y changerait. J'appartenais à l'exil. Les trois quarts des habitants de cette ville pouvaient dire la même chose. Mais ils ne le faisaient pas. Pas assez à mon goût. Pourtant, être Marseillais c'était ça. Savoir qu'on n'est pas nés là par hasard.

«Si on a du cœur, m'expliqua un jour mon père, on ne peut rien perdre, où qu'on aille. On ne peut que trouver.» Il avait trouvé Marseille, comme un coup de chance. Et nous nous promenions sur le port, heureux. Au milieu d'autres hommes qui parlaient de Yokohama, de Shangaï ou de Diégo-Suarez. Ma mère lui donnait le bras et lui me tenait la main. Je portais encore des culottes courtes et, sur la tête, une casquette de pêcheur. C'était au début des années soixante. Les années heureuses. Tout le monde, le soir, se retrouvait là, à flâner le long des quais. Avec une glace à la pistache. Ou un paquet d'amandes ou de cacahuètes salées. Ou encore, suprême bonheur, un cornet de jujubes.

Même après, quand la vie fut plus dure, qu'il lui fallut vendre sa superbe Dauphine, il continua à penser la même chose. Combien de fois ai-je douté de lui? De sa morale d'immigré. Étriquée, sans ambition, je croyais. Plus tard, j'avais lu *Les Frères Karamazov* de Dostoïevski. Vers la fin du roman, Aliocha disait à Krassotkine: «Tu sais, Kolia, dans le futur tu seras sûrement très malheureux. Mais bénis la vie dans son ensemble.» Des mots qui résonnaient dans mon cœur

149

avec les intonations mêmes de mon père. Mais il était trop tard pour lui dire merci.

J'étais les doigts accrochés au grillage qui entourait le chantier, devant la Vieille-Charité. Un gros trou, à la place de la rue des Pistoles et de la rue Rodillat. On avait projeté un parking souterrain mais, comme toujours dès qu'on creuse autour du Vieux-Port, l'entrepreneur était tombé sur des vestiges de l'ancienne Phocée. On était ici au sein de la cité fortifiée. Les Grecs avaient bâti trois temples sur chacune des buttes. Celle des Moulins, des Carmes et de Saint-Laurent. Avec un théâtre juste à côté du dernier temple, et une agora à l'emplacement de l'actuelle place de Lenche.

C'est du moins ce qu'affirmait Hocine Draoui. Dans l'extrait de son intervention au colloque sur Marseille, que *Le Provençal* avait reproduit à côté de l'interview d'Adrien Fabre. Draoui s'appuyait pour cela sur des écrits anciens, notamment de Strabon, un géographe grec. Car la plupart des vestiges de ces monuments n'ont jamais été découverts. Mais, commentait le journal, l'ouverture des fouilles place Jules-Verne, près du Vieux-Port, semblait confirmer ses thèses. De là jusqu'à la Vieille-Charité, c'était un surprenant travelling sur près d'un millénaire. Il soulignait l'exceptionnelle influence de Massilia et, surtout, remettait en cause l'idée de son déclin après la conquête de César.

La réalisation du parking avait été immédiatement

150

différée. Bien sûr, cela faisait grincer les dents de la société chargée des travaux. Cela s'était déjà produit dans le centre ville. Au Centre Bourse, la négociation fut rude, et longue. Les murailles de Massilia faisaient surface pour la première fois. L'immonde bunker de béton s'était quand même imposé, en contrepartie de la sauvegarde d'un «Jardin des vestiges». Place du Général de Gaulle, à deux pas du Vieux-Port, rien ni personne ne put empêcher le parking de se réaliser. Ici, devant la Vieille-Charité, le bras de fer avait dû s'engager.

Quatre jeunes archéologues, trois garçons et une fille, s'affairaient dans le trou. Sans empressement. Quelques vieilles pierres avaient été dégagées de la terre jaunâtre, comme la muraille de la ville de nos origines. En fait, ils n'avaient plus ni pelles ni pioches. Ils s'en tenaient à dresser des plans, à positionner chaque pierre. J'étais prêt à parier ma belle chemise à pois que, ici encore, le béton serait le grand vainqueur. Comme ailleurs, les relevés finis, ils «date-raient» leur passage d'une boite de Coca-Cola ou de Kronenbourg. Tout serait perdu, sauf la mémoire. Les Marseillais s'en satisferont. Ils savent tous ce qu'il y a sous leurs pieds, et l'histoire de leur ville, ils la portent dans leur cœur. C'est leur secret, qu'aucun touriste ne pourra jamais voler.

Lole aussi avait habité là, jusqu'à ce qu'elle vienne vivre chez moi. Sur le côté de la rue des Pistoles qui n'avait pas été détruit. La façade de sa maison était toujours aussi pourrie, couverte de tags jusqu'au premier étage. L'immeuble semblait abandonné. Tous les volets étaient fermés. C'est en levant les yeux vers ses fenêtres que le panneau du chantier du parking accrocha mon regard. Un nom surtout. Celui de l'architecte. Adrien Fabre.

Une coïncidence, me dis-je.

Mais je ne croyais pas aux coïncidences. Ni au hasard. À aucun de ces trucs-là. Quand les choses se font, il y a toujours un sens, une raison. De quoi pouvaient discuter l'architecte du parking et l'amoureux du patrimoine marseillais? me demandai-je en remontant la rue du Petit-Puits. S'entendaient-ils aussi bien que Fabre l'affirmait?

Le robinet aux questions était ouvert. La dernière de toutes était inéluctable : se pouvait-il que Fabre ait tué Hocine Draoui, puis Guitou, justement parce qu'il aurait pu l'identifier? Ça collait. Et confirmait mon sentiment que Fabre ignorait la présence du môme dans sa maison. Pourtant, sans le connaître, il m'était impossible de l'imaginer tuant Hocine, puis Guitou. Ça non, ça ne collait pas. Il devait être déjà bien difficile d'appuyer une fois sur la détente d'un pistolet, alors, pour ce qui est de tuer une seconde fois, et à bout portant, sur un gamin qui plus est, c'était vraiment une autre affaire. Une affaire de tueurs. De vrais tueurs.

De toute façon, pour mettre la maison à sac, ils devaient forcément être plusieurs. C'était l'évidence. Fabre n'aurait fait qu'ouvrir la porte aux autres. C'était mieux. Mais il avait un alibi béton, que Cûc et

Mathias confirmeraient. Ils étaient ensemble à Sanary. Bien sûr, de nuit, avec une bonne voiture, le trajet se faisait en moins de deux heures. En l'admettant, pourquoi Fabre aurait-il fait cela ? Ça, c'était une bonne question. Mais je ne me voyais pas la lui poser aussi directement. Ni aucune autre d'ailleurs. Pour l'instant.

Sur une boîte à lettres, Pavie avait toujours son nom. L'immeuble était aussi vétuste que celui où Lole avait vécu. Les murs étaient lépreux et cela sentait la pisse de chat. Au premier, je frappai à la porte. Pas de réponse. Je frappai encore, en appelant :

— Pavie !

Je tournai la poignée. La porte s'ouvrit. Il flottait une odeur d'encens indien. Aucune lumière ne filtrait du dehors. Le noir complet.

— Pavie, dis-je plus doucement.

Je trouvai l'interrupteur, mais aucune lampe ne s'éclaira. Je fis de la lumière avec mon briquet. J'aperçus une bougie sur la table, je l'allumai et la soulevai devant moi. Je fus rassuré. Pavie n'était pas là. Un instant, j'avais cru au pire. Une bonne dizaine de bougies étaient réparties dans la pièce unique où elle vivait. Le lit, à même le sol, était fait. Il n'y avait pas de vaisselle sale ni dans l'évier ni sur la petite table, près de la fenêtre. C'était même très propre. Cela finit de me rassurer. Pavie allait peut-être mal, mais elle semblait tenir le coup. L'ordre et la propreté, pour une ancienne droguée, c'était plutôt bon signe.

Ce n'était que des mots, je le savais. Des bons sentiments. Quand on a été accroc, les moments de déprime sont fréquents. Pire, ou presque, que «avant». Pavie, elle avait décroché une première fois, en rencontrant Arno. Arno, elle l'avait voulu. Elle lui avait couru après. Des mois. Partout où il allait, elle se pointait. Même au Balto, il ne pouvait plus boire un demi en paix. Un soir, ils étaient toute une bande, attablés. Elle était là, qui lui collait après. Il avait fini son verre et lui avait dit :

— Moi, même avec une capote, je baise pas une fille qui se gave.

— Aide-moi.

C'est tout ce qu'elle avait répondu. Il n'y avait plus qu'eux deux au monde. Les autres ne comptaient plus.

— Tu veux ? il demanda.

— J'ai envie de toi. C'est ça que je veux.

— O.K.

Il l'attrapa par la main et la sortit du bar. Il l'emmena chez lui, derrière la casse de Saadna, et il la boucla. Un mois. Deux mois. Il ne fit que s'occuper d'elle, délaissant tout. Même les bécanes. Il ne la quittait pas d'une semelle. Chaque jour, il l'emmenait dans les calanques, de la Côte Bleue. Carry, Carro, Ensues, La Redonne. Il l'obligeait à marcher d'une crique à l'autre, à nager. Il l'aimait, sa Pavie. Comme jamais on ne l'avait aimée.

Elle avait replongé après. Après sa mort. Parce que, quand même, c'était qu'une saleté, la vie.

Serge et moi, nous l'avions retrouvée au Balto, Pavie. Devant un café. Depuis quinze jours, on n'arrivait pas à lui mettre la main dessus. Un gamin nous avait rencardé : «Elle baise dans les caves, avec n'importe qui. Pour trois cents balles.» À peine le prix d'un mauvais trip.

Au Balto, ce jour-là, elle nous attendait, en quelque sorte. Comme un espoir. Le dernier. Ultime sursaut, avant le plongeon. En deux semaines, elle avait pris au moins vingt ans. Elle regardait la télé, avachie sur la table. Les joues vides, le regard morne. Les cheveux qui frisent à plat. Les fringues crades.

— Qu'est-ce que tu fais là? je lui demandai bêtement.

— Tu vois, j'regarde la télé. J'attends les infos. Paraît que le pape, il est mort.

— On te cherchait partout, dit Serge.

— Ah ouais. J'peux prendre ton sucre, elle lui demanda quand Rico, le patron, amena un café à Serge. Z'êtes pas des flèches, comme qui dirait. Surtout pas toi, le flic. On peut tous disparaître, que vous seriez pas cap' de nous retrouver. Tous, tu m'entends. Tu m'diras, pourquoi on nous chercherait? Hein!

— T'arrêtes! je dis.

— Quand tu m'auras payé un sandwich. Rien avalé depuis hier, tu vois. Moi, c'est pas comme vous. Y a personne qui me nourrit. Vous, c'est l'État qui vous fait bouffer. Si on n'était pas là, à faire des conneries, vous crèveriez la dalle.

Le sandwich arriva, et elle se tut. Serge attaqua.

— On te propose deux solutions, Pavie. Soit tu rentres à Édouard Toulouse, en H.P., librement. Soit on te fait hospitaliser, Fabio et moi. Pour raisons médicales. Tu connais le truc. On trouvera toujours une bonne raison.

Cela faisait plusieurs jours que nous en discutions. Je n'étais pas chaud. Mais je n'avais rien trouvé de mieux face aux arguments de Serge. « Pendant des décennies, l'hôpital psychiatrique a servi de maison de retraite aux vieillards indigents. D'accord ? Bon, et bien, aujourd'hui, c'est le seul lieu pour accueillir tous les clodos de vingt ans. Alcoolos, toxicos, sidaïques... C'est le seul asile sûr, je veux dire. Tu me suis ? »

Je suivais, évidemment. Et je n'en pigeais que mieux nos limites. Lui et moi réunis, nous n'étions pas Arno. Nous n'avions pas assez d'amour. Ni autant de disponibilité. Il y avait des milliers de Pavie, et nous n'étions que des fonctionnaires du moindre mal.

J'avais dit amen au curé.

— J'ai revu Lily, reprit Pavie, la bouche pleine. Elle attend un bébé. L'va se marier. Vachement contente, elle est. Ses yeux pétillèrent un instant, comme avant. On aurait pu croire que c'était elle, la future maman. Son mec, il est super. Il a une GTI. Il est beau. Il a une moustache. Il ressemble à...

Elle éclata en sanglots.

— Ça va, ça va, dit Serge en passant son bras autour de ses épaules. On est là.

— J'suis d'accord, elle murmura. Sinon, je sais

qu'j'vais péter les plombs. Et Arno, il aimerait pas ça. Pas vrai?

— Non, il aimerait pas ça, j'avais dit.

Oui, ce n'était que des mots. Toujours, et encore.

Depuis, elle n'avait cessé de faire des séjours en H.P. Dès qu'elle apparaîssait au Balto avec une sale tête, Rico nous appelait, et on rappliquait. On était convenus de ça avec lui. Et Pavie, elle avait enregistré le truc dans sa tête. La bouée de secours. Ce n'était pas la solution, je le savais. Mais des solutions, nous n'en avions pas. Que celle-là. Botter en touche, vers l'institution. Toujours.

La dernière fois que j'avais vu Pavie, c'était il y a un peu plus d'un an. Elle bossait au rayon fruits et légumes du Géant Casino, à la Valentine, dans la banlieue est. Elle semblait aller mieux. En forme. Je lui avais proposé d'aller boire un verre, le lendemain soir. Elle avait immédiatement accepté, heureuse. Je l'avais attendue trois heures. Elle n'était pas venue au rendez-vous. Si elle n'a pas envie de voir ta gueule, m'étais-je dit, c'est que ça va. Mais je n'étais pas retourné au supermarché, pour m'en assurer. Lole avait occupé mes jours, et mes nuits.

Une bougie à la main, j'étais en train de fouiller dans tous les recoins de la pièce. Je sentis une présence derrière moi. Je me retournai.

— Tu fais quoi, là?

Un grand Noir était dans l'encadrement de la porte. Genre videur de boite de nuit. La vingtaine d'années à peine sonnée. J'eus envie de répondre que j'avais vu de la lumière et que j'étais entré. Mais je n'étais pas sûr qu'il aime les plaisanteries.

— Je venais voir Pavie.

— Et qui t'es, mec ?

— Un de ses amis. Fabio.

— Jamais entendu parler de toi.

— Un ami de Serge, aussi.

Il se détendit. J'avais peut être une chance de passer la porte sur mes deux jambes.

— Le flic.

— J'espérais la trouver, dis-je, sans relever. Pour beaucoup, je serais «le flic» jusqu'à la fin de ma vie.

— Tu me redis ton nom, mec ?

— Fabio. Fabio Montale.

— Montale, c'est ça. Elle t'appelle que comme ça. Le flic, ou Montale. Moi, c'est Randy. J'suis le voisin. Juste au-dessus.

Il me tendit la main. Je mis la mienne dans un étau. Cinq doigts au concassage.

J'expliquai vite fait à Randy que je devais parler à Pavie. À cause de Serge. Il avait quelques ennuis, précisai-je, mais sans m'attarder sur les détails.

— 'Sais pas où elle est, mec. Elle est pas rentrée cette nuit. Le soir, elle vient chez nous, là-haut. J'habite avec mes parents, mes deux frères et ma copine. On a l'étage pour nous. Y a plus que nous, dans l'immeuble. Pavie, et Mme Guttierez, au rez-de-chaussée. Mais elle, elle sort plus. Elle a peur qu'on l'expulse. Elle veut mourir là, qu'elle dit. C'est nous qu'on lui fait ses commissions. Pavie, même quand

158

elle reste pas manger, elle vient dire bonsoir. Qu'elle est là, quoi.

— Et ça lui arrive souvent de ne pas rentrer ?

— Pas depuis longtemps.

— Comment elle va ?

Randy me regarda. Il sembla m'évaluer.

— Elle fait des efforts, tu vois, mec. On l'aide, comme on peut. Mais… Elle a replongé, y a quelques jours, si c'est ça qu'tu veux savoir. Arrêté de bosser et tout. Rose, ma copine, elle a dormi avec elle l'autre nuit, puis elle a fait un peu de ménage ici. Pas du luxe, c'était.

— Je vois.

Et puis les morceaux se recollèrent dans ma tête. Comme enquêteur, je ne valais toujours pas un radis. Je fonçais à l'intuition, mais sans jamais prendre le temps de réfléchir. Dans ma précipitation, j'avais sauté des épisodes. La chronologie, l'emploi du temps. Ces choses là. Le b a ba des flics.

— T'as le téléphone ?

— Non. Y en a un au bout de la rue. Une cabine, j'veux dire. Qu'elle marche sans pièce. Tu décroches et c'est bon. Même pour les States !

— Merci, Randy. Je repasserai.

— Si elle s'ramène, Pavie ?

— Dis-lui de ne pas bouger. Mieux, qu'elle reste chez vous.

Mais si je ne me trompais pas, c'était bien le dernier endroit où elle viendrait, Pavie. Ici. Même shootée à fond. La proximité de la mort, ça rallonge l'espérance de vie.

11

*Où il n'y a rien
de bien joli à voir*

Mourad rompit le silence.

— J'espère qu'elle s'ra là, ma soeur.

Une seule phrase. Laconique.

Je venais de quitter la rue de Lyon, pour couper à travers les quartiers nord, et rejoindre Saint-Henri, où habitait son grand-père. Saint-Henri, c'est juste avant l'Estaque. Un tout petit village, il y a encore vingt ans. D'où l'on dominait l'avant-port nord et le bassin Mirabeau.

Je grommelai un «moi aussi» légèrement énervé. Ça s'agitait un peu trop dans ma tête. Une vraie salade de pois chiche! Depuis qu'il était dans la voiture, Mourad n'avait pas desserré les dents. Je lui avais posé des questions. Sur Naïma, sur Guitou. Il s'était borné à répondre des «oui» et des «non». Et des «j'sais pas», en pagaille. J'avais cru, d'abord, qu'il me tirait la gueule. Mais non, il était inquiet. Je le comprenais. Je l'étais également.

— Oui, moi aussi, redis-je, avec plus de douceur cette fois, j'espère qu'elle sera là.

Il me jeta un regard en coin. Juste pour dire : O.K., on est sur la même longueur d'onde. On espère, mais on en est pas sûr. Et ça nous file des boutons, de ne pas savoir. Il était vraiment chouette, ce môme.

Je mis une cassette de Lili Boniche. Un chanteur algérien des années 30. Un mélangeur de genres. Ses rumbas, ses paso doble, ses tangos avaient fait danser tout le Maghreb. J'avais déniché un lot de ses disques, au marché aux puces de Saint-Lazare. Lole et moi, on aimait y venir le dimanche, vers onze heures. Puis on allait se prendre l'apéro, dans un bar de l'Estaque, et on finissait chez Larrieu, devant un plateau de coquillages.

Ce dimanche-là, elle s'était trouvé une belle jupe longue, rouge à pois blancs. Une jupe de gitane. Le soir, j'avais eu droit à un essayage «flamenco». Sur Los Chunguitos. *Apasionadamente.* Un album torride. Tout comme la fin de la nuit.

Lili Boniche nous avait ensuite accompagnés, jusqu'à ce que le sommeil nous gagne. C'est sur le troisième disque qu'on découvrit *Ana Fil Houb.* Une version, en arabe, de *Mon histoire, c'est l'histoire d'un amour !* Quand je sifflais, c'était l'air qui me venait le plus immédiatement en tête. Ça et *Besame mucho.* Des chansons que ma mère ne cessait de fredonner. J'en avais déjà plusieurs interprétations. Celle-là était aussi belle que la version de la mexicaine Tish Hinojosa. Et cent fois mieux que celle de Gloria Lasso. Ça grattait un maximum. Un véritable bonheur.

Tout en sifflotant, je me remis à penser à ce que m'avait raconté Rico, le patron du Balto. De m'entendre dire aussi clairement certaines choses, je me serais donné des claques. Depuis le début de la semaine, Pavie était venue tous les après-midi au Balto. Elle prenait un demi, et chipotait des miettes du jambon-beurre qu'elle se faisait servir. Elle avait sa tête des mauvais jours, comme il disait Rico. Alors, il avait téléphoné à Serge. Chez Saadna. Mais Serge n'était pas venu le lendemain. Ni le surlendemain.

— Pourquoi tu m'as pas appelé? j'avais demandé.

— J' sais plus où te joindre, Fabio. T'es même pas dans l'annuaire.

Je m'étais mis en liste rouge. Avec le Minitel, pour un ami qui te cherche, tu as la possibilité de voir cinquante millions de connards débarquer chez toi. J'aimais ma tranquillité, et les amis qui me restaient connaissaient mon numéro de téléphone. J'avais simplement oublié les cas d'urgence.

Serge s'était pointé hier. À cause de la lettre de Pavie. C'était sûr.

— À quelle heure?

— Vers deux heures trente. Il avait l'air préoccupé, le Serge. Pas causant. Pas dans son assiette, quoi. Ils ont pris un café. 'Sont restés quoi? Un quart d'heure, vingt minutes. Ils parlaient à voix basse, mais Serge, il avait l'air de l'engueuler, la Pavie. Elle gardait la tête baissée, comme une môme. Puis je l'ai vu souffler, Serge. Comme épuisé qu'il était. Il s'est levé, il a pris Pavie par la main et ils sont sortis.

C'est là où ça me faisait mal. Parce qu'à aucun moment je n'avais songé à la voiture de Serge. Comment serait-il venu à la Bigotte sinon ? Il fallait être immigré pour y aller en bus. Et encore ! Je ne me souvenais même plus, à cet instant, si un bus montait jusque là-haut ou s'il fallait se taper la côte à pied !

— Il avait toujours sa vieille Ford Fiesta ?

— Ben oui.

Je ne me rappelais pas l'avoir vue sur le parking. Mais je ne me rappelais pas grand-chose. Si ce n'est la main qui tenait l'arme. Et les coups de feu. Et Serge qui tombait sans dire adieu à la vie.

Sans même dire adieu à Pavie.

Parce qu'elle devait être là, dans la voiture. Pas loin. Pas loin de moi non plus. Et elle avait dû tout voir, Pavie. Ils étaient partis ensemble du Balto. Direction la Bigotte, où Serge devait rencontrer quelqu'un. Il lui avait sans doute promis de la conduire à l'H.P. Après. Et il l'avait laissée dans la voiture.

Elle l'avait attendu. Sagement. Rassurée, qu'il soit là, enfin. Comme d'habitude. Pour l'accompagner à l'hôpital. Pour l'aider, une nouvelle fois, à refaire un pas vers l'espoir. Un pas de plus. Le bon, peut-être. Sûr que c'était le bon ! Cette fois-ci, elle s'en sortirait. Elle devait le croire, Pavie. Oui, là, dans la voiture, elle y croyait dur comme fer. Et qu'après la vie reviendrait. Les amis. Le travail. L'amour. Un amour qui la guérirait d'Arno. Et de toutes les saloperies de la vie. Un type avec une belle gueule, une belle bagnole, et un peu de thunes aussi. Et qui lui ferait un sacré beau bébé.

Après, il n'y avait plus eu d'après.

Serge était mort. Et Pavie s'était taillée. À pied ? En voiture ? Non, elle n'avait pas le permis. À moins que. Peut-être que si, depuis. Bon dieu ! est-ce que cette putain de voiture était toujours là-haut ? Et où était Pavie maintenant ?

La voix de Mourad coupa court à mes questions. Le ton de sa voix me surprit. Triste.

— Mon père, avant, il écoutait ça aussi. Ma mère, elle aimait bien.

— Pourquoi ? Il ne l'écoute plus ?

— Redouane, il dit que c'est péché.

— Le chanteur, là ? Lili Boniche ?

— Non, la musique. Que la musique ça va avec l'alcool, les cigarettes, les filles. Tout ça.

— Mais toi, tu écoutes du rap ?

— Pas quand il est là. Il…

> *Ô grand Dieu, aie pitié de moi,*
> *que je puisse voir ceux que j'aime*
> *et que j'oublie ma peine…*

Lili Boniche chantait maintenant *Alger, Alger*. Mourad se tut à nouveau.

Je fis le tour de l'église de Saint-Henri.

— À droite, fit Mourad. Puis la première à gauche.

Le grand-père habitait impasse des Roses. Ce

n'était ici que petites maisons d'un étage ou deux. Toutes tournées vers la mer. Je coupai le moteur.

— Dis, tu n'as pas vu une vieille Ford Fiesta sur le parking. Bleue, elle est. Bleue crade.

— J'crois pas. Pourquoi ?

— Rien. On verra plus tard.

Mourad sonna une fois, deux fois, trois fois. La porte ne s'ouvrit pas.

— Il est peut être sorti, je dis.

— Y sort qu'deux fois par s'maine. Pour aller au marché.

Il me regarda, inquiet.

— Tu connais les voisins ?

Il haussa les épaules.

— Lui, je crois. Moi…

Je descendis la rue, jusqu'à la maison mitoyenne. Je sonnai quelques coups rapides. Ce n'est pas la porte qui s'ouvrit, mais la fenêtre. Derrière les barreaux, une tête de femme apparut. Une grosse tête pleine de bigoudis.

— C'est pourquoi ?

— Bonjour madame, dis-je en m'approchant de la fenêtre. Je venais voir monsieur Hamoudi. Je suis avec son petit-fils. Mais il ne répond pas.

— Ça m'étonne. Qu'à midi, on a encore fait les bazarettes, dans le jardin. Et après, il se fait toujours la petite sieste. Alors, ma foi, y doit être là.

— Il est peut être souffrant ?

— Non, non, non… Il se porte à merveille. Attendez, je vous ouvre.

Elle nous fit entrer quelques secondes plus tard. Elle avait mis un foulard sur sa tête, pour cacher les bigoudis. Elle était énorme. Elle marchait lentement, en soufflant comme si elle venait de monter six étages en courant.

— Je fais attention avant d'ouvrir. Voyez, avec toute cette drogue et les Arabes qu'y en a de partout, on se fait agresser même chez soi.

— Vous avez raison, je dis, sans m'empêcher de sourire. Faut être prudent.

On la suivit dans le jardin. Le sien et celui du grand-père n'étaient séparés que par une murette à peine haute d'un mètre.

— Ho! Monsieur Hamoudi, elle cria. Monsieur Hamoudi, vous avez de la visite!

— Je peux passer de l'autre côté?

— Ben, faites, faites. Oh! Bonne Mère! Y faudrait pas qu'y lui soit arrivé du malheur.

— Tu m'attends, je dis à Mourad.

Je passai de l'autre côté aisément. Le jardin était identique, aussi bien entretenu. J'étais à peine sur les marches que Mourad m'avait rejoint. Il fut le premier dans le salon.

Le grand-père Hamoudi était par terre. La tête en sang. On l'avait méchamment tabassé. Les salauds, en partant, lui avaient fait bouffer sa médaille militaire. J'ôtai la médaille de sa bouche, et pris son pouls. Il respirait encore. Il était seulement dans le cirage. K.O. Un miracle. Mais ses agresseurs n'avaient peut-être pas voulu le tuer.

— Va ouvrir à la dame, je dis à Mourad. Il s'était agenouillé à côté de son grand-père. Et téléphone à ta mère. Dis-lui de venir vite. De prendre un taxi. Il ne bougeait pas. Tétanisé, il était. Mourad !

Il se leva, lentement.

— Il va mourir ?

— Non. Allez ! Magne-toi !

La voisine arriva. Elle était grosse, mais elle se déplaçait vite.

— Sainte Vierge ! lâcha-t-elle dans un énorme souffle.

— Vous n'avez rien entendu ? Elle secoua la tête. Pas un cri ?

Elle secoua encore la tête. Elle semblait avoir perdu la parole. Elle était là debout, se triturant les mains. Je repris le pouls du vieil homme, le tâtai de toutes parts. Puis j'avisai une banquette-lit, dans le coin de la pièce. Je le soulevai. Il ne pesait guère plus lourd qu'un sac de feuilles mortes. Je l'allongeai, en glissant un coussin sous sa tête.

— Trouvez moi une bassine, et un gant de toilette. Puis des glaçons. Et voyez si vous pouvez faire un truc chaud. Du café. Ou du thé.

Quand Mourad revint, je nettoyais le visage de son grand-père. Il avait saigné du nez. Sa lèvre supérieure était fendue. Son visage était couvert de bleus. À part son nez peut-être, il n'avait rien de cassé. Apparemment, ils ne l'avaient frappé qu'au visage.

— Elle arrive, ma mèr'.

Il s'assit à côté de son grand-père et lui prit la main.

— Ça ira, je dis. Ç'aurait pu être pire.

— Y a le cartable de Naïma, dans le couloir, balbutia-t-il faiblement.

Puis il éclata en sanglots.

Putain de vie, je me dis.

Et je n'eus qu'une hâte, que le grand-père revienne à lui, et nous raconte. Cela ne ressemblait pas à un acte de délinquance sauvage, une baston comme ça. C'était du travail de pro. Le grand-père hébergeait Naïma. Naïma avait passé la nuit de vendredi avec Guitou. Et Guitou était mort. Et Hocine Draoui aussi.

Naïma, c'était sûr, avait dû voir quelque chose. Elle était en danger. Où qu'elle soit.

Aucune inquiétude, pour le grand-père. Le médecin, que j'avais fait appeler, confirma qu'il n'avait rien de cassé. Même pas le nez. Il avait seulement besoin de repos. Il rédigea son ordonnance tout en conseillant à la mère de Mourad de porter plainte. Bien sûr, elle dit, elle le ferait. Et Marinette, la voisine, se proposa de l'accompagner. «Que c'est pas des choses, ça, de venir tuer les gens dans leur maison.» Mais, cette fois-ci, elle ne fit aucune allusion à tous ces Arabes qui assassinent les gens. Ce n'était pas de circonstance. Et c'était une brave femme.

Pendant que le grand-père buvait un thé, j'avalai une bière que Marinette m'avait proposée. Vite fait. Juste pour que les idées soient à bonne température. Marinette retourna chez elle. Si on avait besoin, elle était là.

J'approchai une chaise du lit.

— Vous vous sentez de parler un peu? je demandai au grand-père.

Il fit oui de la tête. Ses lèvres avaient enflé. Son visage prenait une couleur violette, rouge sang à certains endroits. L'homme qui l'avait frappé portait une énorme chevalière à la main droite, avait-il dit. Il n'avait cogné qu'avec cette seule main.

Le visage du grand-père m'était familier. Un visage émacié. Des pommettes hautes. Des lèvres épaisses. Des cheveux frisés et grisonnants. Mon père, tel qu'il aurait pu être aujourd'hui. Jeune – comme je l'avais vu sur des photos –, il ressemblait à un Tunisien. «On vient du même ventre», il disait. De la Méditerranée. Alors, forcément, on est tous un peu arabe, répondait-il quand on le taquinait là-dessus.

— Est-ce qu'ils ont emmené Naïma?

Il secoua la tête.

— Ils me tapaient dessus, quand elle est entrée. Elle revenait de l'école. Ils ont été surpris. Elle a poussé un cri et je l'ai vue partir. Il y en a un qui lui a couru après. L'autre m'a frappé violemment, sur le nez. J'ai senti que je tournais de l'oeil.

Une voiture, dans ces ruelles, n'avait aucune chance contre une gamine courant à pieds. Elle avait dû s'en tirer. Pour combien de temps? Et où avait-elle pu aller? Ça, c'était une autre histoire.

— Ils étaient deux?

— Oui, ici quoi. Un qui me maintenait assis sur la chaise. L'autre qui posait les questions. Celui avec la

169

chevalière. Il m'avait fourré ma médaille dans la bouche. Si je criais, il me la faisait bouffer, il avait dit. Mais j'ai pas crié. J'ai rien dit. J'avais honte, monsieur. Pour eux. Pour ce monde. J'ai assez vécu, je crois.

— Dis pas ça, pleurnicha Mourad.

— Le Dieu, tu vois, il peut me reprendre. Y a plus rien de bien joli à voir sur terre, de nos jours.

— Qu'est-ce qu'ils voulaient savoir ces types?

— Si Naïma rentrait tous les soirs ici. Où elle allait au lycée. Si je savais où qu'elle était vendredi soir. Si j'avais entendu parler d'un certain Guitou… De toute façon, j'en savais rien. À part qu'elle vit ici, avec moi, je sais même pas où qu'il est son lycée.

Ça confirmait mes craintes.

— Elle ne vous a rien raconté?

Le vieux secoua la tête.

— Quand elle est rentrée, samedi…

— C'était quelle heure?

— Sept heures, environ. Je venais de me lever. J'ai été surpris. Elle devait revenir que le dimanche soir, elle m'avait prévenu. Elle était pas coiffée. Son regard était hagard. Fuyant. Elle s'est enfermée là-haut, dans la chambre. Elle a plus bougé de la journée. Le soir, j'ai frappé à la porte, pour qu'elle vienne manger. Elle a refusé. «J'suis pas bien», qu'elle a répondu. Plus tard, elle est descendue. Pour aller téléphoner. J'y ai demandé ce qui se passait. «Oh! Laisse-moi, elle a dit. Je t'en prie!» Elle est revenue un quart d'heure après. Elle est remontée là-haut, sans dire un mot.

170

«Le lendemain, elle s'est levée tard. Elle est descendue déjeuner. Elle était plus gentille. Elle s'est excusée, pour la veille. Elle était triste à cause d'un copain, elle m'a expliqué. Un garçon qu'elle aimait beaucoup. Mais que c'était fini. Tout allait bien, maintenant. Et elle m'a fait un gentil bisou sur le front. Bien sûr, j'en ai pas cru un mot. Ça se voyait dans ses yeux, que ça n'allait pas. Qu'elle disait pas la vérité. J'ai pas voulu la brusquer, vous comprenez. Je sentais que c'était grave. J'ai pensé à une peine de coeur. Le petit copain, tout ça. Des peines de son âge. J'y ai simplement dit : «Tu peux me parler, si tu veux, d'accord?» Elle a eu un petit sourire, vous voyez. Tout tristounet. «T'es gentil, grand-père. Mais, là, j'ai pas envie.» Elle était au bord des larmes. Elle m'a encore embrassé et elle est repartie dans la chambre.

«Le soir, elle est redescendue téléphoner. Ça a duré plus longtemps que la veille. Assez longtemps même, parce que je me suis inquiété de pas la voir revenir. Je suis même sorti sur le trottoir pour la guetter. Elle a fait semblant de manger, puis elle est allée se coucher. Voilà, et lundi elle est partie à l'école et…

— Elle y va plus, au lycée, coupa Mourad.

On le regarda tous les trois.

— Plus au lycée! cria presque sa mère.

— Elle a plus envie. Elle est trop triste, elle m'a dit.

— Tu l'as vue quand? lui demandai-je.

— Lundi. À la sortie du collège. Elle m'attendait. On devait aller au concert ensemble, le soir. Voir

Akhénaton. Le chanteur d'IAM. Il faisait un truc en solo.

— Qu'est-ce qu'elle t'a dit ?

— Rien, rien… Ce que je vous ai dit, l'autre soir, quoi. Qu'elle et Guitou, c'était fini. Qu'il était reparti. Qu'elle était triste.

— Et elle ne voulait plus aller au concert ?

— Y fallait qu'elle voit un copain à Guitou. Urgent, qu'c'était. À cause de Guitou, tout ça. Que je me suis dit qu'entre tous les deux, c'était peut-être pas aussi fini qu'ça. Qu'elle y tenait, quoi, à c'Guitou.

— Et elle n'était pas allée au lycée ?

— Ouais. Elle a dit qu'elle irait pas quelques jours. À cause de tout ça, quoi. Qu'elle avait pas vraiment la tête à écouter les profs.

— Cet autre copain, tu le connais ?

Il haussa les épaules. Cela ne pouvait être que Mathias. J'imaginais le pire. Si elle avait vu, par exemple, Adrien Fabre. Et qu'elle lui avait tout raconté, à Mathias. Dans quel état ils devaient être tous les deux ! Qu'est-ce qu'ils avaient fait ensuite ? À qui en avaient-ils parlé ? À Cûc ?

Je me retournai vers le grand-père.

— Vous ouvrez toujours la porte, comme ça, quand on sonne ?

— Non. Je regarde par la fenêtre, d'abord. Comme tout le monde, ici.

— Alors pourquoi vous leur avez ouvert ?

— Je ne sais pas.

Je me levai. J'aurais bien bu une autre bière. Mais

172

Marinette n'était plus là. Le grand-père dut le deviner.

— J'ai de la bière au frigo. J'en bois, vous savez. Une de temps en temps. Dans le jardin. C'est bon. Mourad, va chercher une bière, pour le monsieur.

— Laisse, je dis. Je vais trouver.

J'avais besoin de me dégourdir les jambes. Dans la cuisine, je bus directement au goulot. Une longue rasade. Ça me détentit un peu. Puis j'attrapai un verre, le remplis et revins dans la pièce. Je me rassis à côté du lit. Je les regardai tous les trois. Personne n'avait bougé.

— Écoutez, Naïma est en danger. En danger de mort. Les gens qui sont venus ici sont prêts à tout. Ils ont déjà tué deux personnes. Guitou, il n'avait pas dix-sept ans. Vous comprenez ça ? Alors, je vous le redemande, pourquoi avoir ouvert à ces hommes ?

— Redouane..., commença le grand-père.

— C'est de ma faute, coupa la mère de Mourad.

Elle me regarda bien en face. Ils étaient beaux, ses yeux. Avec au fond, tout la peine du monde. Au lieu de cette petite lumière de fierté qui brille quand les mères parlent de leurs enfants.

— Votre faute ?

— J'y ai tout raconté, à Redouane. L'autre soir. Après votre visite. Y savait que vous étiez venu. Il sait toujours tout, de ce qui se passe. J'ai l'impression qu'on est toujours surveillés. Y voulait savoir qui vous étiez, pourquoi vous êtes venu. Si ç'avait un rapport avec l'autre, qui avait demandé après lui l'après-midi, et...

Je me sentis proche du tilt.

— Quel autre, madame Hamoudi?

Elle en avait trop dit. Je sentis la panique en elle.

— L'autre.

— Çui qu'y z'ont buté. Ton copain, il paraît. Y cherchait après Redouane.

Stop ou encore? me demandai-je.

Dans ma tête, l'écran affichait «Game over». Qu'est-ce que je disais déjà à Fonfon, l'autre matin? «Tant qu'on mise, on est en vie». Je remis une partie.

Juste pour voir.

12

Où, dans la nuit, on croise
des vaisseaux fantômes

Tous les trois me regardaient en silence. Mes yeux allèrent de l'un à l'autre.

Où pouvait être Naïma? Et Pavie?

Toutes les deux avaient vu la mort en direct, pour de vrai, sans écran, et elles étaient en cavale. Disparues. Envolées.

Les paupières du grand-père se fermaient. Les calmants allaient bientôt faire leur effet. Il luttait contre le sommeil. C'est pourtant lui qui fit l'effort de reparler le premier. Par urgence, et pour pouvoir dormir, enfin.

— Je croyais que c'était un ami de Redouane, celui qui m'a parlé par la fenêtre. Il désirait voir Naïma. J'y ai répondu qu'elle était pas rentrée encore. Y m'a demandé s'il pouvait l'attendre, avec moi, qu'il avait le temps. Il avait pas l'air... Il faisait une bonne impression. Bien habillé, en costume, avec une cravate. Alors, j'y ai ouvert.

— Il a des amis comme ça, Redouane?

— Une fois, il m'a rendu visite avec deux personnes aussi bien mises. Plus âgées que lui. Y en a un, je crois, il a une société de voitures. L'autre, un magasin vers la place d'Aix. Y se sont mis à genoux, devant moi. Y m'ont embrassé la main. Y souhaitaient que je participe à une réunion religieuse. Pour parler à des jeunes de chez nous. Une idée à Redouane, qu'ils m'ont dit. On m'écouterait si je parlais de la religion. J'avais combattu pour la France. Un héros, j'étais. Alors, je pouvais leur expliquer ça, aux jeunes gens, que la France c'était pas le salut. Qu'au contraire, elle leur enlève tout respect, la France. Avec la drogue, l'alcool, tout ça... Et même cette musique, qu'ils écoutent tous aujourd'hui...

— Le rap, précisa Mourad.

— Oui, ça braille trop d'ailleurs, ces musiques. Vous aimez ça, vous?

— Ce n'est pas ce que je préfère. Mais, c'est un peu comme les jeans, ça leur colle à la peau.

— Ça doit être de leur âge, c'est ça... À mon époque...

— Lui, dit Mourad, en me désignant, il écoute des vieux trucs arabes. Comment y s'appelle, votre chanteur?

— Lili Boniche.

— Oh! Le grand-père sourit, et resta songeur. Perdu sans doute là où il faisait bon vivre. Ses yeux revinrent vers moi. Qu'est-ce que je disais? Ah oui. Pour les amis de Redouane, y fallait sauver nos enfants. Il était temps que nos jeunes reviennent vers

176

Dieu. Qu'ils réapprennent nos valeurs. La tradition. Le respect. C'est pour ça qu'ils me sollicitaient.

— Y faut pas reprocher à Redouane qu'il s'est tourné vers Dieu, coupa la mère de Mourad. C'est son chemin. Elle me regarda : Il a fait beaucoup de bêtises, avant. Alors... C'est mieux qu'il soit à faire des prières, plutôt qu'à traîner avec des mauvaises têtes.

— C'est pas ce que je dis, lui répondit le grand-père. Tu le sais bien. Les excès sont à bannir. Trop d'alcool, ou trop de religion, c'est la même chose. Ça rend malade. Et c'est ceux qu'ont fait les pires choses qui veulent imposer leur manière de voir ! De vivre. Je dis pas ça pour Redouane. Encore que... ces derniers temps...

« Au pays, reprit-il après avoir respiré un grand coup, au pays, ta fille, il la tuerait. C'est comme ça maintenant, là-bas. Je l'ai lu dans le journal. Ils les violent dès qu'elles chantent. Dès qu'elle sont heureuses, nos filles. Je dis pas que Redouane, il ferait des choses pareilles, mais les autres... C'est pas l'islam, ça. Et Naïma, c'est pourtant une bonne fille. Comme celui-là, ajouta-t-il en désignant Mourad. Moi, j'ai jamais rien fait contre le Dieu. Ce que je dis, c'est qu'on fait pas sa vie avec la religion, mais avec le cœur. Il tourna son regard vers moi. C'est ce que je leur ai dit, à ces messieurs. Et j'y ai redit à Redouane, ce matin, quand il est arrivé.

— Je vous ai pas raconté la vérité, quand vous êtes venu tout à l'heure, reprit la mère de Mourad.

Redouane, le soir, il a dit de pas m'en mêler, de ces histoires. Que l'éducation de sa sœur, ça relevait des hommes. De lui. Ma fille, vous vous imaginez…

— Il l'a menacée, dit Mourad.

— J'avais peur pour Naïma, surtout. Redouane, il est parti comme un fou, très tôt. Y voulait la ramener à la maison. Cette histoire, avec le jeune homme, elle a comme fait déborder le vase. Redouane, il a dit que ça suffisait. Qu'il avait honte de sa sœur. Qu'elle méritait une bonne correction. Oh! Je sais plus, moi…

Elle prit sa tête entre ses mains. Accablée. Partagée entre son rôle de mère et son éducation d'obéissance aux hommes.

— Et qu'est-ce qui s'est passé, avec Redouane? demandai-je au grand père.

— Rien. Naïma, elle a pas dormi ici, cette nuit. J'étais très inquiet. C'est la première fois qu'elle faisait ça. Rien me dire et me laisser sans nouvelles. Vendredi, je savais qu'elle passait le week-end chez des amis. Elle avait même laissé le téléphone où la joindre, s'y avait quoi que ce soit. J'y ai toujours fait confiance.

— Où elle est allée? Vous avez une idée?

J'avais la mienne, d'idée, mais j'avais besoin de l'entendre avec une autre voix.

— Elle a appelé, ce matin. Pour que je me fasse pas du souci. Elle était restée à Aix. Dans la famille d'un ancien copain de lycée, je crois. Un qu'elle était avec lui en vacances.

— Mathias? Cela vous dit quelque chose?

178

— C'est peut-être ce nom-là.

— Mathias ! dit Mourad. L'est vachement sympa. C'est un Viet.

— Un Viet ? interrogea la mère de Mourad.

Elle était dépassée. La vie de ses enfants lui avait échappé. Redouane, Naïma. Mourad aussi, certainement.

— Que par sa mère, précisa Mourad.

— Tu le connais ? je lui demandai.

— Un peu. Un moment, ils sortaient ensemble, lui et ma sœur. J'allais au ciné avec eux.

— Toujours cette histoire, reprit le grand-père. Qu'elle avait du souci. Et que c'est pour ça qu'elle était pas dans son assiette. Il fallait que je la comprenne. Il demeura pensif quelques secondes. Je pouvais pas savoir, moi. Ce drame. Pourquoi... pourquoi, ils l'ont tué ce jeune homme ?

— Je l'ignore. Naïma est la seule a pouvoir nous raconter ce qui s'est passé.

— Quel malheur c'est, la vie.

— Et avec Redouane, ce matin ?

— J'y ai dit que sa sœur, elle était partie plus tôt. Y m'a pas cru, bien sûr. De toute façon, il aurait rien cru. Que ce qu'y voulait croire. Ou entendre. Il a voulu aller dans la chambre de sa sœur. S'assurer qu'elle était vraiment pas là. Ou voir si elle avait vraiment dormi ici. Mais je l'ai pas laissé faire. Alors, y s'est mis à me crier dessus. J'y ai rappelé que l'islam, il apprend à respecter les vieux. Les anciens. C'est la première règle. « J'ai aucun respect pour toi, y m'a répondu.

T'es qu'un impie! Pire que les Français!» J'ai pris ma canne, et j'y ai bien montrée. Je suis encore capable de te corriger! j'y ai crié. Et je l'ai chassé.

— Malgré tout ça, vous avez ouvert à cet homme.

— Je pensais que si je parlais avec lui, il pourrait raisonner un peu Redouane.

— Vous l'aviez déjà vu avec lui?

— Non.

— C'était un Algérien?

— Non. De dehors, avec ses lunettes noires, j'ai pensé que c'était un Tunisien. Je me méfiais pas, alors...

— C'était pas un Arabe?

— Je sais pas. Mais y parlait pas arabe.

— Mon père, il était Italien, et on le prenait pour un Tunisien, quand il était jeune.

— Oui, peut-être qu'il était Italien. Mais d'en bas. De vers Naples. Ou Sicilien. C'est possible.

— Il était comment, physiquement?

— Votre âge, environ. Bel homme. Un peu plus petit que vous et plus épais. Pas gros, mais plus fort. Les tempes grisonnantes. Une moustache poivre et sel... Et... il portait cette grosse chevalière, en or.

— Alors, il devait être Italien, je dis en souriant. Ou Corse.

— Non, pas Corse. L'autre oui. Celui qui m'a sauté dessus, quand j'ai ouvert la porte. J'ai vu que son revolver, qu'il m'a mis sous le menton. Y m'a poussé en arrière, et je suis tombé. Lui, oui, il avait l'accent corse. Je l'oublierai pas.

180

Il était à bout de forces.

— Je vais vous laisser dormir. Je reviendrai peut-être vous poser d'autres questions. Si c'est utile. Ne vous inquiétez pas. Ça va s'arranger.

Il eut un sourire heureux. Il n'en demandait pas plus, maintenant. Qu'un peu de réconfort. Et l'assurance que tout irait bien pour Naïma. Mourad se pencha vers lui et l'embrassa sur le front.

— Je vais rester avec toi.

Finalement, c'est la mère de Mourad qui resta pour veiller le grand-père. Elle espérait sans doute que Naïma rentrerait. Mais, surtout, elle n'avait guère envie de se retrouver face à face avec Redouane. «Elle en a un peu peur», me confia Mourad au retour.

— Il est devenu fou. Ma mèr', il l'oblige à mettre un voile quand il est là. Et à table, elle doit le servir les yeux baissés. Mon père, il dit rien. Il dit que ça lui passera.

— Depuis quand, il est comme ça?

— Un peu plus d'an. Depuis qu'il est sorti de taule.

— Il a fait combien?

— Deux ans. L'a braqué un magasin hi-fi, aux Chartreux. Avec deux potes à lui. Complètement défoncés, ils étaient.

— Et toi?

Il me regarda droit dans les yeux.

— Je fais équipe avec Anselme, si c'est ça qui t'intéresse. Le basket. On fume pas, on boit pas. C'est la règle. Personne de l'équipe. Sinon Anselme, il nous vire. Souvent, je vais chez lui. Manger, dormir. C'est cool.

Il se perdit dans le silence. Les quartiers nord, avec leurs milliers de fenêtres éclairées, ressemblaient à des bateaux. Des navires perdus. Des vaisseaux fantômes. C'était l'heure la pire. Celle où l'on rentre. Celle où, dans les blocs de béton, on sait que l'on est vraiment loin de tout. Et oubliés.

Mes pensées étaient sens dessus dessous. Je devais assimiler tout ce que je venais d'entendre, mais j'en étais incapable. Ce qui me troublait le plus, c'était ces deux types qui couraient après Naïma. Ceux qui avaient tabassé le grand-père. Était-ce eux qui avaient tué Hocine et Guitou ? Eux qui m'avaient pris en chasse cette nuit ? Un Corse. Le chauffeur de la Safrane ? Balducci ? Non, impossible. Comment auraient-ils pu savoir que, moi aussi, je cherchais Naïma ? Et si rapidement ? M'identifier, tout ça. Impensable. Les mecs de cette nuit, cela ne pouvait être que lié à Serge. L'évidence. Les flics m'avaient embarqué. Eux m'avaient suivi. J'étais là. Je pouvais être un copain de Serge. Son complice dans je ne sais pas quoi. Comme l'espérait d'ailleurs Pertin. Donc, logique, ils pouvaient avoir envie de me faire la peau. Ou simplement savoir ce que j'avais dans le ventre. Ouais.

À Notre-Dame-Limite, je filai un coup de frein qui sortit Mourad de ses pensées. Je venais de repérer une cabine téléphonique.

— J'en ai pour deux minutes.

Marinette répondit à la deuxième sonnerie.

— Désolé de vous déranger encore, dis-je après m'être présenté. Mais, par hasard, cet après-midi, vous n'auriez pas remarqué une voiture qui sortait un peu de l'ordinaire?

— Celle des agresseurs de M. Hamoudi?

Elle n'y allait pas par quatre chemins, Marinette. Dans ces quartiers, comme dans les cités, tout se remarque. Surtout une voiture nouvelle.

— Moi non. Je me faisais la mise en pli. Alors, je vais pas dans la rue. Mais Émile, mon mari, oui. Je lui ai raconté tout ça, vous voyez. Alors, y m'a dit qu'en sortant, il avait vu une grosse voiture. Vers trois heures. Elle descendait la rue. Lui, il montait chez Pascal. C'est le bar du coin. Émile, il y fait la belote tous les après-midi. Ça l'occupe, le pauvre. La voiture, vous pensez qu'il l'a regardée! On en voit pas tous les jours, des comme ça. Et pas que dans le quartier, va! C'est rien qu'à la télé, qu'on les voit, ces choses.

— Une voiture noire?

— 'T'endez un instant. Émile! Noire, elle était la voiture? elle cria à son mari.

«Vouais! Noire. Une Safrane», je l'entendis répondre. «Et dis-y au monsieur qu'elle était pas d'ici. Du Var, qu'elle était.»

— Noire, elle était.

— J'ai entendu.

J'avais entendu, oui. Et j'en eus froid dans le dos.

— Merci Marinette.

Et je raccrochai mécaniquement.

Sonné.

Je ne comprenais rien, mais plus aucun doute là-dessus, c'était bien les mêmes. Depuis quand m'avaient-ils pris en chasse, ces deux salauds? Bonne question. D'y répondre éclairerait ma lanterne magique. Mais je n'avais pas la réponse. Ce qui était sûr, c'est que je les avais amenés jusque chez les Hamoudi. Hier. Avant ou après mon passage au commissariat. Le soir, s'ils n'avaient pas insisté plus que ça, ce n'était pas parce qu'ils avaient trouvé plus malin qu'eux. Non, ils avaient estimé, justement, que je n'irais guère plus loin que chez Félix. Et… Merde! est-ce qu'ils savaient aussi où j'habitais? Celle-là, de question, je la mis de côté vite fait. La réponse risquait de me filer des boutons.

Bon, on reprend me dis-je. Ce matin, ils s'étaient pointés à la Bigotte et ils avaient attendu que ça bouge. Et Redouane avait bougé. Pour aller chez le grand-père. Comment savaient-ils que c'était lui? Simple. Tu files cent balles à n'importe quel môme en train de glander et le tour est joué.

— On va passer chez toi, vite fait, je dis à Mourad. Tu prends des affaires, pour quelques jours et je te ramène chez le grand-père.

— Qu'est-ce qu'y se passe?

— Rien. Je préfère que tu ne dormes pas là, c'est tout.

— Et Redouane?

— On va lui laisser un mot. Ce serait mieux qu'il fasse pareil.

— Je peux aller chez Anselme, plutôt ?

— Comme tu veux. Mais téléphone chez Marinette. Que ta mère elle sache où tu es.

— Tu vas la retrouver, ma sœur ?

— J'aimerais, oui.

— Mais t'en es pas sûr, hein ?

De quoi pouvais-je être sûr ? De rien. J'étais parti à la recherche de Guitou, comme on va au marché. Les mains dans les poches. Sans me presser. En regardant ici et là. La seule urgence à le retrouver, c'était l'angoisse de Gélou. Pas de mettre un terme à l'histoire d'amour des deux mômes. Et Guitou était mort. Flingué à bout portant par des tueurs. En chemin, un vieux copain s'était fait buter par d'autres tueurs. Et deux gamines étaient en cavale. Aussi gravement en danger l'une que l'autre.

Ça, ça ne faisait aucun doute. Et l'autre gamin aussi. Mathias. Il me fallait le voir. Le mettre à l'abri, lui aussi.

— Je t'accompagne, je dis à Mourad, une fois arrivés à La Bigotte. J'ai quelques coups de fil à passer.

— Je commençais à m'inquiéter, dit Honorine. Que vous avez pas appelé de toute la journée.

— Je sais, Honorine. Je sais. Mais…

— Vous pouvez me parler. Je l'ai lu, le journal.

Allons bon !

— Ah !

— Comment c'est possible, des horreurs pareilles?

— Vous l'avez lu où, le journal? je demandai pour ne pas répondre à sa question.

— Chez Fonfon. J'y suis allée, pour l'inviter. Vé, pour dimanche. Pour manger la poutargue. Vous vous rappelez, hein? Y m'a dit de pas en parler, pour Guitou. De vous laisser faire comme vous pensez. Dites, vous savez où que vous allez? Hein?

Je n'en savais plus trop rien, en vérité.

— J'ai vu la police, Honorine, dis-je pour la rassurer. Et Gélou, elle l'a lu aussi, le journal?

— Bé que non! Le midi, j'ai même pas mis les informations régionales.

— Elle est pas trop inquiète?

— C'est à dire...

— Passez-la moi, Honorine. Et ne m'attendez pas. Je ne sais pas à quelle heure je vais rentrer.

— Moi, j'ai déjà mangé. Mais Gélou, elle est plus là.

— Plus là! Elle est repartie?

— Non, non. Enfin, elle est plus chez vous. Mais elle est toujours à Marseille. Il lui a téléphoné, cet après-midi, son... ami.

— Alexandre.

— C'est ça. Alex, qu'elle l'appelle. Il venait de rentrer à Gap. Chez eux. Il a lu le mot sur le lit du petit. Alors, il a fait ni une ni deux, il a repris sa voiture et il est descendu à Marseille. Ils se sont retrouvés en ville. Vers les cinq heures, ça devait être. Ils sont à l'hôtel. Vé, qu'elle m'a rappelée pour vous dire où la joindre. L'hôtel Alizé. C'est sur le Vieux-Port, non?

186

— Ouais. Au-dessus du New York.

En ouvrant n'importe quel journal, Gélou pouvait apprendre la mort de Guitou. Comme je l'avais fait. Des Fabre dont le fils s'appelle Mathias, il ne devait pas y en avoir des masses. Et encore moins de Fabre chez qui un gamin de seize ans et demi s'était fait tuer.

La présence d'Alexandre changeait pas mal de choses. Je pouvais penser ce que je voulais du bonhomme, mais c'est celui qu'elle aimait, Gélou. Qu'elle voulait garder. Ils étaient ensemble depuis dix ans. Il l'avait aidée à élever Patrice et Marc. Et Guitou, malgré tout. Ils avaient leur vie, et ce n'est pas parce qu'ils étaient racistes, que j'avais le droit de nier tout ça. Gélou s'appuyait sur cet homme, et moi je devais aussi le faire.

Ils devaient savoir, pour Guitou.

Enfin, peut-être.

— Je l'appelle, Honorine. Je vous embrasse.

— Dites ?

— Quoi ?

— Ça va, vous ?

— Bien sûr. Pourquoi ?

— Parce que je vous connais, vé. Je le sens bien à votre voix, que vous êtes pas dans votre assiette.

— Je suis un peu énervé, c'est vrai. Mais ne vous inquiétez pas.

— Si, je m'inquiète. Surtout quand vous me parlez comme ça.

— Je vous embrasse.

Sacrée bonne femme ! Je l'adorais. Le jour où je mourrai, sûr que du fond de mon trou, c'est elle qui me manquera le plus. L'inverse était plus probable, mais je préférais ne pas y penser.

Loubet était encore à son bureau. Les Fabre avaient reconnu avoir menti à propos de Guitou. Il fallait les croire maintenant. Ils ignoraient tout de la présence de ce jeune homme chez eux. C'est leur fils, Mathias, qui l'avait invité et qui lui avait prêté sa clef. Vendredi, avant de partir à Sanary. Ils s'étaient connus cet été. Ils avaient sympathisé, et échangé leur téléphone...

— Voilà, et quand ils sont rentrés, Mathias n'était pas avec eux. Mais à Aix. Et ils n'ont pas voulu le choquer avec ce drame... Baratin, quoi. Mais on progresse.

— Tu penses que ce n'est pas la vérité ?

— Le coup du «maintenant, on vous dit la vérité», ça me laisse toujours perplexe. Quand on ment une fois, c'est qu'il y a anguille sous roche. Ou ils ne m'ont pas tout dit ou Mathias cache encore des choses.

— Qu'est-ce qui te fait dire ça ?

— Parce que dans le studio, ton Guitou, il était pas seul.

— Ah bon, fis-je innocemment.

— Il y avait un préservatif, dans les draps. Et il datait pas de la préhistoire. Le gamin, il était avec une fille. S'il a fugué, c'est peut-être pour la retrouver. C'est des choses que Mathias, il doit savoir. Je pense qu'il me racontera ça, demain, quand je le verrai. Entre quatre yeux, un gamin devant un flic, il ne bluffe pas longtemps. Et la fille, j'aimerais savoir qui c'est. Parce que des choses, elle doit en avoir à raconter, non? Tu crois pas?

— Ouais, ouais...

— Imagine, Montale. Ils sont au pieu, tous les deux. La fille, tu la vois partir chez elle, le matin? À deux ou trois plombes? Seule? Moi pas.

— Elle avait peut-être une mob.

— Oh! Ducon, ça va!

— Non, tu as raison.

— Si ça se trouve, reprit-il.

Je ne le laissai pas finir. Et là, je le sentis, j'allais vraiment jouer au con.

— Elle aurait pu être encore là, planquée. C'est ça?

— Ouais. Un truc comme ça.

— Un peu tiré par les cheveux, non? Les mecs, ils butent Draoui. Puis un môme. Ils ont dû s'assurer qu'il n'y avait plus personne.

— T'as beau être un pro du crime, Montale, il y a toujours des soirs de conneries. C'en était un, je pense. Ils comptaient se faire Hocine Draoui, peinards. Et ils tombent sur un os. Guitou. Qu'est-ce qu'il foutait à poil dans le couloir, va savoir. Le bruit, sans doute. Il a eu peur. Et tout a dérapé.

— Hum, je fis, comme si je réfléchissais. Tu veux que je pose quelques questions à ma cousine, sur Guitou? Et une éventuelle petite copine à Marseille. Une mère, ça doit savoir ça.

— Tu vois, Montale, ça m'étonne que tu ne l'aies

pas déjà fait. À ta place, moi, j'aurais commencé par
là. Un gamin, quand il fugue, souvent y a une fille
dessous. Ou un bon copain. Tu le sais ça, non ? Ou
t'as oublié que t'as été flic ? Je répondis par un
silence. Il reprit : Je vois toujours pas quel fil t'as suivi
pour lui mettre la main dessus, à Guitou.

Montale, dans le rôle de l'idiot du village !

C'est le problème, quand on ment. Ou on prend
son courage à deux mains et on dit la vérité. Ou on
persiste jusqu'à trouver une solution. Ma solution,
c'était de mettre Naïma et Mathias à l'abri. En
planque. J'avais déjà ma petite idée sur le lieu.
Jusqu'à ce qu'on y voit clair dans cette histoire. Je faisais confiance à Loubet, mais pas à toute la police.
Les flics et le Milieu, ça n'avait que trop fricoté
ensemble. Quoi qu'on en dise, le téléphone, entre
eux, continuait de fonctionner.

— Tu veux l'interroger, Gélou ? trouvai-je à
répondre pour me sortir du pétrin.

— Non, non. Fais-le. Mais garde pas les réponses
pour toi. Je gagnerai du temps.

— OK, fis-je sérieusement.

Puis le visage de Guitou me revint à l'esprit. Sa tête
d'ange. Comme un éclair rouge dans mes yeux. Son
sang. Sa mort m'éclaboussait. Comment pourrais-je
fermer les yeux, maintenant, sans voir son corps ? Son
corps à la morgue. Ce n'était pas de mentir ou de dire
la vérité à Loubet qui me tarabustait. C'était les
tueurs. Ces deux fumiers. Je voulais qu'ils en passent
par moi. Et avoir devant moi celui qui avait tué

Guitou. Oui, face à face. J'avais assez de haine pour dégainer le premier.

Je n'avais rien d'autre en tête. Que ça.

Tuer.

Chourmo ! Montale. *Chourmo !*

Galère, c'est la vie !

— Oh ! T'es toujours là ?

— Je réfléchissais.

— Évite, Montale. Ça file de mauvaises idées. Cette histoire, si tu veux mon avis, elle pue vachement. Oublie pas que Hocine Draoui, on l'a pas buté pour rien.

— Je pensais à ça, tu vois.

— C'est bien ce que je disais. Évite. Bon, t'es chez toi si je te cherche ?

— Je ne bouge pas. Sauf pour aller à la pêche, comme tu sais.

13

*Où l'on a tous rêvé
de vivre comme des princes*

Mourad était devant moi, prêt. Un sac sur le dos, son cartable à la main. Raide. Je raccrochai.

— T'appelais Deux-Têtes?

— Non, pourquoi?

— Mais tu causais à un flic.

— J'ai été flic, comme tu dois savoir. C'est pas tous des Deux-Têtes.

— Des genres, qu'j'ai jamais rencontrés.

— Il en existe, pourtant.

Il me regarda, fixement. Comme il l'avait déjà fait plusieurs fois. Il cherchait en moi une raison de faire confiance. Ce n'était pas simple. Ces regards, je les connaissais bien. La plupart des mômes que j'avais croisés dans les cités, ils ne savaient pas ce que c'était un adulte. Un vrai.

Leurs pères, à cause de la crise, du chômage, du racisme, n'étaient, à leurs yeux, que des vaincus. Des perdants. Sans plus aucune autorité. Des hommes qui baissaient la tête, et les bras. Qui refusaient de discuter. Qui ne tenaient pas parole. Même pour un billet de cinquante balles, quand le week-end arrivait.

Et ils descendaient dans la rue, ces mômes. Largués. Loin du père. Sans foi, sans loi. Avec pour seule règle, ne pas être ce qu'était leur père.

— On y va?

— J'ai encore une chose à faire, je dis. C'est pour ça que je suis monté. Pas seulement pour téléphoner.

À mon tour, je le regardai. Mourad posa son cartable. Ses yeux s'embuèrent de larmes. Il venait de deviner quelle était mon intention.

En écoutant le grand-père parler de Redouane, cela s'était mis insensiblement en place dans ma tête. Je m'étais alors souvenu de ce que m'avait confié Anselme. Redouane, on l'avait déjà vu avec le type qui conduisait la BMW. Celle d'où les coups de feu étaient partis. Et Serge, il sortait de chez les Hamoudi.

— C'est celle-là, sa chambre? je lui demandai.

— Non, c'est celle des parents. La sienne, elle est au fond.

— Je dois le faire, Mourad. J'ai besoin de savoir des choses.

— Pourquoi?

— Parce que Serge, c'était mon pote, dis-je en ouvrant la porte. Je n'aime pas qu'on bute, comme ça, ceux que j'aime.

Il restait droit, raide.

— Ma mère, elle a pas le droit d'entrer. Même pour faire le lit. Personne.

La chambre était minuscule. Un petit bureau, avec

une vieille machine à écrire, une Japy. Plusieurs publications y étaient soigneusement rangées. Des numéros de *Al Ra'id,* du *Musulman* – un mensuel édité par l'Association des étudiants islamiques en France – et un opuscule de Ahmed Deedat, *Comment Salman Rushdie a leurré l'Occident.* Un cosy années 60 et un lit d'une place, qui n'avait pas été fait. Une penderie ouverte, avec quelques chemises et jeans accrochés aux cintres. Une table de chevet, avec un exemplaire du Coran.

Je m'assis sur le lit, pour réfléchir, en feuilletant le Coran. Une feuille pliée en quatre marquait une page. La première ligne disait ceci : «Chaque peuple a sa fin, et lorsque sa fin arrive, il ne pourra la différer ou la hâter d'un seul instant.» Beau programme, pensai-je. Puis je dépliai la feuille de papier. Un tract. Un tract du Front national. Putain! Heureusement que j'étais assis! C'était bien la dernière chose que je m'attendais à trouver là.

Le texte reprenait une déclaration du F.N. parue dans *Minute-la-France* (n°1552). «Grâce au FIS, les Algériens vont ressembler de plus en plus à des Arabes et de moins en moins à des Français. Le FIS est pour le droit du sang. Nous aussi! Le FIS est contre l'intégration de ses émigrés dans la société française. NOUS AUSSI!» Et de conclure : «La victoire du FIS, c'est une chance inespérée d'avoir un Iran à notre porte.»

Pourquoi Redouane gardait-il ce tract, dans le Coran? Où l'avait-il récupéré? Je n'imaginais pas les militants d'extrême droite en train d'en distribuer plein les boîtes aux lettres des cités. Mais je pouvais me tromper. Les reculs électoraux des communistes dans ces quartiers laissaient le terrain libre à toutes les démagogies. Les militants du Front national en avaient plus qu'à revendre, même aux immigrés semblait-il.

— Tu veux lire ? demandai-je à Mourad qui était venu s'asseoir à côté de moi.

— J'ai lu, par-dessus ton épaule.

Je repliai le tract et le replaçai dans le Coran, à la même page. Dans le tiroir de la table de nuit, quatre billets de cinq cents balles, une boite de préservatifs, un Bic, deux photos d'identité. Je refermai le tiroir. J'aperçus alors, dans un coin de la chambre, des tapis de prière roulés. Je les défis. À l'intérieur, d'autres tracts. Une centaine. Le titre de ceux-là était en arabe. Le texte, en français, était bref : «Montrez que vous n'avez pas un morceau de fromage à la place du cerveau ! Lancez une pierre, amorcez une bombe, déposez une mine, détournez un avion !»

Ce n'était pas signé, bien sûr.

J'en savais assez. Pour l'instant.

— Viens. Ça va, on y va.

Mourad ne bougea pas. Il glissa sa main droite derrière le matelas, sous le cosy. Il la ressortit. Il tenait à la main un sac en plastique bleu. Un sac poubelle, roulé.

— Et ça, tu veux pas voir ?

Dedans, il y avait un 22 long rifle, et une dizaine de balles qui allaient avec.

— Merde!

Je ne sais combien de temps passa. Sans doute pas plus d'une minute. Mais cette minute pesait bien plusieurs siècles. Des siècles d'avant même la préhistoire. D'avant le feu. Là où il n'y avait que nuit, menace, peur. Une dispute éclata à l'étage au-dessous. La femme avait une voix aiguë. Celle de l'homme était râpeuse, fatiguée. Échos de la vie en cités.

. Mourad rompit le silence. Avec lassitude.

— Presque tous les soirs c'est comme ça. L'est chômeur, lui. Longue durée. Y fait que dormir. Et boire. Alors, elle crie. Puis il tourna ses yeux vers moi. Tu crois pas qu'il l'a tué, quand même?

— Je ne crois rien, Mourad. Mais toi, tu as des doutes, hein? Tu te dis que c'est possible.

— Non, j'ai pas dit ça! J'peux pas le croire. Mon frèr', faire ça. Mais... Tu vois, la vérité, c'est qu'j'ai peur pour lui. Qu'il s'embringue dans des trucs qui le dépassent, puis qu'un jour, ben... qu'il s'en serve, quoi, d'un truc comme ça.

— Je crois qu'il l'est déjà, embringué. Méchamment.

Le revolver était entre nous, sur le lit. Les armes m'ont toujours fait horreur. Même quand j'étais flic. Mon arme de service, j'hésitais toujours à la prendre. Je savais. Il suffisait d'appuyer sur la détente. La mort était au bout du doigt. Un seul coup, et cela pouvait être fatal à l'autre. Une seule balle pour Guitou. Trois pour Serge. Quand on en a tiré une, on peut en tirer trois. Ou plus. Et recommencer. Tuer.

— C'est pour ça, tu vois, dès qu'je rentre de l'école, je viens vérifier si c'est là. Tant qu'ça y est, je m'dis qu'y peut pas faire de conneries. T'as déjà tué ?

— Jamais. Même pas un lapin. Jamais tiré sur quelqu'un non plus. Il n'y a qu'à l'entraînement où je faisais des cartons, et dans les fêtes foraines. De bons cartons même. J'étais bien noté, comme tireur.

— Pas comme flic ?

— Non, pas comme flic. Je n'aurais jamais pu tirer sur quelqu'un. Même un putain de fumier de merde. Enfin, oui, peut-être. Dans les jambes. Mes coéquipiers le savaient. Mes chefs aussi, bien sûr. Pour le reste, je ne sais pas. Je n'ai jamais eu à sauver ma peau. En tuant, je veux dire.

Les envies de tuer, pourtant, ce n'était pas ça qui manquait. Mais je ne le dis pas à Mourad. C'était déjà bien assez de savoir que j'avais ça en moi. Cette folie, parfois. Parce que oui, bon dieu de merde, celui qui avait tué Guitou, d'une seule balle, là où ça ne laisse aucune chance, j'avais envie de lui faire la peau. Ça ne changerait rien à rien, évidemment. Des tueurs, il y en aurait d'autres. Toujours. Mais là, ça libérerait mon coeur. Peut-être.

— Tu devrais l'emporter, ce truc, reprit Mourad. Tu sauras comment t'en débarrasser. Moi, c'est mieux si je sais qu'c'est plus là.

— O.K.

Je roulai l'arme dans son plastique. Mourad se leva

et se mit à marcher à petits pas, les mains dans les poches.

— Tu vois, Anselme, il dit comme ça que Redouane, il est pas méchant. Mais qu'y peut devenir dangereux. Qu'y fait ça parce qu'il a plus de branches où se retenir. Il a raté le BEP, et puis il a fait des petits boulots. À EDF, un emploi... Comment qu'y disent ?

— Précaire.

— Ouais, c'est ça, précaire. Que ça va pas loin, quoi.

— C'est vrai.

— Puis vendeur de fruits, rue Longue. L'a aussi distribué *Le 13*. T'sais, le journal gratuit. Rien qu'des trucs du genre. Entre deux jobs, ben, y traînait dans la cage d'escalier, à fumer, à écouter du rap. Y s'fringuait comme MC Solaar ! Les conn'ries, c'est là qu'il a commencé. Et à se shooter de plus en plus dur. Au début, quand ma mèr' elle allait l'voir aux Baumettes, y l'obligeait à lui amener du shit. Au parloir ! Elle l'a fait, t'imagines le truc ! Y disait qu'sinon, en sortant, y nous tuait tous.

— Tu ne veux pas t'asseoir ?

— Non, j'suis mieux, debout. Il jeta un regard vers moi. C'est dur, de raconter des choses sur Redouane. C'est mon frèr', j'l'aime bien. Quand y se faisait un peu d'sous, au début qu'y bossait, il claquait tout avec nous. Il nous emmenait au ciné, Naïma et moi. Au Capitole, tu vois, sur la Canebière. Il nous offrait du pop'corn. Et on rentrait en taxi ! Comme des princes.

Il claqua des doigts, pour dire ça. Avec un sourire.

198

Et ça devait être super, ces moments-là. Les trois mômes, en virée sur la Canebière. Le grand et le petit, et au milieu la sœur. Fiers de leur frangine, c'était sûr.

Vivre comme des princes, nous avions rêvé de ça, avec Manu et Ugo. Marre de bosser pour trois prunes et quelques centimes de l'heure, alors que le mec, en face, il s'en foutait plein les fouilles, sur ton dos. «On est pas des putes, disait Ugo. On va pas se faire niquer par ces enfoirés.» Manu, lui, c'était les centimes du tarif horaire qui le mettaient hors de lui. Les centimes, c'était l'os du jambon à ronger. Et moi, j'étais comme eux, je voulais la voir, la couleur du jambon.

Combien on en avait braqué de pharmacies, de stations-essence? Je ne savais plus. Un beau palmarès. On se faisait ça à la coule. D'abord à Marseille, puis dans le département. On courait pas après le record. Juste de quoi vivre peinards, quinze, vingt jours. Et on recommençait. Pour le plaisir de claquer, sans compter. De frimer. Bien fringués, et tout, quoi. On se faisait même tailler des costards sur mesure. Chez Cirillo, on allait. Un tailleur italien de l'avenue Foch. Le choix du tissu, du modèle. Les essayages, les finitions. Avec le pli du pantalon qui tombe au poil sur les pompes, italiennes bien sûr. La classe!

Un après-midi, je m'en souvenais encore, on avait décidé une virée jusqu'à San Remo. Histoire de s'approvisionner en fringues et souliers. Un pote garagiste, José, un fou de bagnoles de course, nous avait cédé un coupé Alpine. Fauteuils cuir et tableau de bord en bois. Un chef-d'œuvre. Trois jours, on était restés. On s'était offert le grand chelem. L'hôtel, les filles, les restaurants, les boîtes de nuit et, au petit matin, un maximum de plaques au casino.

La grande vie. La belle époque.

Aujourd'hui, ce n'était plus pareil. Tirer mille balles d'une supérette, sans se faire piquer trois jours après, ça relevait presque de l'exploit. Le marché de la dope avait prospéré sur cette base-là. Il offrait plus de garanties. Et ça pouvait rapporter gros. Devenir dealer, c'était le must.

Il y a deux ans, on en avait chopé un, Bachir. Il rêvait d'ouvrir un bar avec la vente d'héro. «J'achetais le gramme, huit, neuf cents francs, il nous avait raconté. Je la coupais, et à la revente, je me faisais presque le million. Des fois, ça me laissait quatre mille par jour…»

Il avait vite oublié le bar, et il s'était mis au service d'une «grosse tête», comme il disait. Un gros dealer, quoi, rien d'autre. À cinquante-cinquante. Lui, il prenait tous les risques. Se trimbaler avec les paquets, attendre. Un soir, il refusa de rendre la recette, un chantage, pour obtenir, soixante-dix-trente. Le lendemain, fier de lui, il prenait l'apéro au Bar des Platanes, au Merlan. Un mec était entré et lui avait tiré deux balles dans les jambes. Une dans chaque. C'est là qu'on était venu le cueillir. Il était fiché, et on réussit à lui coller deux ans et demi. Mais sur ses fournisseurs, il n'avait rien craché. «Je suis de ce milieu, il avait dit. Je peux pas porter plainte. Mais je peux te déballer ma vie, si tu veux...» J'avais pas voulu l'entendre. Sa vie, je connaissais.

Mourad continuait de parler. La vie de Redouane ressemblait à celle de Bachir, et de centaines d'autres.

— Redouane, tu vois, quand y s'est mis dans la dope, il nous a plus emmenés au ciné. Il nous filait la thune, comme ça. «Tiens, t'achèteras c'que tu veux.» Cinq cents, mille balles. Avec, une fois, j'ai acheté des Reebock. Génial, c'était. Mais dans le fond, j'aimais pas trop. C'était pas un cadeau. Savoir d'où qu'il venait le fric, ça m'plaisait pas trop. Le jour où Redouane s'est fait gauler, j'les ai jetées.

À quoi ça tenait, me demandai-je, que dans une même famille, les enfants prenaient des routes différentes? Les filles, je comprenais. Leur désir de réussir, c'était leur moyen de gagner leur liberté. D'être indépendantes. De choisir librement leur mari. De quitter un jour les quartiers nord. Leur mère les y aidait. Mais les garçons? Entre Mourad et Redouane, quand s'était creusé le fossé? Comment? Pourquoi? La vie était pleine de questions comme ça, sans réponse. Là où il n'y avait pas de réponses, c'était justement là où, quelque fois, se faufilait un petit bonheur. Comme un pied de nez aux statistiques.

— Qu'est-ce qui s'est passé, pour qu'il change?

— La prison. Au début, il a joué au caïd. Il s'est battu. Il disait : «Faut être un homme. Si t'es pas un homme, t'es foutu. On te marche sur les pieds. C'est rien que des chiens.» Puis, il a rencontré Saïd. Un visiteur de prison.

J'en avais entendu parler, de Saïd. Un ancien taulard qui était devenu prédicateur. Prêcheur islamiste du Tabligh, un mouvement d'origine pakistanaise qui recrute essentiellement dans les banlieues pauvres.

— Je connais.

— Ben, de ce jour, il a plus voulu nous voir. Y nous a écrit un truc dingue. Genre… Il réfléchit, cherchant les mots les plus exacts. «Saïd, c'est comme un ange qu'est venu vers moi.» Ou encore : «Sa voix, elle est douce comme le miel, et sage, comme celle du prophète.» Saïd, il avait allumé la lumière en lui, c'est ça qu'il nous écrivait, mon frèr'. Y s'est mis à apprendre l'arabe et à étudier le Coran. Et il a plus fait chier personne, en taule.

«Quand il est sorti, avec remise de peine, pour bonne conduite, il était changé. Il buvait plus, il fumait plus. Il s'était laissé pousser une petite barbiche et refusait de saluer ceux qui n'allait pas à la mosquée. Il passait ses journées à lire le Coran. Il le récitait à haute voix, comme si y s'apprenait les phrases par cœur. À Naïma, il parlait de pudeur, de dignité. Quand on allait voir le grand-père, il lui faisait la courbette, avec des formules sacrées. Que le grand-père, ça le faisait rire, parce qu'à la mosquée, ça doit faire longtemps qu'il y va plus ! Tu vois, même l'accent, il essayait de le perdre… Personne le reconnaissait, dans la cité.

«Puis, des types y sont venus le voir. Des barbus, en djellaba, avec de grosses voitures. Il partait avec eux l'après-midi, Redouane, et il rentrait tard le soir. Puis d'autres types aussi, qui portaient l'abaya blanche et le turban. Un matin, il a fait ses affaires, et y s'est cassé. Pour suivre l'enseignement de Muhamad, il a dit à mon père et à ma mère. À moi, y m'a confié, et ça je m'en souviens par cœur, «qu'il partait à la recherche d'un fusil, pour libérer notre pays.» Quand j'reviendrai, il avait ajouté, j'te prendrai avec moi.

«Plus d'trois mois, il est resté absent. À son retour, il avait encore changé, mais il ne s'est pas occupé de moi. Juste y m'disait, faut pas faire comme ci, pas comme ça. Et puis aussi : "J'veux plus rien de la France, Mourad. C'est rien qu'des enculés. Entre ça dans ta p'tit tronche! Bientôt, tu verras, tu s'ras fier, de ton frèr'. Y va fair' des choses, qu'on en parlera. Des grandes choses. *Inch Allah."*»

Là où Redouane était parti, j'imaginais.

Dans toute la paperasse de Serge, il y avait un gros dossier sur les «pèlerinages» que le Tabligh – mais il n'était pas le seul – organisait pour ses nouvelles recrues. Le Pakistan surtout, mais aussi l'Arabie Saoudite, la Syrie, l'Égypte… Avec visites des centres islamistes, étude du Coran, et, le plus essentiel, initiation à la lutte armée. Ça, c'est en Afghanistan que cela se faisait.

— Tu sais où il est allé pendant ces trois mois?

— En Bosnie.

— En Bosnie!

— Avec une association humanitaire, Merhamet. Redouane, il avait adhéré à l'Association islamique de France. Là-d'dans, y défendent les Bosniaques.

C'est des musulmans, t'sais. Y' s'font la guerre, pour sauver ça, contre les Serbes, contre les Croates aussi. C'est ce qu'y m'a expliqué, Redouane. Au début... Parce qu'après, tu vois, à peine s'il m'adressait la parole. J'étais qu'un sale minot. J'ai plus rien su. Ni des gens qui venaient le voir. Ni de ce qu'il faisait de ses journées. Ni de l'argent qu'il ramenait toute les semaines à la maison. Tout ce que j'sais, c'est qu'un jour, avec d'autres, ils sont allés faire le coup de poing contre des dealers au Plan d'Aou. Les dealers d'héro. Pas le shit, tout ça. Des copains, ils l'ont vu. C'est comme ça que je l'ai appris.

On entendit la porte d'entrée s'ouvrir, puis des voix. Mourad fut le premier dans la salle à manger. À lui barrer l'accès du couloir.

— Pousse-toi, minot, j'suis pressé !

Je sortis de la chambre, le sac plastique à la main. Derrière Redouane, un autre jeune.

— Putain ! On s'cass', cria Redouane.

Ça n'aurait servi à rien de leur courir après.

Mourad tremblait des pieds à la tête.

— L'autre, c'est Nacer. C'est lui qui la conduisait, la BMW. Y a pas qu'Anselme qui le pense. On le sait tous. On l'a déjà vu traîner ici avec la bagnole.

Et il se mit à chialer. Comme un môme. Je m'approchai de lui et le serrai contre moi. Il m'arrivait à la poitrine. Ses sanglots redoublèrent.

— C'est rien, je dis. C'est rien.

Juste qu'il y avait trop de merde dans ce monde.

14

*Où il n'est pas sûr que,
ailleurs, ce soit moins pire*

J'avais perdu la notion du temps. Dans ma tête, ça s'agitait dans tous les sens. J'avais laissé Mourad devant le bâtiment d'Anselme. Il avait glissé le sac plastique avec le flingue dans la boite à gants, puis il avait dit «Salut». Sans même se retourner pour me faire un signe. Il en avait gros sur la patate, c'était sûr. Anselme saurait lui parler. Le regonfler. Finalement, je préférais le savoir chez lui, plutôt que chez le grand-père.

Avant de quitter la Bigotte, j'avais fait le tour du parking à la recherche de la bagnole de Serge. Mais sans illusion. Je ne fus pas déçu, elle n'y était pas. Pavie avait dû partir avec. J'espérais qu'elle avait vraiment le permis, et qu'elle n'avait pas fait de conneries avec. Des vœux pieux, toujours. Comme de croire qu'elle était maintenant à l'abri. Chez Randy, par exemple. Je n'y croyais pas, mais ça m'avait permis de reprendre ma voiture et de redescendre vers le centre.

Maintenant Art Pepper jouait *More for less*. Un bijou. Le jazz avait toujours cet effet sur moi, de recoller les morceaux. Ça marchait pour les sentiments. Le cœur. Mais là, c'était vraiment une autre affaire. Des morceaux, il y en avait trop. Et trop de point de vues, trop de pistes. Trop de souvenirs aussi qui remontaient à la surface. J'avais sérieusement besoin d'un verre. Deux, peut-être.

Je longeai les quais, le long du bassin de la grande Joliette, jusqu'au quai de la Tourette, puis contournai la butte du parvis Saint-Laurent. Le Vieux-Port était là, ceinturé de lumières. Immuable, et magnifique.

Deux vers de Brauquier me revinrent à l'esprit :

La mer
À moitié endormie, me prenait dans ses bras
Comme elle eut accueilli un poisson égaré…

Je ralentis devant l'hôtel Alizé. Je m'étais fixé ça comme destination. Mais je n'eus pas le courage de m'arrêter. Voir Gélou. Rencontrer Alex. Au-dessus de mes forces, à cette heure. Je trouvais mille prétextes pour ne pas descendre de voiture. D'abord, il n'y avait pas de place pour se garer. Ensuite, ils devaient être en train de dîner quelque part. Des choses comme ça. Je me promis d'appeler plus tard.

Parole d'ivrogne ! J'en étais au troisième whisky, déjà. Ma vieille R 5 m'avait conduit, les yeux fermés, à la Plaine. Aux Maraîchers, chez Hassan. Où l'on est toujours le bienvenu. Un bar de jeunes, le plus sympa du quartier. De Marseille, peut-être. Cela faisait quelques années que je venais y traîner. Avant même que toutes les petites rues, de la Plaine au cours Julien, n'alignent leurs bars, leurs restaurants, leurs boutiques de fringues ou de fripes. Un peu branché aujourd'hui, le quartier. Mais tout était relatif. On ne s'y pavanait quand même pas en Lacoste, et le pastis pouvait se boire jusqu'à l'aube.

Une nuit, il y a quelques mois, le bar de Hassan avait brûlé. Parce que, avait-on dit, le demi pression y était le moins cher de Marseille. C'était peut-être vrai. Peut-être pas. On en dit beaucoup, toujours. Dans cette ville, il fallait qu'une histoire soit nourrie d'autres histoires. Plus mystérieuses. Plus secrètes. Sinon, elle n'était qu'un simple fait divers, et ne valait pas un clou.

Hassan avait refait son bar. Les peintures, tout ça. Puis, tranquille, comme si rien ne s'était passé, il avait raccroché au mur la photo où Brel, Brassens et Ferré sont ensemble. À une même table. Pour Hassan, c'était un symbole, cette photo. Une référence aussi. On n'y écoutait pas de la soupe, chez lui. Et la musique n'avait de sens que si elle avait du cœur. Quand j'étais entré, Ferré, justement, chantait :

Ô Marseille on dirait que la mer a pleuré
Tes mots qui dans la rue se prenaient par la taille
Et qui n'ont plus la même ardeur à se percher
Aux lèvres de tes gens que la tristesse empaille
Ô Marseille…

Je m'étais trouvé une place à une table, au milieu d'un groupe de jeunes que je connaissais un peu. Des habitués. Mathieu, Véronique, Sébastien, Karine, Cédric. J'avais payé ma tournée, en m'asseyant, et les tournées se succédaient. Maintenant Sonny Rollins jouait *Without a song*. Avec Jim Hall à la guitare. C'était son plus bel album, *The Bridge*.

Cela me faisait un bien fou d'être là, dans un monde normal. Avec des jeunes bien dans leur peau. À entendre des rires francs. Des discussions qui naviguaient, heureuses, sur les vapeurs d'alcools.

— Mais putain, faut pas se tromper de cible, hurlait Mathieu. Qu'est-ce que tu veux enculer les Parisiens! C'est l'État qu'on encule! Les Parisiens, c'est quoi? Les plus atteints, c'est tout. Ils vivent à côté de l'État, c'est pour ça. Nous, on est loin, alors on se porte mieux, forcément.

L'autre Marseille. Un rien libertaire, dans sa mémoire. Ici, durant la Commune de 1871, le drapeau noir avait flotté pendant quarante-huit heures sur la préfecture. Dans cinq minutes, et sans transition, ils parleront de Bob Marley. Des Jamaïcains. Ils se démontreront que si tu as deux cultures, c'est forcément mieux pour comprendre les autres. Le monde. Ils pouvaient passer la nuit à parler de ça.

Je me levai et me frayai un passage jusqu'au comptoir pour attraper le téléphone. Elle décrocha à la première sonnerie, comme si elle était là, à attendre un appel.

— C'est Montale, je dis. Je ne vous réveille pas?

— Non, dit Cûc. Je pensais bien que vous rappelleriez. À un moment ou à un autre.

208

— Votre mari est là?

— Il est à Fréjus, pour affaires. Il sera là demain. Pourquoi?

— J'avais une question à lui poser.

— Je peux peut-être vous répondre?

— Ça m'étonnerait.

— Posez-là toujours.

— Est-ce qu'il a tué Hocine?

Elle raccrocha.

Je refis le numéro. Elle répondit immédiatement.

— Ce n'est pas une réponse, je fis.

Hassan posa devant moi un whisky. Je lui fis un clin d'oeil reconnaissant.

— Ce n'était pas une question.

— J'en ai une autre alors. Où je peux joindre Mathias?

— Pourquoi?

— Vous répondez toujours par une question à une question?

— Je ne suis pas obligée de vous répondre.

— Naïma doit être avec lui, criai-je.

Le bar était plein à craquer. Autour de moi, ça jouait des coudes. B.B. King saturait les amplis avec *Rock my baby,* et tout le monde hurlait avec lui.

— Et alors?

— Et alors! Arrêtez de me bourrer le mou! Vous savez ce qui se passe. Elle est en danger. Et votre fils aussi. C'est clair! C'est clair! répétai-je, en hurlant cette fois.

— Où êtes vous?

— Dans un bar.

— Ça, j'entends. Où ça ?

— Aux Maraîchers. À la Plaine.

— Je connais. Ne bougez pas, j'arrive.

Elle raccrocha.

— Ça va ? me demanda Hassan.

— Je ne sais pas.

Il me resservit, et on trinqua. Je partis rejoindre la table de mes petits copains.

— T'as pris de l'avance, dit Sébastien.

— Les vieux, c'est comme ça.

Cûc se fraya un passage jusqu'à ma table. Les regards convergèrent vers elle. Elle portait un jean noir moulant, un tee-shirt noir moulant aussi, sous un blouson en jean. J'entendis Sébastien lâcher un «Putain ! Craquante, elle est ! ». C'était une connerie de l'avoir laissée venir me rejoindre, mais je n'étais plus en état d'apprécier quoi que soit. Sauf elle. Sa beauté. Même Jane March pouvait aller se rhabiller.

Elle trouva une chaise libre, comme par enchantement, et se cala en face de moi. Les jeunes se firent immédiatement oublier. Ils se tâtaient pour aller «voir ailleurs». À l'Intermédiaire, à deux pas, où passait Doc Robert, un bluesman ? Au Cargo, une nouvelle scène, rue Grignan. Du jazz, avec le Mola-Bopa quartet. Ils pouvaient aussi passer des heures à ça. À envisager les lieux où finir la nuit, sans bouger.

— Tu bois quoi ?

— La même chose.

210

Je fis signe à Hassan.

— Tu as mangé ?

Elle secoua la tête.

— Grignoté, vers huit heures.

— On boit un verre, et je t'emmène dîner. J'ai faim.

Elle haussa les épaules, puis elle repoussa ses cheveux derrière ses oreilles. Le geste qui tue. Tout son visage, dégagé, se tendait vers moi. Sur ses lèvres, discrètement redessinées, un sourire apparût. Ses yeux se plantèrent dans les miens. Comme ceux d'un fauve qui sait qu'il aura sa proie. Cûc semblait se tenir ainsi. À cette extrême limite où l'espèce humaine plonge dans la beauté animale. Je l'avais su dès que je l'avais vue.

Maintenant, c'était trop tard.

— Santé, dis-je.

Parce que je ne savais pas quoi dire d'autre.

Cûc aimait se raconter, et elle ne s'en gêna pas pendant tout le repas. Je l'avais emmenée chez Loury, carré Thiars, près du port. On y mange bien, n'en déplaise à Gault et Millau. Et l'on y trouve la meilleure cave de vins provençaux. Je choisis un Château-Sainte-Roseline. Sans doute le plus superbe des rouges de Provence. Le plus sensuel aussi.

— Ma mère est issue d'une famille importante. De l'aristocratie lettrée. Mon père, lui, était ingénieur. Il travaillait pour les Américains. Ils ont quitté le Nord en 1954. Après la partition du pays. Pour lui, ce départ, ce fut un déracinement. Il n'a plus jamais été heureux après. Le fossé avec ma mère s'est creusé. Il devenait de plus en renfermé. Ils n'auraient jamais dû se rencontrer...

« Ils n'étaient pas du même monde. À Saigon, on ne recevait que des amis de ma mère. On ne parlait que de ce qui venait des États-Unis ou de France. À cette époque, déjà, tout le monde savait que la guerre était perdue, mais... C'était bizarre, on ne la sentait pas la guerre. Après oui, pendant la grande offensive communiste. Enfin, il y avait le climat de guerre, mais pas la guerre. Nous vivions seulement une oppression permanente. Beaucoup de visites, de perquisitions nocturnes.

— Ton père, il est resté là-bas ?

— Il devait nous rejoindre. C'est ce qu'il avait dit. Je ne sais pas s'il le souhaitait. Il a été arrêté. On a appris qu'il avait été interné au camp de Lolg-Giao, à soixante kilomètres de Saigon. Mais nous n'avons plus eu de ses nouvelles. D'autres questions ? fit-elle en finissant son verre.

— Elles risquent d'être plus indiscrètes.

Elle sourit. Puis elle eut ce geste, encore, de ramener ses cheveux derrière les oreilles. Chaque fois, mes défenses s'écroulaient. Je me sentais à la merci de ce geste. Je l'attendais, le souhaitais.

— Je n'ai jamais aimé Adrien, si c'est ce que tu veux savoir. Mais Adrien, je lui dois tout. Quand je l'ai connu, il était plein d'enthousiasme, d'amour. Il m'a permis de m'échapper. Il m'a mise en sécurité et il m'a aidée à finir mes études. Tout d'un coup, grâce

212

à lui, j'avais repris espoir. Pour moi, pour Mathias. Je croyais à un après.

— Et au retour du père de Mathias ?

Un éclair de violence passa dans ses yeux. Mais le tonnerre ne suivit pas. Elle resta silencieuse, puis elle reprit d'une voix plus grave.

— Le père de Mathias était un ami de ma mère. Un professeur de français. Il m'a fait lire Hugo, Balzac, et puis Céline. Avec lui, j'étais bien. Mieux qu'avec les filles du lycée, qui se préoccupaient un peu trop, à mon goût, d'histoires romantiques. J'avais quinze ans et demi. J'étais d'une assez grande sauvagerie, qui se doublait d'audace…

« Je l'ai provoqué, un soir. J'avais bu du champagne. Deux coupes, peut-être. On fêtait ses trente-cinq ans. Je lui ai demandé s'il était l'amant de ma mère. Il m'a giflée. La première claque de ma vie. J'ai bondi sur lui. Il m'a prise dans ses bras… Il fut mon premier amour. Le seul homme que j'ai aimé. Le seul qui m'ait possédée. Tu comprends ça ? dit-elle en se penchant vers moi. Il m'a dépucelée, et mis un enfant dans le ventre. Mathias, c'était son prénom.

— C'était ?

— Il devait finir l'année scolaire à Saigon. Il a été poignardé dans la rue. Il se rendait à l'ambassade de France pour essayer d'avoir de nos nouvelles. C'est ce qu'a raconté plus tard le directeur du lycée.

Cûc avait coincé mon genou entre les siens, et je sentais sa chaleur m'envahir. Son électricité. Chargée d'émotions, de regrets. De désirs. Ses yeux étaient plantés dans les miens.

Je remplis nos verres et levai le mien devant elle. J'avais une question encore à lui poser. Essentielle.

— Pourquoi ton mari a-t-il fait tuer Hocine ? Pourquoi était-il là, sur place ? Qui sont ces tueurs ? Où les a-t-il connus ?

Je savais que c'était ça, ou presque, la vérité. Je l'avais retournée dans ma tête, toute la soirée. Whisky après whisky. Et tout collait. Naïma, j'ignorais comment, cette nuit-là, elle avait vu Adrien Fabre. Mais elle l'avait vu. Elle le connaissait, pour être venue plusieurs fois chez les Fabre. Voir Mathias, son ex-petit ami. Et elle lui avait tout raconté, de cette horreur. À lui qui n'aimait pas ce « père » que même sa mère n'aimait pas.

— Si on allait chez toi, pour parler de ça.

— Juste une chose, Cûc...

— Oui, dit-elle sans hésiter. Oui, je le savais quand tu es venu. Mathias m'avait appelée. Elle posa sa main sur la mienne. Là où ils sont tous les deux, en ce moment, ils sont en sécurité. Vraiment. Crois-moi.

Je n'avais plus qu'à la croire. Et espérer que cela soit vrai.

Elle était venue en taxi, alors je l'embarquai dans ma guimbarde. Elle ne fit aucun commentaire, ni sur l'état extérieur ni sur l'état intérieur du véhicule. Il flottait une vieille odeur de tabac froid, de sueur et de poisson, je crois. J'ouvris la fenêtre et mis une cassette de Lightnin'Hopkins, mon bluesman préféré. *Your own fault, baby, to treat me the way you do.* Et c'était parti. Comme en 14. Comme en 40. Et comme pour toutes les conneries dont les hommes sont capables.

Je pris par la Corniche. Juste pour avoir la baie de Marseille plein les yeux, et la suivre ainsi qu'une guirlande de Noël. J'avais besoin de me convaincre que cela existait. De me convaincre aussi que Marseille est un destin. Le mien. Celui de tous ceux qui y habitent, qui n'en partent plus. Ce n'était pas une question d'histoire ou de traditions, de géographie ou de racines, de mémoire ou de croyances. Non, c'était ainsi. Simplement.

On était *d'ici,* comme si tout était joué d'avance. Et parce que, malgré tout, nous ne sommes pas sûrs que ce n'est pas pire ailleurs.

— À quoi tu penses ?

— Qu'ailleurs c'est forcément pire. Et je ne suis pas sûr que la mer soit plus belle.

Sa main, qui courait le long de ma cuisse depuis que nous roulions, fit une pause à l'entrejambe. Ses doigts étaient brûlants.

— Ce que je sais de l'ailleurs, c'est à dégueuler. J'ai appris, la semaine dernière, que quatre mille boat-people vietnamiens se sont révoltés. Dans un camp de réfugiés de Sungai Besi, en Malaisie. J'ignore combien il y a eu de morts… Mais quelle importance, hein ?

Elle retira sa main pour allumer des cigarettes. Elle m'en tendit une.

— Merci.

— Collectivement, la mort n'existe pas. Plus il y en a, moins ça compte. Trop de morts, c'est comme l'ailleurs. C'est trop loin. Ça n'a pas de réalité. N'a de réalité que la mort individuelle. Celle qui touche personnellement. Directement. Celle que l'on voit de nos yeux, ou dans les yeux d'un autre.

Elle se perdit dans le silence. Elle avait raison. C'était pour cela que la mort de Guitou, il n'était pas question de la laisser passer. Non, je ne pouvais pas. Et Gélou non plus. Et Cûc non plus. Je comprenais ce qu'elle ressentait. Elle l'avait vu, Guitou. En rentrant. Sa tête d'ange. Beau, comme devait l'être Mathias. Comme l'étaient tous les gamins de cet âge. Quels qu'ils soient, de n'importe quelle race. N'importe où.

Cûc, elle avait regardé la mort dans ses yeux. Moi aussi, à la morgue. La saloperie du monde nous avait sauté à la gueule. Une mort, injuste, une seule, comme celle-là, qui n'avait aucun sens, et c'est toutes les atrocités de cette terre qui hurlent à leur tour. Non, je ne pouvais pas abandonner Guitou au compte des pertes et profits de ce monde pourri. Et laisser pour toujours les mères à leurs larmes.

Et *chourmo !* que je le veuille ou non.

Arrivé à la Pointe-Rouge, je pris à droite, l'avenue d'Odessa, le long du nouveau port de plaisance. Puis je tournai à gauche par le boulevard Amphitrite, et à gauche encore pour me retrouver sur l'avenue de Montredon. Dans la direction du centre-ville.

— Tu fais quoi, là ? demanda-t-elle.

— Simple vérification, répondis-je en jetant un coup d'œil dans le rétroviseur.

Mais personne ne semblait nous avoir pris en filature. Je poussai cependant la prudence jusqu'à l'avenue des Goumiers, me faufilai dans le dédale des petites rues de la Vieille-Chapelle, puis je revins sur l'avenue de la Madrague de Montredon.

— Tu habites au bout du monde, dit-elle quand je m'engageai sur la petite route qui conduit aux Goudes.

— C'est chez moi. Le bout du monde.

Sa tête se posa sur mon épaule. Je ne connaissais pas le Viêt-nam, mais toutes ses odeurs vinrent à ma rencontre. Dès qu'il y a du désir quelque part, pensai-je, il y a des odeurs différentes. Toutes aussi agréables. Simple justification, pour tout ce qui pourrait se passer.

Et des justifications, j'en avais besoin. J'avais négligé d'appeler Gélou. Et oublié même que je me baladais avec un flingue dans ma boîte à gants.

Quand je revins avec les deux verres et la bouteille de Lagavulin, Cûc me faisait face. Nue. À peine éclairée par la petite lampe bleue que j'avais allumée en entrant.

Son corps était parfait. Elle fit quelques pas vers moi. Elle semblait marquée pour un destin d'amour. Il se dégageait de chacun de ses mouvements une volupté contenue. Sourde, intense. Presque insupportable à mes yeux.

217

Je posai les verres mais ne lâchai pas la bouteille. J'avais vraiment besoin de boire un coup. Elle était à cinquante centimètres de moi. Je ne pouvais la quitter des yeux. Fasciné. Son regard était d'une indifférence absolue. Sur son visage, pas un muscle ne bougeait. Un masque de déesse. Mat, lisse. Comme sa peau, d'un grain si uni, si délicat qu'elle appelait, me dis-je, tout à la fois la caresse et la morsure.

Je bus une rasade de whisky au goulot. Une grande rasade. Puis j'essayai de voir, au-delà d'elle. Derrière, vers la mer. Le large. L'horizon. À la recherche de Planier, qui aurait pu m'indiquer le cap à prendre.

Mais j'étais seul avec moi.

Et avec Cûc à mes pieds.

Elle s'était agenouillée, et sa main suivit le contour de mon sexe. D'un seul doigt, elle en parcourut la longueur. Puis elle défit les boutons, un à un, sans hâte. Le bout de ma verge jaillit du slip. Mon pantalon glissa sur mes jambes. Je sentis les cheveux de Cûc sur mes cuisses, puis sa langue. Elle saisit mes fesses dans ses mains. Les ongles de ses doigts s'y enfoncèrent, avec violence.

J'eus envie de crier.

Je bus encore une longue rasade. La tête me tourna. Au creux de l'estomac, l'alcool me brûlait. Un filet de sperme perla à la pointe de mon sexe. Elle allait le prendre dans sa bouche, chaude et humide, comme sa langue, et sa langue…

— Avec Hocine, aussi…

Les ongles se retirèrent de mes fesses. Tout le corps

218

de Cûc mollit. Le mien se mit à trembler. D'avoir pu balbutier ces mots. L'effort à les articuler. Je bus encore. Deux lampées brèves. Puis je bougeai. Ma jambe. Le corps de Cûc, soudainement flasque, s'étala sur le carrelage. Je remontai mon pantalon.

Je l'entendis pleurer, faiblement. Je la contournai et allai ramasser ses affaires. Ses pleurs augmentèrent quand je m'accroupis près d'elle. Elle était secouée de sanglots. On aurait cru une chenille, qui agonisait.

— Tiens, rhabille-toi, s'il te plaît.

Je le dis avec tendresse.

Mais sans la toucher. Tout le désir que j'avais eu d'elle était là. Il ne m'avait pas lâché.

15

Où les regrets aussi
appartiennent au bonheur

Le jour se levait quand je raccompagnai Cûc à la station de taxis la plus proche, qui n'était pas si proche que ça, d'ailleurs. Il fallut revenir jusqu'à la Vieille-Chapelle pour trouver une voiture.

Nous avions roulé, en fumant, sans échanger une parole. J'aimais cette heure, sombre, d'avant le lever du jour. C'était un moment pur, mais qui ne pouvait appartenir à personne. Il était inutilisable.

Cûc tourna son visage vers moi. Ses yeux avaient toujours cette brillance de jais, qui m'avait immédiatement séduit. À peine étaient-ils ternis par la fatigue et la tristesse. Mais, surtout, libérés du mensonge, ils avaient perdu de leur indifférence. C'était un regard humain. Avec ses blessures, ses meurtrissures. Avec des espoirs aussi.

Alors que nous parlions, il y avait maintenant bien deux heures de ça, je n'avais cessé de boire verre sur verre. La bouteille de Lagavulin, d'ailleurs, y était passée. Cûc s'était arrêtée dans une phrase pour me demander :

— Pourquoi tu bois autant ?

— J'ai peur, avais-je répondu, sans plus d'explication.

— Moi aussi, j'ai peur.

— Ce n'est pas la même peur. Plus on vieillit, tu vois, et plus le nombre d'actes irréparables que l'on peut commettre augmente. J'en évite, comme avec toi. Mais ceux-là ne sont pas les pires. Il y a les autres, incontournables. Si on les contourne, le matin, on ne peut plus se regarder dans la glace.

— Et ça t'épuise ?

— Oui, c'est ça. Chaque jour un peu plus.

Elle était restée silencieuse. Perdue dans ses pensées. Puis elle avait repris :

— Et venger Guitou, c'en est un ?

— Tuer quelqu'un, c'est un acte irréparable. Tuer l'ordure qui a fait ça, ça me paraît incontournable.

J'avais dit ces mots avec lassitude. Cûc avait posé sa main sur la mienne. Juste pour partager cette lassitude.

Je me garai derrière le seul taxi de la station. Un chauffeur qui commençait sa journée. Cûc posa ses lèvres sur les miennes. Un baiser furtif. Le dernier. Le seul. Car, nous le savions, ce qui n'avait pu s'accomplir ne s'accomplirait jamais. Les regrets aussi appartenaient au bonheur.

Je la vis monter dans le taxi, sans se retourner. Comme Mourad. Le taxi démarra, s'éloigna, et quand je perdis de vue ses feux de position, je fis demi-tour et rentrai chez moi.

Dormir, enfin.

On me secouait doucement, par les épaules. «Fabio... Fabio... Ho! Ho!...» Je connaissais cette voix. Elle m'était familière. La voix de mon père. Mais je n'avais pas envie de me lever pour aller en classe. Non. D'ailleurs, j'étais malade. J'avais la fièvre. C'est ça, oui. Au moins trente-neuf. Mon corps était brûlant. Ce que je voulais, c'était un petit déjeuner au lit. Et puis lire *Tarzan*. J'étais sûr qu'on était mercredi. Le nouveau numéro des *Aventures de Tarzan* avait dû paraître. Ma mère irait me l'acheter. Elle ne pourrait pas refuser, parce que j'étais malade.

— Fabio.

Ce n'était pas la voix de mon père. Mais l'intonation était la même. Douce. Je sentis une main sur mon crâne. Bon dieu, ça, ça faisait du bien! J'essayai de bouger. Un bras. Le droit, je crois. Lourd. Comme un tronc d'arbre. Merde! J'étais coincé sous un arbre. Non. J'avais eu un accident. Mon esprit se réveillait. Un accident de voiture. En rentrant. C'était ça. Je n'avais plus de bras. Plus de jambes, peut-être.

— Non! je hurlai, en me retournant.

— Oh! Putain! C'est pas la peine de crier comme un forcené, dit Fonfon. Je t'ai à peine touché, vé!

Je me tâtai de toutes parts. J'avais l'air entier. Bien entier. Et tout habillé. J'ouvris les yeux.

Fonfon. Honorine. Ma chambre. Je souris.

— Dites, vous m'avez fait une sacrée peur, vous. Que je croyais qu'y vous était arrivé quelque chose. Comme une attaque. Ou je sais pas quoi. Alors, je suis été chercher Fonfon.

— Si je dois mourir, je vous laisserai un mot, la veille. Sur la table. Pour pas vous faire peur.

— Sas, dit Fonfon à Honorine, à peine réveillé, y faut déjà qu'il se moque ! Et moi, je perds mon temps à ces conneries. J'ai passé l'âge, vé !

— Oh ! Fonfon, doucement, va. J'ai comme le dimanche de Pâques dans la tête ! Tu m'as apporté un petit café ?

— Et puis quoi encore ! Croissant, brioche. Sur un plateau, pour monsieur.

— Ben, tu vois, ç'aurait été vachement chouette.

— Faï cagua !

— Le café, y va être prêt, dit Honorine. Il est sur le feu.

— Je me lève.

Il faisait une journée exceptionnelle. Pas de nuages. Pas de vent. Idéal pour aller à la pêche, quand on a le temps. Je regardai mon bateau. Il était aussi triste que moi, de ne pas pouvoir aller en mer aujourd'hui encore. Fonfon avait suivi mon regard.

— Dis, tu auras le temps d'aller le voir le poisson, d'ici dimanche ? Ou bien il faut que je le commande ?

— Commande du coquillage, ça oui. Mais le poisson, c'est mon affaire. Alors, viens pas faire d'embrouilles.

Il sourit, puis il finit son café.

— Bon, j'y retourne. Les clients y vont s'impatienter. Merci pour le café, Honorine. Il se tourna vers moi, paternel. Passe me voir, avant de repartir.

C'était bon de les avoir près de moi, Honorine et Fonfon. Avec eux, il y avait toujours une assurance de lendemain. Un après. Passé un certain âge, c'est comme si on avait la vie éternelle. On fait des projets pour le lendemain. Puis pour le surlendemain. Et le dimanche qui vient, puis l'autre. Et les jours avancent. Gagnés sur la mort.

— Dites, je vous refais un café, peut-être.

— Volontiers Honorine. Vous êtes un ange.

Et elle repartit dans la cuisine. Je l'entendis s'affairer. Vider les cendriers, laver les verres. Jeter les bouteilles. Partie comme elle l'était, elle allait même me changer les draps.

J'allumai une cigarette. Un goût dégueulasse, comme toujours la première. Mais j'avais envie de l'odeur. Je ne savais pas encore très bien sur quelle planète j'étais. L'impression de nager à contre-courant. Dans le genre, quoi.

Du ciel à la mer, ce n'était qu'une infinie variété de bleus. Pour le touriste, celui qui vient du Nord, de l'Est ou de l'Ouest, le bleu est toujours bleu. Ce n'est qu'après, pour peu qu'on prenne la peine de regarder le ciel, la mer, de caresser des yeux le paysage, que l'on découvre les bleus gris, les bleus noirs, et les bleus outremer, les bleus poivre, les bleus lavande. Ou les bleus aubergine des soirs d'orage. Les bleus vert de houle. Les bleus cuivre de coucher de soleil, la veille de mistral. Ou ce bleu si pâle qu'il en devient blanc.

— Oh ! Vous dormez ?

— Je pensais, Honorine. Je pensais.

— Bé, aveque la tête que vous avez, c'est pas la

peine. Mieux vaut penser à rien, que survoler les choses à moitié, elle disait ma pauvre mère.

Il n'y avait rien à dire.

Honorine s'assit, amena sa chaise près de moi, tira sur sa jupe, et me regarda boire le café. Je reposai la tasse.

— Bon, c'est pas tout. Y a Gélou qu'elle a téléphoné. Deux fois. À huit heures, puis à neuf heures et quart. J'ai dit que vous dormiez. Vé, c'était vrai. Et que j'allais pas vous réveiller tout de suite. Que vous vous étiez couché tard.

Elle me regarda de ses yeux coquins.

— Il est quelle heure ?

— Presque dix heures.

— On peut même pas dire que je me suis couché. Elle s'inquiète ?

— Ben, c'est pas ça... Elle s'arrêta, et essaya de prendre un air colère. C'est pas bien de pas l'avoir appelée. Petite mère, sûre qu'elle est inquiète. Elle est restée exprès à manger au New York, au cas où vous viendriez. Y avait un message pour vous à l'hôtel. Vé, je vous comprends pas des fois.

— Cherchez pas, Honorine. Je vais l'appeler.

— Oui, parce que son... son Alex, là, il voudrait qu'elle rentre à Gap. Il dit qu'il va voir avec vous, pour Guitou. Que ça sert à rien qu'elle s'éternise à Marseille.

— Ouais, dis-je, pensif. Peut-être qu'il sait, lui. Qu'il l'a lu, le journal. Et il veut la ménager. Je ne sais pas. Je ne le connais pas cet homme.

Elle me regarda, longuement. Ça turbinait dans sa

225

tête. Finalement, elle tira une nouvelle fois sur sa jupe.

— Dites, vous croyez que c'est un homme comme il faut ? Pour elle, je veux dire

— Ils sont ensemble, Honorine. Depuis dix ans. Il a élevé les gosses…

— Pour moi, un homme comme il faut… Elle réfléchit. Bon, il téléphone d'accord. Mais… je suis peut-être vieux jeu, mais bon, je sais pas moi, il pouvait venir jusqu'ici, non ? Se présenter… Vous comprenez ? Vé, je dis pas ça pour moi. Mais vis-à-vis de vous. Celui-là, on sait même pas quelle figure il a.

— Il arrivait de Gap, Honorine. Et puis rentrer après plusieurs jours d'absence, découvrir la disparition de Guitou… Retrouver Gélou, ça lui importait sûrement plus. Le reste…

— Mouais, elle dit, pas convaincue. C'est drôle, quand même…

— Vous voyez des complications partout. Il y en a déjà suffisamment, vous ne croyez pas ? Et puis… Je cherchais des arguments. Il veut voir avec moi comment faire, non ? Bon, et Gélou, qu'est-ce qu'elle en dit, de tout ça ?

— Elle a pas envie de rentrer. Elle est inquiète, la pauvre. Toute perdue. Elle dit que ça lui fait le vire-vire dans la tête. Je crois qu'elle commence à envisager le pire.

— Son pire à elle doit encore être loin de la réalité.

— C'est pour ça qu'elle appelait. Pour en parler avec vous. Savoir, quoi. Elle a besoin que vous la rassuriez. Si vous lui dites de rentrer, vé, elle vous écoutera... Vous allez pas pouvoir lui cacher la vérité longtemps.

— Je sais.

Le téléphone sonna.

— Quand on parle du loup..., dit Honorine.

Mais ce n'était pas Gélou.

— Loubet, à l'appareil.

Sa voix des mauvais jours.

— Oh! Tu as du neuf?

— Où tu étais, entre minuit et quatre heures du matin?

— Pourquoi?

— Montale, c'est moi qui pose les questions. T'as intérêt, un à répondre, deux à pas bluffer. Ça vaudrait mieux pour toi. Alors, je t'écoute.

— Chez moi.

— Seul?

— Oh! Loubet, tu m'expliques?

— Réponds, Montale. Seul?

— Non. Avec une femme.

— Tu sais son nom, j'espère?

— Ça, je ne peux pas, Loubet. Elle est mariée et...

— Quand tu lèves une femme, renseigne-toi avant. Après, c'est trop tard, ducon!

— Loubet, putain! tu me joues quoi, là? La neuvième!

— Écoute-moi bien, Montale. Je peux te foutre un crime sur le dos. À toi, et à personne d'autre. Tu comprends? Ou tu veux que je fasse le déplacement? Avec les sirènes, et tout le tralala. Tu me dis son nom.

S'il y a des témoins qui vous ont vus ensemble. Avant, pendant, après. Je vois si ça colle, je raccroche et tu rappliques dans le quart d'heure qui suit. Je suis assez clair ?

— La femme d'Adrien Fabre. Cûc.

Et je lui racontai les détails. La soirée. Les lieux. Et la nuit. Enfin, presque. Le reste, il pouvait en penser ce qu'il voulait.

— Parfait, il dit. Sa voix se radoucit. La déposition de Cûc concorde avec la tienne. On n'a plus qu'à vérifier, pour le taxi. Et ce sera O.K. Allez, rapplique ! Adrien Fabre a été abattu cette nuit, boulevard des Dames. Entre deux et quatre heures du matin. Trois balles dans la tête.

Il était temps que je sorte du coma.

Allez savoir, il y a des jours comme ça, où tout s'emmanche mal. Au Rond-Point de la plage, là où David – une réplique de Michel-Ange – dresse sa nudité face à la mer, un accident venait de se produire. On nous dévia vers l'avenue du Prado et le centre-ville. Au carrefour Prado-Michelet, ça bouchonnait jusqu'à la place Castellane. Je pris à droite, par le boulevard Rabatau, puis, par dépit, la rocade du Jarret. On pouvait ainsi rejoindre le port, en contournant le centre. Ce boulevard circulaire, qui recouvre un petit cours d'eau devenu tout-à-l'égout, est l'un des axes les plus moches de Marseille.

Passé les Chartreux, en voyant le panneau

«Malpassé – La Rose – Le Merlan», j'eus la soudaine intuition de savoir où s'était réfugiée Pavie.

Je n'hésitai pas une seconde. Sans mettre de clignotant. Ça klaxonna derrière moi. Loubet attendra, me dis-je. Elle n'avait pu aller que là, avec la voiture. Chez Arno. Dans ce gourbi où elle avait vécu heureuse. Direct dans les pattes de Saadna. J'aurais dû y penser plutôt, nom de Dieu! Quel con, j'étais.

Je coupai à travers Saint-Jérôme et ses petites villas où vivaient beaucoup d'Arméniens. Je passai devant la faculté des sciences et des techniques, pour arriver traverse des Pâquerettes. Juste au-dessus de la casse de Saadna. Comme l'autre jour.

Je me garai rue du Muret, le long du canal de Provence, puis me laissai glisser jusque chez Arno. J'entendais hurler le transistor de Saadna, plus bas dans la casse. L'air empestait le caoutchouc. Une fumée noire montait dans le ciel. Cette enflure brûlait encore ses vieux pneus. Il y avait eu des pétitions, mais il s'en foutait, Saadna. À croire que même aux flics, il leur foutait la trouille.

La porte de chez Arno était ouverte. Un simple coup d'oeil à l'intérieur confirma mes craintes. Draps et couvertures étaient en boule. Plusieurs seringues traînaient par terre. Bon dieu, pourquoi n'était-elle pas retournée au Panier? Dans la famille de Randy. Ils auraient su, eux…

Je descendis vers la casse, en me faisant le plus discret possible. Pas de Pavie dans les parages. Je vis Saadna enfourner d'autres pneus dans les bidons où il les faisait brûler. Puis il disparut. Je fis encore quelques pas, pour essayer de le surprendre. J'entendis le déclic de son cran d'arrêt. Dans mon dos.

— Je t'ai senti, enfoiré! Avance, dit-il en piquant mon dos de la lame.

On entra chez lui. Il attrapa son fusil de chasse et il engagea une cartouche. Puis il ferma la porte.

— Où elle est?

— Qui ça?

— Pavie.

Il éclata de rire. Une puanteur chargée d'alcool.

— T'avais envie de la triquer, toi aussi? Ça m'étonne pas. Sous tes airs, t'es rien qu'une enflure. Comme l'autre. Ton copain Serge. Mais lui, y aurait pas fait de mal, à Pavie. Les chattes, c'était pas son truc. Y préférait les petits culs des gosses.

— Je vais démolir ta gueule, Saadna.

— Te vante pas, il fit, en agitant son fusil. Tiens, assieds-toi là. Il me désigna un vieux fauteuil en cuir marronnasse, peigueux. On s'y enfonçait comme dans de la merde. Et presque à ras du sol. Difficile d'en bouger. Tu savais pas, ça, hein, Montale? Qu'c'était la pire race de pédé qui soit, ton copain Serge. Un enculeur de minots.

Il tira une chaise et s'assit, à bonne distance de moi. À côté d'une table en Formica, où traînaient une bouteille de rouge et un verre poisseux. Il remplit son verre.

— C'est quoi, ces saloperies que tu débites?

— Ah! ah! j'suis bien renseigné, moi. J'en sais des choses. Qu'est-ce tu croyais? Qu'on l'avait viré du secteur à cause que vous fricotiez ensemble ? Le flic et le curé ! Mon cul, oui ! Il se marra. Un rire de dents noires. Y avait des plaintes. Tiens, les parents du petit José Esparagas.

Je ne pouvais le croire. José Esparagas, c'était un gosse chétif. Fils unique, mère célibataire. À l'école, il s'en prenait plein la gueule. De tous les côtés. Un vrai souffre-douleur. Il se faisait cogner. Et racketter, surtout. Cent balles par ci, cent balles par là. Le jour où on lui demanda de ramener mille balles, il tenta de se suicider. Il n'en pouvait plus, le gosse. J'avais coffré les deux mômes qui le faisaient cracher. Serge, lui, était intervenu et il avait pu faire changer José de lycée. Pendant plusieurs mois, Serge passa chez eux, le soir, pour aider José à rattraper son retard scolaire. José, il avait eu son bac.

— Des racontars. Ça ne me dit pas où elle est, Pavie ?

Il se servit un verre de vin rouge, et l'avala cul sec.

— C'est vrai que t'y cours aussi après, à cette petite salope. Vous vous êtes ratés, l'autre soir. Tu partais, elle arrivait. Pas de chance, hein ! Mais moi, j'étais là. J'suis toujours là. Qui n'en veut, me trouve. Toujours pour rendre service. J'suis serviable, moi. J'aide.

— Abrège.

— Tu vas pas m'croire. Elle t'a vu, quand t'as couru vers Serge, quand y l'ont buté. Mais l'arrivée des flics, ça lui a filé les jetons. Alors, elle s'est cassée. Paumée, qu'elle était. Elle a tourné et tourné avec la tire. Puis, elle s'est pointée ici. Sûre qu't'allais venir. Que t'aurais forcément l'idée. J'l'ai laissée causer. Ça m'amusait. Puis qu'elle te prenne pour Zorro, ça m'a franchement gonflé, tu vois. Alors, j'y ai dit. Qu'tu venais de partir. Il rit à nouveau. Qu't'avais décampé comme un lapin, à cause de ça. Il montra le fusil. Et que t'étais pas prêt de revenir. Si t'avais vu sa tronche!

«Les bras ballants, qu'elle était, la Pavie. Devant moi. Pas fière, comme quand elle était avec Arno. Qu'on pouvait y voir le cul, mais pas mettre la main d'ssus. Ben, là, tu vois, au bout d'un p'tit moment, elle voulait bien. Si j'y trouvais une petite dose. J'suis serviable, que j't'ai dit. J'ai eu qu'à passer un coup d'fil. La thune, ça m'manque pas. Alors, des doses, j'pouvais y en fournir.

— Elle est où? je criai, parce que l'angoisse me montait à la gorge.

Il s'avala un autre verre.

— J'l'ai niquée que deux fois, tu vois. Ça m'a fait des frais. Mais ça valait quand même le coup. Bon, un peu défraîchie, la Pavie. À force d'se faire mettre, tu vois... Mais de beaux nichons et un gentil petit cul. T'aurais aimé, je pense. T'es qu'un vieux vicieux, comme moi, je le sais. Roulez, jeunesse! que j'm'disais, en l'enfilant.

Il éclata de rire, encore. La haine me montait. Méchamment. Je pris appui sur mes pieds, pour bondir à la moindre occasion.

— Bouge pas, Montale, reprit-il. T'es qu'un vicieux, j't'ai dis, alors je t'ai bien à l'oeil. Si tu bouges

232

un doigt d'pied, je t'en plante une. Dans les couilles, de préférence.

— Où elle est? redemandai-je le plus calmement possible.

— Cette conne, tu vas pas m'croire, elle était tellement accro, qu'elle s'est fait un shoot qui l'a envoyée en l'air. T'imagines, ça! Elle a dû planer, comme jamais d'sa putain d'vie! La conne, vraiment. Elle avait tout ici. Le gîte, le couvert. Tous les trips possibles, payés par la maison. Et moi, pour la tringler par ci, par là.

— C'est toi, qu'elle a pas supporté. Enfoiré de merde. Même camé à mort, on sait où sont les ordures. Tu en as fait quoi, Saadna? Réponds! Nom de Dieu!

Il rit. Un rire nerveux, cette fois. Il se remplit un verre de vinasse et l'avala. Les yeux perdus vers l'extérieur. Puis, de la tête, il désigna la fenêtre. On voyait la fumée s'élever, noire, grasse. Ça fit une boule dans ma gorge.

— Non, je dis faiblement.

— Qu'est-ce tu voulais qu'j'en fasse, hein? L'enterrer dans le champ? Et lui apporter des fleurs tous les soirs? C'était qu'une bourre, ta Pavie. Juste bonne à s'faire mettre. Pas une vie, non?

Je fermai les yeux.

Pavie.

Je hurlai comme un fou. Libérant la rage qui m'avait envahi. Comme si un fer rouge s'enfonçait dans mon cœur. Et toutes les images les plus horribles, que ma tête avait pu enregistrer, défilèrent devant mes yeux. Charniers d'Auschwizt. D'Hiroshima. Du Rwanda. De Bosnie. Un hurlement de mort. Le hurlement de tous les fascismes du monde.

De quoi dégueuler.

Vraiment.

Et je bondis, tête baissée.

Il ne comprit pas, Saadna. J'atterris sur lui comme un cyclone. La chaise bascula, et lui avec. Le fusil s'échappa de ses mains. Je le saisis par le canon, le soulevai et frappai le plus fort possible sur son genou.

Je l'entendis craquer. Et ça me libéra.

Saadna ne cria même pas. Il avait tourné de l'oeil.

16

Où l'on a rendez-vous avec
les cendres froides du malheur

Je réveillai Saadna d'un seau d'eau.

— Fumier, il gueula.

Mais il était incapable du moindre effort. Je l'attrapai par le cou et le tirai vers le fauteuil. Il appuya son dos contre l'un des accoudoirs. Il puait la merde. Il avait dû se chier dessus. Je repris le fusil, par le canon, à deux mains.

— Ta patte folle, c'était rien Saadna. Je vais te péter l'autre genou. Tu ne pourras jamais plus marcher. Je vais même te fracasser les coudes, je crois. Tu ne seras plus qu'une larve. Ton seul rêve, ce sera de crever.

— J'ai un truc pour toi.

— Trop tard pour faire du troc.

— Un truc qu'j'ai trouvé, dans la bagnole de Serge. Quand j'lai démontée.

— Raconte.

— T'arrêtes de taper?

J'étais bien incapable de frapper à nouveau sur lui avec autant de violence et de haine que tout à l'heure. Je me sentais vide. Comme si j'appartenais aux morts-vivants. Sans plus rien qui circule à l'intérieur du corps. Que du dégueulis à la place du sang. La tête me tournait.

— Raconte, et on verra après.

Même ma voix n'était plus la mienne.

Il me regarda et pensa qu'il avait su m'appâter. Pour lui, la vie n'était que combines et magouilles. Il eût un sourire.

— Y avait, scotché à la roue de secours, un cahier. Dans un plastique. Un truc au poil, tu vois. Avec plein d'trucs écrits, qu'j'ai pas tout lu. Parce que j'en ai rien à foutre, moi, des histoires d'Arabes. L'islam, tout ça. Putain, peuvent bien tous crever! Mais y a des listes de noms, des adresses. Cité après cité. Comme qui dirait un réseau, tu vois. Faux papiers. Fric. Dope. Armes. J'te le file, le cahier, et tu t'casses. T'oublies tout. Tu m'oublies. Hein, qu'on aurait plus rien à voir ensemble, toi et moi.

J'avais raison de croire qu'un carnet de notes existait. Je ne savais pas ce qu'il fricotait, Serge, mais je le connaissais, c'était un consciencieux. Quand on bossait ensemble, il notait tout, jour après jour.

— Tu t'es vu, Saadna? Je te cogne dessus, et tu me diras où il est, ce putain de cahier.

— J'crois pas qu'tu puisses, Montale. T'es juste qu'un type qu'a des couilles quand il a la haine. Mais d'sang-froid, tu vaux rien. Tape, tiens...

Il tendit sa jambe vers moi. J'évitai de le regarder dans les yeux.

— Il est où ce cahier?

236

— Jure. Sur tes vieux.

— Qui te dit que ça m'intéresse, ton cahier ?

— Putain ! Un annuaire, qu'c'est. Tu le lis, tu vois, et après, t'en fais c'que tu veux. Tu l'bouffes, ou tu l'vends. J'tedis, avec, tu les tiens tous. Rien qu'pour arracher une page, tu peux les faire raquer !

— Où il est ? Je te jure qu'après je me casse.

— T'as une clope ?

J'allumai une cigarette et la lui collai entre les lèvres. Il me regarda. Bien sûr, il ne pouvait me faire totalement confiance. Et moi, je n'étais pas certain de ne pas avoir envie de le jeter dans le bidon, avec les pneus.

— Alors ?

— Dans le tiroir de la table.

C'était un gros cahier. Les pages étaient recouvertes de l'écriture fine et serrée de Serge. Je lus au hasard : «Les militants utilisent à fond le terrain de l'aide sociale, délaissé par la municipalité. Ils affichent des objectifs humanitaires, comme les loisirs, le soutien scolaire ou l'enseignement de l'arabe...» Et, plus loin : «L'objectif de ces agitateurs dépasse largement la lutte contre la toxicomanie. Il s'inscrit dans la perspective d'une guérilla urbaine.»

— Ça te plaît ? dit Saadna.

La seconde moitié du cahier ressemblait à un répertoire. La première page s'ouvrait par ce commentaire : «Les quartiers nord regorgent de jeunes beurs prêts à jouer les kamikazes. Ceux qui les manipulent sont connus de la police (voir Abdlekader). Au-dessus d'eux, il y a d'autres têtes. Beaucoup d'autres.»

Pour la Bigotte, un seul nom. Celui de Redouane. Était consigné ce que Mourad m'avait raconté. Avec plus de détails. Tout ce que Redouane n'avait pas confié à son frère.

Les deux parrains de Redouane, dans les quartiers nord, étaient Nacer et un certain Hamel. Tous deux, précisait leur fiche, sont des militants aguerris. Depuis 1993. Ils étaient auparavant au service d'ordre du Mouvement islamique de la jeunesse. Hamel avait même été responsable de la sécurité au grand meeting de soutien à la Bosnie, à La Plaine-Saint-Denis.

Un extrait d'article du *Nouvel Observateur* relatait ce meeting. «À la tribune, on trouve l'attaché culturel de l'ambassade d'Iran et un Algérien, Rachid Ben Aïssa, intellectuel proche de la Fraternité algérienne en France. Rachid Ben Aïssa n'est pas n'importe qui. Il a animé de nombreuses conférences, dans les années 80, au centre islamique iranien de la rue Jean-Bart, à Paris. C'est là qu'ont été recrutés la plupart des membres du réseau terroriste dirigé par Fouad Ali Salah, qui a fomenté les attentats de 1986, à Paris.»

Redouane, avant de partir à Sarajevo, dans la «7ᵉ brigade internationale des Frères musulmans», avait participé à des stages commandos de survie, au pied du mont Ventoux.

Un dénommé Rachid (Rachid Ben Aïssa? s'interrogeait Serge) s'occupe de l'organisation et de l'hébergement, dans les gîtes ruraux du village de Bédoin, au pied du mont ventoux. «Quand on a suivi ces stages, précisait-il, on ne peut plus faire marche arrière. Les récalcitrants sont menacés. On évoque, photos à l'appui, le sort réservé aux traîtres en Algérie. Des photos d'hommes saignés comme des moutons». Selon lui, ces «stages commandos» se poursuivaient au rythme d'un par trimestre.

«C'est un certain Arroum qui accompagnait les jeunes recrues en Bosnie. Cet Arroum était solidement protégé. Membre de Lowafac Foundation, dont le siège est à Zagreb, il était accrédité, pour chacune de ses missions en Bosnie, par le Haut-Commissariat aux réfugiés de l'ONU.» En marge, Serge avait écrit : «Arroum, arrêté le 28 mars».

La fiche de Redouane se terminait par cette conclusion : «Depuis son retour, n'a participé qu'à des actions anti-dealers d'héroïne. Pas encore assez fiable, semble-t-il. Mais à surveiller. N'a plus aucun repère. Très encadré par Nacer et Hamel. Des durs. Peut devenir dangereux.»

— Il préparait quoi, Serge ? Une enquête ?

Saadna ricana.

— S'était reconverti. Un peu forcé, mais... Il bossait pour les R.G.

— Serge !

— Quand il l'ont viré, les R.G. lui sont tombés dessus. Avec un plein dossier de témoignages de parents. Des plaintes. Comme quoi, il niquait des gosses.

Les enfoirés, je pensais. C'était bien leurs méthodes. Pour infiltrer un réseau, quel qu'il soit, ils étaient prêts à tout. Surtout à jouer avec les hommes. Truands repentis. Algériens en situation illégale...

— Et après?

— Quoi après? J'sais pas si c'est vrai, ces histoires de minots. C'qu'y est sûr, c'est qu'un matin, quand y sont débarqués chez lui, avec le dossier et tout ça, l'était au pieu avec une autre tapette. Pas même vingt ans. P't'être pas majeur, putain. T'imagines, Montale! C'est dégueulasse! Bon pour la cabane, qu'il était. Tu m'diras, qu'aux Baumettes, il aurait pu comme qui dirait s'faire mettre tous les soirs.

Je me levai et repris le fusil dans mes mains.

— Encore un truc comme ça, et je le pète, l'autre, de genou.

— Ce que j'en dis, il fit, en haussant les épaules. Là où il est, maintenant.

— Justement. Comment tu sais tout ça, toi?

— C'est Deux-Têtes, qui m'a affranchi. Lui et moi, ça va bien.

— C'est toi qui lui as dit, qu'il créchait chez toi, Serge?

Il fit oui de la tête.

— À remuer la merde, Serge, il faisait pas que des heureux. Deux-Têtes, il chasse pas sur le terrain des mecs qui sont dans le cahier. Y font le ménage, qu'il dit. Les dealers, tout ça. Ça dégage. Ça fait baisser les statistiques. Et c'est tout bénef pour lui. Y s'ra toujours temps, il dit, quand les barbus y seront maîtres en Algérie, d'mettre toutes ces crouilles dans l'bateau. Retour au pays.

— Qu'est-ce qu'il en sait, ce con?

— C'est ses idées. Y a du bon, j'dis.

240

Je repensais au tract du Front national, dans le Coran de Redouane.

— Je vois.

— Ça courait, qu'y avait une donneuse dans les cités. Deux-Têtes, y m'avait demandé d'me rencarder. Tu parles, si j'ai pu. J'l'avais sous la main…

Il se marra.

Deux-Têtes m'avait vraiment pris pour un con, au commissariat. Ce qui avait dû l'inquiéter, c'était de me trouver là, à la Bigotte. Ce n'était pas prévu au programme. Ça pouvait cacher quelque chose, avait-il certainement pensé. Serge et moi, une équipe. Comme avant.

Du coup, je comprenais pourquoi on avait écrasé sur la mort de Serge. Pas de publicité pour un mec des R.G. qui se fait buter. Pas de vagues.

— Le cahier ? T'en as parlé à personne ?

— J'ai mal, il dit.

Je m'accroupis devant lui. Pas trop près. Pas par peur qu'il me saute dessus, mais à cause de l'odeur infecte qui se dégageait de lui. Il ferma les yeux. Sûr qu'il devait commencer à souffrir. J'appuyai légèrement la crosse du canon sur le genoux cassé. Il ouvrit les yeux, de douleur. Je vis la haine défiler dans ses yeux.

— T'en as parlé à qui, saloperie ?

— Juste dit à Deux-Têtes qu'y pouvait se faire un jackpot. Un certain Boudjema Ressaf. Qu'c'est un mec, il a été expulsé de France en 1992. Un militant du GIA. Serge, il l'avait repéré. Au Plan d'Aou. C'est marqué dans le cahier. Là où il crèche, tout.

— Tu lui as parlé du cahier?

Il baissa la tête.

— J'y ai dit, oui.

— Il te tient par les couilles, c'est ça?

— Ouais.

— Tu l'as appelé quand?

— Y a deux heures.

Je me relevai.

— Ça m'étonne que tu sois encore en vie.

— Quoi!

— Si Deux-Têtes chasse pas sur le terrain des barbus, c'est qu'il est en affaires avec eux, connard. C'est toi même qui me l'as expliqué.

— Tu crois? il bafouilla, tremblant de trouille maintenant. File-moi un gorgeon, s'te plaît.

Putain, je me dis, il va encore se chier sur lui. Je remplis le verre de son infect pinard et le lui tendis. Ça devenait urgent que je me tire d'ici.

Je regardai Saadna. Je ne savais même plus si on pouvait le ranger dans la catégorie des êtres humains. Effondré contre le fauteuil, replié sur lui, il ressemblait à un furoncle plein de pus. Saadna comprit mon regard.

— Montale, dis, tu... Tu vas pas m'buter, quand même.

On entendit le bruit au même moment. Un bruit de bouteille cassée. Des flammes s'élevèrent d'un tas de ferraille, sur la droite. Une autre bouteille explosa. Des cocktails molotov, les salauds! Je m'accroupis et, le fusil à la main, je gagnai la fenêtre.

242

J'aperçus Redouane courir vers le bas de la casse. Nacer ne devait pas être très loin. Et l'autre, Hamel, est-ce qu'il était là aussi ? Je n'avais pas vraiment envie de crever dans ce trou à rats.

Saadna non plus. Il rampa vers moi, en gémissant. Il suait à grosses gouttes. Il puait la mort. La merde et la mort. Tout ce qu'avait été sa vie.

— Sauve-moi, Montale. J'ai plein de fric.

Et il se mit à chialer, l'ordure.

La casse s'embrasa d'un seul coup. Puis je vis Nacer arriver. D'un bond, je fus près de la porte d'entrée. J'armai le fusil. Mais Nacer ne se donna pas la peine d'entrer. Il balança avec force une de leurs putains de bouteilles à travers la fenêtre ouverte. Elle se fracassa au fond de la pièce. Là où Saadna était assis quelques minutes avant.

— Montale, il criait. M'laisse pas.

Le feu gagnait son gourbi. Je courus ramasser le cahier de Serge sur la table. Je le glissai dans ma chemise. Je revins près de la porte, l'ouvris lentement. Mais je ne m'attendais pas à ce qu'on me tire dessus. Redouane et Nacer devaient être loin, déjà.

La chaleur me prit à la gorge. L'air n'était qu'une immense puanteur brûlante. Il y eût une explosion. De l'essence sans doute. Ça allait péter de toute part.

Saadna s'était traîné jusqu'à la porte. Comme un vers. Il m'attrapa par une cheville. Il la serra à deux mains, avec une force insoupçonnée. Les yeux semblaient lui sortir de la tête.

Il devenait fou. La trouille.

— Sors-moi !

— Tu vas crever ! Je l'empoignai violemment par les cheveux, et l'obligeai à soulever la tête. Regarde ! Tu vois, c'est l'enfer. Le vrai. Celui des charognes, comme toi ! C'est ta chienne de vie qui vient te bouffer. Pense à Pavie.

Et je donnai un violent coup de crosse sur son poignet. Il hurla et me lâcha le mollet. Je bondis et contournai la maison. Le feu se propageait. Je balançai le fusil le plus loin possible dans les flammes et courus sans m'arrêter.

J'arrivai au canal juste à temps pour voir la bicoque de Saadna disparaître dans les flammes. Je crus l'entendre crier. Mais c'était dans ma tête, qu'il hurlait. Comme en avion, après l'atterrissage, et que les oreilles continuent de siffler. Saadna brûlait et sa mort me fracassait le tympan. Mais j'étais sans remords.

Il y eut une autre explosion. Un pin, en feu, s'écrasa sur la baraque d'Arno. Voilà, me dis-je, c'est fini. Tout ça n'existera bientôt plus. Rasé. Dans un an ou deux, des lotissements provençaux auront remplacé la casse. Pour la grande joie de tous. De jeunes cadres moyens, contents de leur sort, s'y installeront. Ils s'empresseront de faire des mômes à leur femme. Et ils vivront heureux, bien des années après l'an 2000. Sur les cendres froides du malheur d'Arno et de Pavie.

Je démarrai quand retentirent les premières sirènes de pompier.

17

Où moins on explique,
mieux c'est, parfois

Loubet gueula, bien sûr. Furieux. Des heures, qu'il m'attendait. Et, de plus, Cûc lui avait appris qu'il ne pourrait rencontrer Mathias. Elle ne savait plus où il était.

— Elle se fout de moi, ou quoi ! Comme je ne compris pas si c'était une question ou une affirmation, je ne dis rien. Il continua. Maintenant que tu es intime avec la dame, tu vas lui conseiller de le retrouver, son gamin. Vite fait.

De là où je me trouvais, je voyais s'élever dans le ciel une épaisse colonne de fumée noire de la casse de Saadna. Des camions de pompiers arrivaient de toute part. J'avais roulé juste ce qu'il fallait pour ne pas me trouver coincé. Au lieu-dit Four de Buze, je m'étais arrêté pour téléphoner d'une cabine.

— Donne-moi encore une petite heure, je dis.

— Quoi !

— Une heure encore.

Il gueula de nouveau. Il avait raison, mais c'était lassant. J'attendis. Sans écouter. Sans dire un mot.

— Oh! Montale, t'es là?

— Rends-moi un service. Appelle-moi, dans un quart d'heure. Au commissariat de Pertin.

— Attends. Explique-moi, là.

— Pas la peine. Téléphone. Et tu seras sûr que je viendrai te voir. Vivant, je veux dire.

Et je raccrochai.

Moins on explique, mieux c'est, parfois. Pour l'heure, je me sentais comme un cheval en bois, des manèges. Je tournais à vide. Personne ne me dépassait. Je ne dépassais personne. On revenait toujours au même point. À cette foutue saloperie du monde.

J'appelai Gélou.

— La chambre 406, s'il vous plaît.

— Ne quittez pas. Un silence. Désolé, Mme et M. Narni sont sortis, monsieur. Leur clef est au tableau.

— Il n'y aurait pas un message pour moi? Montale. Fabio Montale.

— Non, monsieur. Vous voulez en laisser un?

— Dites simplement que je rappellerai vers deux heures, deux heures et demie.

Narni. Bien, me dis-je. Je n'avais pas tout perdu ce matin. Je connaissais le nom d'Alexandre. Et ça me faisait une belle jambe!

La première chose que je vis, en entrant dans le commissariat, c'est une affiche appelant à voter pour le Front national de la police aux élections syndicales. Comme si cela ne suffisait pas, déjà, Solidarité Police.

246

«Nous assistons, disait un tract punaisé sur l'affiche, en matière de maintien de l'ordre, à un laxisme généralisé de la part du commandement qui oblige à refuser au maximum l'affrontement et à donner des ordres trop timorés.

«Ces comportements ont contribué au manque d'efficacité et à un nombre incalculable de blessés dans nos rangs au profit des voyous qui, eux, n'ont plus qu'à trier leurs gibiers.

«Il faut renverser la tendance nihiliste qui règne dans nos services. Il faut que la peur change de camp. Surtout que nos adversaires en manifestation ne sont pas des *gens bien* mais de la racaille venue "pour casser du flic". Donnons-nous les moyens de faire plutôt les bouchers que les veaux.»

Finalement, pour s'informer sérieusement, rien ne valait un détour par un commissariat. C'était mieux que les J.T. de 20 heures!

— Ça vient de sortir, dit Babar, dans mon dos.

— Vivement la retraite, hein!

— Tu l'as dit. Ça sent pas bon, toutes ces choses.

— Il est là?

— Vouais. Mais il a comme qui dirait les hémorroïdes. Y tient pas le cul sur sa chaise.

J'entrai sans frapper.

— Te gêne pas, surtout! grogna Pertin.

Ce que je fis. Je m'assis et allumai une cigarette. Il fit le tour du bureau, posa ses deux mains à plat dessus et pencha vers moi son visage rougeaud.

— Qu'est-ce qui me vaut l'honneur?

— J'ai fait une connerie, Pertin. L'autre jour. Tu sais, quand ils ont buté Serge. Tout compte fait, j'aimerais bien la signer, ma déposition.

Il se redressa, ahuri.

— Fais pas chier, Montale. Les histoires de pédés, ça fait pas de vague. Rien qu'avec les crouilles et les singes, on a de quoi s'occuper sérieux. T'imagines même pas ! Ces crapauds, c'est à croire qu'ils font des pipes aux juges. T'en chopes un le matin, le soir il est déjà dehors... Alors, dégage !

— Justement, tu vois, je me disais que ce n'était peut être pas une histoire de pédés qui tourne mal. Que ça serait plus lié à des histoires d'Arabes, la mort de Serge. Tu ne crois pas ?

— Et il aurait fricoté quoi, Serge, avec eux ? fit-il, innocemment.

— Tu dois savoir, Pertin. Rien ne t'échappe. Et puis, tu es un flic vachement informé. Non ?

— Accouche, Montale.

— O.K. Je t'explique.

Il s'assit, croisa ses bras, et attendit. J'aurais bien aimé savoir à quoi il pensait derrière ses Ray-Ban. Mais j'étais prêt à parier au moins dix sacs qu'il mourait d'envie de me foutre un pain dans la gueule.

Je lui débitai une histoire à laquelle je ne croyais qu'à moitié. Mais une histoire plausible. Serge avait été «enrôlé» par les R.G. Parce qu'il était pédophile. Du moins, c'est ce qu'on avait réussi à lui mettre sur le dos.

— Intéressant.

— Mais c'est mieux après, Pertin. On t'a informé que les R.G. avaient envoyé une danseuse dans les cités. Pour désamorcer d'éventuels réseaux à la Kelkal. Fallait plus plaisanter avec eux, depuis que ça sautait un peu partout, à Paris et à Lyon. Mais l'identité de Serge, tu ne l'as sue qu'il y a quelques mois, seulement. Quand Serge a «dérapé» et que les R.G. ont perdu sa trace. Plus personne ne savait où il créchait. J'imagine le bordel.

Je fis une pause. Juste pour remettre dans l'ordre mes idées. Parce que c'était ça que je croyais. Serge, pédé ou pas, les gosses des cités, c'était sa vie. Il ne pouvait pas changer, comme ça, du jour au lendemain. Devenir balance. Ficher les mômes «en rupture». Tous les Kelkal en puissance, et passer ensuite la liste aux flics. Qui n'auraient plus, à l'occasion – la plus médiatique, cela allait de soi – qu'à cueillir tout le monde au saut du lit.

Il y avait déjà eu quelques beaux coups de filets. À Paris, en banlieue lyonnaise. Et quelques arrestations à Marseille aussi. Sur le port. Et cours Belsunce. Mais rien encore de vraiment sérieux. Les réseaux sur lesquels s'appuyaient les terroristes, dans les quartiers nord, restaient intouchés. On se les gardait sans doute pour la bonne bouche.

J'étais sûr de ça. Serge n'aurait jamais fait une telle chose. Même pour s'éviter un procès, la taule. La honte. Chaque nom lâché aux flics, c'était comme une cible offerte. Et toujours la même histoire, qu'il connaissait par cœur. Les gros bonnets, les chefs, les commanditaires s'en sortaient toujours. Les petits, eux, en prenaient pour perpète. Quand ce n'était pas une balle dans la tête.

Le silence était à couper au couteau. Un silence bien gras. Pourri. Pertin n'avait pas bronché. Il devait gamberger dur. J'avais entendu le téléphone sonner plusieurs fois. Aucune communication n'était arrivée sur son bureau. Loubet m'avait oublié. Ou bien il était vraiment en colère après moi. Maintenant que j'étais là, je ne pouvais que continuer.

— Je continue ? dis-je.

— Tu me passionnes.

Je repris mes explications. Mon point de vue, je le devinais, approchait le possible. Une vérité à laquelle je me cramponnais.

Serge s'était mis en tête de faire ce que personne n'avait encore osé entreprendre. Aller au devant des jeunes qu'il avait identifiés, pour parler avec eux. Rencontrer ensuite les parents, les frères, les sœurs. Et, en même temps, passer le message aux autres gosses. Pour qu'ils s'en mêlent. Pour que tous s'en mêlent dans les cités. Comme Anselme. Le principe *chourmo*.

Il avait fonctionné comme ça pendant des années, Serge. C'était une bonne méthode. Efficace. Elle avait donné de bons résultats. Les jeunes qui opéraient pour les barbus, ce n'était rien d'autres que des délinquants qu'il avait côtoyés pendant des années. Les mêmes, forcément. Mais endurcis par la taule. Plus agressifs, aussi. Et shootés au Coran libérateur. Fanatiques.

Comme leurs frères chômeurs des banlieues d'Alger.

Dans les cités, il était connu de tous, Serge. On l'écoutait. On lui faisait confiance. Anselme l'avait dit, «il était net, ce mec». Il avait les meilleurs arguments, parce qu'il avait patiemment démonté le système d'embrigadement des jeunes beurs. La guerre contre les dealers, par exemple. Ils avaient été chassés du Plan d'Aou, de la Savine aussi. Tout le monde avait applaudi. La mairie, les journaux. «De bons jeunes, ceux-là...» Comme on aurait dit de «bons sauvages». Mais le marché de l'héroïne n'avait pas pour autant cessé. Il s'était déplacé. Vers le centre-ville. Il s'était restructuré. Pour le reste, l'herbe, tout ça, rien n'avait changé. Une petite fumette, une petite prière, cela restait dans l'ordre d'Allah.

Le contrôle des dealers était maintenant assuré par ceux-là même qui incitaient les jeunes à les combattre. Dans le cahier de Serge, j'avais lu qu'un des lieux de prière – l'arrière-salle d'un magasin de tissus, près de la place d'Aix – servait de rendez-vous aux dealers. Ceux qui alimentaient les quartiers nord. Le propriétaire du magasin n'était autre que l'oncle de Nacer. Le dénommé Abdelkader.

— Où tu veux en venir? lâcha finalement Pertin.

— À ceci, dis-je avec un sourire. Il mordait enfin à l'hameçon. D'abord que les R.G. t'ont demandé de retrouver Serge. Mais ça, tu l'avais déjà fait. Grâce à Saadna. Ensuite de trouver le moyen de mettre un terme à ses conneries. Le flinguer, quoi. Enfin, que tu me prends pour un connard, à faire semblant d'écouter mon histoire. Parce que tu la connais par cœur. Ou presque. Et que tu en joues à merveille, surtout avec quelques petits truands bien recyclés dans l'islam. Comme Nacer et Hamel. Ces deux-là, il me semble que tu as oublié de les remettre aux juges. Peut-être qu'ils te font des pipes, alors !

— Continue comme ça, et je vais te casser la gueule.

— Tu vois, Pertin, pour une fois, tu aurais pu dire que je ne suis pas aussi con que j'en ai l'air.

Il se leva, en se frottant les mains.

— Carli ! il gueula.

Cela allait être ma fête. Carli entra, et me regarda, l'oeil mauvais.

— Ouais.

— Belle journée, non ? Si on allait prendre l'air. Du côté de la carrière. On a un invité. Le roi des cons en personne.

Le téléphone sonna dans le commissariat. Puis sur le poste de Pertin.

— Ouais, dit Pertin. Qui ça ? Un silence. Salut. Ouais, ça va. Il me regarda, regarda Carli, puis se laissa tomber sur sa chaise plus qu'il ne s'assit. Ouais, ouais. Je vous le passe. C'est pour toi, il dit froidement, en me tendant le combiné.

— J'avais presque fini mon vieux, répondis-je à Loubet, qui me demandait ce que je branlais avec cet enfoiré. Quoi ? Oui... Disons... Attends. On en a fini, nous ? demandai-je ironique à Pertin. Ou ça tient toujours la visite des carrières ? Il ne répondit pas. Ouais, une demi-heure. O.K. J'allais raccrocher, mais je crus

252

bon d'en rajouter. Pour épater Pertin. Ouais, ouais, un certain Boudjema Ressaf et puis, ouais, tant que tu y es, vois ce que tu as sur un certain Narni. Alexandre Narni. O.K. Je t'expliquerai, Loubet.

Il avait raccroché. Brutalement. Un emmerdeur, j'étais, avait-il dit juste avant. Il devait avoir raison.

Je me levai. J'avais retrouvé le sourire des bons jours. Celui qui évite de se salir à cracher à la gueule des pourritures.

— Toi, laisse-nous, cria Pertin à Carli.

— C'est quoi ton cirque ? aboya-t-il quand l'autre fut sorti.

— Un cirque, tu dis ? J'ai même pas vu un clown.

— Arrête de faire ton mariole, Montale. C'est pas ton genre. Et Loubet, c'est pas un gilet pare-balles.

— Tu feras quand même pas ça, Pertin ? Déjà, envoyer foutre le feu chez Saadna, ce matin, ce n'était pas une bonne idée, si tu veux mon avis. Surtout que les deux mômes, tu vois qui je veux dire ? ben, ils n'ont même pas pris le temps de vérifier s'il était grillé ou pas, Saadna. Tu me diras, ce n'est pas moi qui vais le pleurer.

Là, il accusa le coup. C'était comme avec les thons. Arrivait un moment où ils faiblissaient. Il fallait tenir jusque là. Pour ferrer à nouveau.

— Qu'est-ce tu sais de ça, toi ?

— J'y étais, tu vois. Il t'a appelé, pour te filer l'info sur Boudjema Ressaf. Il croyait que c'était un tuyau d'enfer, que tu allais le décorer de biftons, pour ça. Je peux même te dire qui tu as appelé tout de suite après.

— Ah ouais...

Je bluffai, mais à peine. Je sortis le cahier.

— C'est tout marqué là-dedans. Tu vois, il n'y a qu'à lire. J'ouvris le cahier au hasard. Abdelkader. L'oncle de Nacer. Une mine ce cahier. J'irais même jusqu'à supposer qu'il a peut-être une BMW noire, cet Aldelkader. Genre celle qu'on a vu à la Bigotte, l'autre après-midi. Tellement sûr qu'on les ferait pas chier, qu'ils ont dû faire ça avec sa tire, à Abdelkader. Comme s'ils allaient au baletti! Sauf que...

Pertin éclata d'un rire nerveux, puis il m'arracha le cahier des mains. Il le feuilleta. Il n'y avait que des pages blanches. J'avais planqué l'autre dans ma voiture et j'avais fait l'achat d'un neuf avant de venir. Ça ne servait à rien. C'était juste la cerise sur le gâteau.

— Enfoiré de mes deux!

— Hé oui! T'as perdu. L'original, Loubet l'a entre les mains. Il jeta le cahier sur son bureau. Je vais te dire, Pertin. Ça marque vraiment mal que toi et tes copains vous écrasiez, quand des fumiers manipulent des gosses paumés pour foutre la France à feu et à sang.

— Qu'est-ce que tu chantes encore.

— Que moi, je n'ai jamais eu de sympathie pour Sadam Hussein. Je préfère les Arabes sans barbus, et Marseille sans vous. Salut, Deux-Têtes. Garde le cahier pour écrire tes mémoires.

En sortant, j'arrachai l'affiche et le tract du Front national. J'en fis une grosse boule et shootai vers la poubelle de l'entrée. Pile dedans.

Babar siffla d'admiration.

18

Où l'on ne peut pas obliger la vérité à se manifester

Je réussis à convaincre Loubet d'aller à L'Oursin, près du Vieux-Port. L'un des meilleurs endroits pour déguster huîtres, oursins, palourdes et violets. C'est ce que je commandai en entrant, avec une bouteille de Cassis. Du blanc, de Fontcreuse. Il était de mauvaise humeur, évidemment.

— Vas-y dans l'ordre que tu veux, dit Loubet. Mais tu m'en racontes le plus possible. D'accord ? Je t'aime bien, Montale, mais là, tu commences vraiment à me les gonfler.

— Une seule question, je peux ? Il sourit. Tu as vraiment cru que j'avais buté Fabre ?

— Non. Ni toi, ni elle.

— Pourquoi tu m'as fait ton numéro, alors ?

— Elle, pour lui foutre la trouille. Toi, pour que tu arrêtes tes conneries.

— Tu as progressé ?

— Tu avais dit une question. C'est la troisième. Alors, je t'écoute. Mais dis-moi d'abord qu'est-ce que tu foutais chez Pertin.

— D'accord, je commence par là. Mais ça n'a rien à voir avec Guitou, Hocine Draoui, Fabre, tout ça.

Je repris donc par le début. À mon arrivée à la Bigotte, sans préciser la vraie raison pour laquelle j'y venais. De l'assassinat de Serge jusqu'à la mort de Saadna. Et mon petit entretien avec Pertin.

— Serge, j'ajoutai, tu vois il était certainement pédé, pédophile même, pourquoi pas. Je m'en tape. C'était un type honnête. Pas violent. Il aimait les gens. Avec la naïveté de ceux qui croient. Une vraie foi. Dans l'homme, et sans le secours de Dieu. Les gosses, c'était sa vie.

— Peut-être qu'il les aimait un peu trop, non?

— Et alors! Même si c'était vrai. Ce n'est pas avec lui qu'ils étaient les plus malheureux, non?

J'étais avec Serge comme avec ceux que j'aimais. Ils avaient ma confiance. Je pouvais admettre d'eux des actes que je ne comprenais pas. La seule chose que je ne pouvais tolérer, c'était le racisme. J'avais vécu mon enfance dans cette souffrance de mon père. De ne pas avoir été considéré comme un être humain, mais comme un chien. Un chien des quais. Et ce n'était qu'un Italien! Des amis, je dois le dire, je n'en avais plus des masses.

Je n'avais pas envie de poursuivre cette discussion, autour de Serge. Cela me mettait mal à l'aise, malgré tout. Je voulais tourner cette page. M'en tenir à cette douleur. Serge. Pavie. Arno. Une autre page de ma vie, à mettre, elle aussi, à la colonne, déjà longue, des pertes.

Loubet feuilletait le cahier de Serge. Avec lui, je pouvais espérer que tout ce qui était minutieusement consigné ne se perde pas au fond d'un tiroir. Du moins, l'essentiel. Et, surtout, que Pertin ne sorte pas indemne de cette affaire. Il n'était pas directement responsable de la mort de Serge. Ni de celle de Pavie. Il n'était que le symbole d'une police que je vomissais. Celle où l'on fait passer ses idées politiques ou ses ambitions personnelles avant les valeurs républicaines. La justice. L'égalité. Des Pertin, il y en avait des tonnes. Prêts à tout. Si un jour les banlieues explosaient, c'est à eux qu'on le devrait. À leur mépris. À leur xénophobie. À leur haine. Et à tous leurs petits calculs minables pour devenir, un jour, «un grand flic».

Pertin, lui, je le connaissais. Pour moi, ce n'était pas un flic anonyme. Il avait un visage. Il était gras, rougeaud. Des Ray-Ban, pour cacher des yeux porcins. Un sourire arrogant. Je souhaitais qu'il «tombe», Deux-Têtes. Mais je ne me faisais aucune illusion.

— Il y a un moyen pour que je récupère l'enquête, dit Loubet, songeur. C'est que je la relie à l'autre.

— Mais il n'y a aucun lien?

— Je sais. Sauf si on fout la mort de Hocine Draoui sur le dos du FIS ou du GIA. Je fonce sur ton Abdelkader, et je secoue le cocotier. On verra si Pertin sait se tenir aux branches.

— Un peu tiré par les cheveux, non?

— Je vais te dire, Montale. On prend ce qu'on trouve. On ne peut pas obliger la vérité à se manifester. Pas toujours. Cette vérité vaut pour une autre vérité.

— Mais les autres. Les vrais tueurs de Draoui et de Guitou ?

— T'inquiète. Je les aurai. Crois-moi. Le temps, c'est ce qui manque le moins. On se reprend une douzaine d'huîtres et d'oursins ?

— Je veux bien.

— Tu as couché avec elle ?

À un autre que lui, je n'aurais pas répondu. Et même à lui, peut-être, dans d'autres circonstances. Mais, à cet instant, c'était une question de confiance. D'amitié.

— Non.

— Tu le regrettes ?

— Et comment !

— Qu'est-ce qui t'a retenu ?

Loubet était imbattable pour mener les interrogatoires. Il avait, toujours prête, la question qui ouvrait sur les explications.

— Cûc est une mangeuse d'hommes. Parce ce que le seul homme qu'elle a aimé, le premier, l'unique, le père de Mathias, elle n'a pu le garder. Il est mort. Et tu vois, Loubet, lorsqu'on a perdu quelque chose, une fois, même si elle a disparu entièrement, on continue éternellement à la perdre. Je le sais. Je n'ai jamais été capable de garder près de moi les femmes que j'ai aimées.

— Tu en as mangé beaucoup, des femmes ? demanda-t-il en souriant.

258

— Trop sans doute. Je vais te confier un secret, et puis après on revient à nos histoires. Je n'arrive pas à saisir ce que je cherche, avec les femmes. Et tant que je ne saurai pas ce dont j'ai besoin, je ne ferai que les blesser. Les unes après les autres. Tu es marié ?

— Oui. Et deux enfants. Des garçons.

— Tu es heureux ?

— Il me semble, oui. J'ai rarement le temps de me poser la question. Ou je ne prends pas le temps. Peut-être parce que la question ne se pose pas.

Je finis mon verre et allumai une cigarette. Je regardai Loubet. C'était un homme solide, rassurant. Serein, même si son boulot n'était pas rose tous les jours. Un homme de certitude. Le contraire de moi.

— Tu aurais couché avec elle, toi ?

— Non, dit-il en riant. Mais je dois reconnaître qu'elle a un quelque chose d'irrésistible.

— Draoui, il n'a pas résisté à Cûc. Elle avait besoin de lui. Comme elle a eu besoin de Fabre. Un homme, elle sait comment ça s'attrape.

— Et elle avait besoin de toi ?

— Elle voulait que Draoui l'aide à sauver Fabre, poursuivis-je, sans répondre à sa question.

Parce que ça me faisait mal de répondre oui. Oui, elle avait tenté de jouer avec moi, comme avec Hocine Draoui. Oui, je pouvais lui être utile. Dans ma tête, je préférais continuer de penser qu'elle m'avait désiré, sans arrière-pensées. Ma fierté mâle s'en portait mieux. Je n'étais pas latin pour rien !

— Son mari, elle l'aimait, tu crois? fit-il sans relever l'impasse que je venais de faire.

— Tu vois, je serais incapable de te le dire, si elle l'a aimé ou pas. Elle, elle dit que non. Mais elle lui doit tout ce qu'elle est aujourd'hui. Il lui a donné un nom. Il lui a permis d'élever Mathias. Et les moyens de vivre plus que décemment. Tous les réfugiés vietnamiens n'ont pas eu cette chance.

— Tu as dit qu'elle voulait le sauver, Fabre. Le sauver de quoi?

— Attends. Cûc est aussi une femme qui veut entreprendre, construire, gagner, réussir. C'est le rêve de tous ceux qui, un jour, ont tout perdu. Juifs, Arméniens, pieds-noirs, ils sont tous comme ça. Ce ne sont pas des immigrés. Tu comprends ça? Un immigré, c'est quelqu'un qui n'a rien perdu, parce que là où il vivait, il n'avait rien. Sa seule motivation, c'est de survivre, un peu mieux.

«Cûc voulait se lancer dans la mode. Fabre lui a trouvé l'argent. Beaucoup d'argent. Les moyens pour imposer très vite sa griffe, en France et en Europe. Elle avait suffisamment de talent pour convaincre les commanditaires de l'opération. Sauf qu'ils auraient investi de l'argent dans n'importe quoi, ou presque. L'important était que l'argent trouve une destination. Sûre.

— Tu veux dire que c'est de l'argent sale?

— L'entreprise de Cûc, c'est une société anonyme. Avec pour actionnaires, des banques suisses, panaméennes, costaricaines. Elle en est la directrice, c'est tout. Elle n'est même pas propriétaire de sa marque.

Elle n'a pas compris tout de suite. Jusqu'au jour où des commandes importantes sont arrivées, et que son mari lui a expliqué qu'il n'était pas utile qu'elle les honore. Juste qu'elle les facture. Et que la somme soit affectée à un autre compte de la société, que son compte courant. Un compte suisse sur lequel elle n'a pas la signature. Tu piges?

— Si je te comprends bien, on parle de la Mafia.

— C'est un nom qui fait tellement peur qu'on ose à peine le prononcer en France. Qu'est-ce qui fait tourner le monde, Loubet? Le fric. Et qui est-ce qui en a le plus, de fric? La Mafia. Tu sais à combien est estimé le volume du trafic de stupéfiants dans le monde? 1 650 milliards de francs par an. C'est plus que le marché mondial du pétrole! Presque le double.

Ma copine journaliste, Babette, m'avait expliqué ça, un jour. Elle en connaissait un bout sur la Mafia. Depuis plusieurs mois, elle était en Italie. Elle préparait avec un journaliste romain, un ouvrage sur la Mafia en France. Explosif, m'avait-elle annoncé.

Pour elle, il était évident que, dans deux ans, la France connaîtrait une situation à l'italienne. L'argent noir, celui qui, par définition, n'a pas besoin de déclarer son origine, était devenu la denrée la plus courue des hommes politiques. À tel point, m'avait récemment dit Babette au téléphone, «qu'on avait glissé insensiblement d'une société politique de type mafieux à un système mafieux».

— Fabre était lié à la Mafia?

— Qui était Fabre ? Tu t'es occupé un peu de ça, non ?

— Un architecte, talentueux, plutôt à gauche, et qui a réussi.

— À qui tout a réussi, tu veux dire. Cûc m'a confié que son cabinet avait été vivement conseillé pour l'aménagement portuaire Euroméditerranée.

Euroméditerranée devait être la «nouvelle donne» pour que Marseille revienne sur la scène internationale, par son port. J'en doutais. Un projet né à Bruxelles, dans la cervelle de quelques technocrates, ne pouvait avoir pour souci l'avenir de Marseille. Seulement de réguler l'activité portuaire. De redistribuer les cartes, en Méditerranée, entre Gênes et Barcelone. Mais, pour l'Europe, les ports de l'avenir c'était déjà Anvers et Rotterdam.

On nous bidonnait, comme toujours. Le seul avenir qu'on traçait pour Marseille, c'était d'être le premier port fruitier de la Méditerranée. Et d'accueillir des croisières internationales. L'actuel projet lorgnait essentiellement vers ça. Un sacré chantier se profilait sur les cent dix hectares du bassin est du port. Quartier d'affaires, centre de communications internationales, téléport, université du tourisme... Une manne pour les entreprises de bâtiment et de travaux public.

— Le tiroir caisse pour Fabre ! C'est un autre merdier que Serge et les barbus, ça.

— À peine. C'est autre chose, c'est tout. Ça pue tout autant. Je vais te dire, dans les papiers de Serge, j'ai trouvé des documents de la F.A.I.S. Draoui y appartenait, tu m'as dit. Pour eux, l'Algérie s'est enfoncée dans le même système politico-mafieux. La guerre que livre le FIS au pouvoir en place n'est pas une guerre sainte. C'est juste une lutte pour se partager le gâteau. Boudiaf a été assassiné pour ça. Parce qu'il est le seul à l'avoir dit clairement.

— Tiens, dit-il en remplissant nos verres. On a besoin de ça.

— Tu sais, en Russie c'est pareil. Il n'y a pas d'espoir de ce côté-là. On en crèvera. Santé, fis-je en levant mon verre.

On resta un moment silencieux, nos verres à la main. Perdus dans nos réflexions. L'arrivée du second plateau de coquillages nous en libéra.

— Tu es un drôle de type, Montale. J'ai l'impression qu'il y a en toi quelque chose qui tient du sablier. Quand le sable est complètement descendu, il y a forcément quelqu'un qui vient le retourner. Cûc a dû te faire un sacré effet !

Je souris. J'aimais bien cette image du sablier. Du temps qui s'écoule. On vivait sa vie dans ce laps de temps. Jusqu'à ce que plus personne ne vienne retourner le sablier. Parce qu'on aurait perdu le goût de vivre.

— Ce n'est pas Cûc qui a retourné le sablier, comme tu dis. C'est la mort. La proximité de la mort. Partout autour de nous. La vie, j'y crois encore.

Cette discussion m'entraînait trop loin. Là où, d'ordinaire, je refusais de m'aventurer. Plus le temps passait, et moins je trouvais de raisons à la vie. Alors, je préférais m'en tenir aux choses simples. Comme boire et manger. Et aller à la pêche.

— Pour en revenir à Cûc, repris-je, elle n'a fait que déclencher les choses. En voulant que Fabre rompe les ponts avec ses amis mafieux. Elle s'est mise à fouiner dans ses affaires. Les contrats. Les gens qu'il rencontrait. Elle commença à paniquer, et, surtout, elle s'est sentie menacée. Dans ce qu'elle avait entrepris. Les objectifs qu'elle s'était fixés, une nuit, dans un deux-pièces minable du Havre. Une menace sur sa vie, et sa vie, c'est Mathias. Le fruit de son amour perdu. Bousillé par la violence, les haines, la guerre.

«Elle a supplié Fabre d'arrêter. De partir. Au Viêt-nam. Eux trois. Pour commencer une nouvelle vie. Mais il était pieds et poings liés, Fabre. Le truc classique. Comme certains hommes politiques. Ils en croquent pour se faire une place au soleil. Une fois en haut de l'échelle, pensent-ils, ils auront assez de pouvoir pour faire le ménage. Finies les mauvaises habitudes, les mauvaises amitiés. Mais non. C'est impossible. À la première enveloppe, tu es mort. À la première cravate, même.

«Fabre, il ne pouvait pas tirer un trait sur tout ça. Ciao, les mecs. Merci. Il ne voulait pas plonger. Se retrouver au trou, comme on en voit pas mal aujourd'hui. Il s'est mis à piquer des colères. À boire, et à devenir odieux. À rentrer de plus en plus tard, le soir. À ne pas rentrer, parfois. Cûc a séduit Hocine Draoui rien que pour ça. Pour humilier son mari.

Pour lui dire qu'elle ne l'aimait pas. Qu'elle allait le quitter. Un chantage désespéré. Un cri d'amour. Parce que, dans le fond, je crois qu'elle l'aimait.

« Il n'a rien compris, de tout ça, Fabre. Ou pas voulu. En tout cas, il n'a pas supporté. Cûc, c'était toute sa vie. Il l'aimait, plus que tout je pense. Peut-être n'a-t-il fait tout ça que pour elle. Je ne sais pas… On ne le saura jamais. Ce qui est sûr, c'est qu'il s'est senti trahi par elle. Et par Hocine Draoui… Déjà que tous ses travaux allaient à l'encontre du projet de parking de la Vieille-Charité… C'est le cabinet de Fabre qui a le marché. J'ai lu ça sur le panneau, à l'entrée du chantier.

— Je sais, je sais. Mais… tu vois, Montale, les fouilles de la Vieille-Charité sont loin d'être exceptionnelles. Et Fabre n'a pu l'apprendre que par Hocine Draoui, je pense. L'argumentaire qu'il a adressé aux services concernés, pour défendre le projet de parking, était clair, rigoureux. Il ne laissait aucune chance aux archéologues. Draoui lui-même y croyait peu, d'ailleurs. J'ai lu son intervention, lors du colloque de 90. Le chantier le plus excitant, c'est celui de la place Jules-Verne. Ces fouilles-là permettent de remonter à six siècles avant l'ère chrétienne. Ce qui sera peut être mis à jour ici, c'est l'embarcadère du port Ligure. Celui où Protis a débarqué un jour. Ma main à couper, qu'on n'y verra pas un parking à cet endroit-là… Selon moi, ils avaient un certain respect l'un pour l'autre, Draoui et Fabre. C'est ça que je crois. Ça explique que Fabre, dès qu'il a su dans quelle galère était Draoui, il lui a proposé de l'héberger.

« Fabre, poursuivit-il, par ce que j'ai pu apprendre sur lui, était un homme cultivé. Il aimait sa ville. Son patrimoine. La Méditerranée. Je suis sûr qu'ils avaient plein de points communs, tous les deux. Depuis qu'il se sont rencontrés, en 90, ils n'ont cessé de correspondre. J'en ai lu quelques unes, des lettres de Draoui à Fabre. C'est passionnant. Je suis sûr que ça t'intéresserait.

— C'est dingue, cette histoire, dis-je, ne sachant quoi ajouter. Je devinais où il voulait en venir, et cela me piégeait. Je ne pouvais continuer à jouer au con À taire ce que je savais.

— Ouais, une belle histoire d'amitié, reprit-il sur un ton léger. Et qui tourne mal. Comme il y en a plein les journaux. L'ami qui couche avec ta femme. Le mari cocu qui fait justice.

Je réfléchis un instant.

— Mais ça colle mal avec l'idée que tu te fais de Fabre, c'est ça que tu penses ?

— D'autant que le mari cocu se fait descendre peu après. Ce n'est pas elle qui l'a tué. Ni toi. Mais des tueurs. Comme Draoui. Et Guitou, qui a eu le malheur de se trouver là au mauvais moment.

— Et tu crois qu'il y a une autre raison.

— Ouais. La mort de Draoui n'est pas liée au fait qu'il a couché avec Cûc. C'est plus grave.

— Grave au point que deux tueurs viennent de Toulon, exprès pour ça. Pour tuer Hocine Draoui.

266

Et merde! il fallait bien que je le lui dise, quand même.

Il ne cilla pas. Ses yeux étaient braqués sur moi. J'eus le curieux sentiment qu'il savait déjà ce que je venais de lui avouer. Le nombre de tueurs. Leur lieu d'origine. Mais comment aurait-il pu savoir?

— Ah! Et comment tu sais ça? Qu'il sont venus de Toulon?

— Ils m'ont collé au cul le premier jour, Loubet. Ils cherchaient la petite. Naïma, elle s'appelle. Celle qui était au lit, avec Guitou. Je savais qui c'était et...

— Tu es allé à la Bigotte, pour ça.

— Pour ça, oui.

Il me regarda avec une violence que je ne lui connaissais pas. Il se leva.

— Un cognac, cria-t-il au serveur.

Et il partit vers les chiottes.

— Deux, précisai-je. Et un autre café.

19

Où il est trop tard,
quand la mort est là

Loubet revint calmé. Après avoir pissé, il avait simplement affirmé : « T'as de la chance que je t'aie à la bonne, Montale. Parce que je t'aurais volontiers cassé la figure ! »

Je lui déballai tout ce que je savais. Guitou, Naïma, la famille Hamoudi. Puis tout ce que m'avait raconté Cûc, l'autre nuit, et que je ne lui avais pas encore dit. Dans les détails. Comme un bon élève.

Naïma était allée voir Mathias, à Aix. Lundi soir. Elle lui avait raconté l'essentiel, la veille, au téléphone. Mathias avait appelé sa mère. Paniqué, et fou furieux à la fois. Cûc, bien sûr, se rendit à Aix. Naïma leur fit le récit de cette nuit dramatique.

Adrien Fabre était présent. Elle ne l'avait pas vu. Elle avait simplement entendu crier son nom. Après qu'ils eurent tué Guitou. : « Putain ! qu'est-ce qu'il foutait là, ce gosse ? Fabre ! avait gueulé un type. Viens ici ! » Elle se souvenait des mots. Jamais elle ne pourrait les oublier.

Elle, elle s'était planquée dans la douche.

Recroquevillée dans le bac. Terrifiée. Si elle réussit à ne pas hurler, leur expliqua-t-elle, c'est parce qu'une goutte d'eau tombait sur son genou. Le gauche. Elle s'était concentrée là-dessus. Jusqu'à combien elle pouvait compter avant qu'une autre goutte n'arrive sur son genou.

Une discussion s'était engagée entre les hommes, devant la porte du studio. Trois voix, avec celle de Fabre. «Vous l'avez tué! Vous l'avez tué!» il criait. Pleurant presque. Celui qui semblait être le chef l'avait traité de connard. Puis il y eut un bruit sec, comme une claque. Fabre, alors, se mit vraiment à chialer. Une des voix, avec un fort accent corse, demanda ce qu'il fallait faire. Le chef lui répondit de se démerder pour trouver une fourgonnette. Avec trois ou quatre déménageurs. Pour vider la baraque. Du plus gros. De l'essentiel. Lui, il emmenait «l'autre», avant qu'il ne leur fasse une dépression.

Combien de temps elle passa dans la douche, à compter les gouttes d'eau, Naïma l'ignorait. La seule chose dont elle se souvenait, c'est qu'à un moment ce fut le silence. Plus un bruit. Sauf elle, qui sanglotait. Elle grelottait aussi. Le froid lui était rentré dans la peau. Pas le froid des gouttes d'eau. Le froid de l'horreur qui l'entourait, et qu'elle imaginait.

Elle avait sauvé sa peau, ça elle l'avait compris. Mais elle resta là, sous la douche, les yeux fermés. Sans bouger. Sans pouvoir faire un geste. À sangloter. À grelotter. À espérer que ce cauchemar s'achève. Guitou poserait un baiser sur ses lèvres.

Elle ouvrirait les yeux, et il lui dirait doucement :
« Allez, c'est fini, maintenant. » Mais le miracle ne se
produisit pas. Un nouvelle goutte d'eau était venue
frapper son genou. Réelle, comme ce qu'elle venait
de vivre. Elle se leva, péniblement. Résignée. Et elle
s'habilla. Le plus terrible, avait-elle pensé, l'attendait
devant la porte. Il lui fallait enjamber le corps de
Guitou. Elle s'avança en détournant la tête, pour ne
pas le voir. Mais elle n'avait pas pu faire ça. C'était
son Guitou. Elle s'accroupit devant lui, pour le regarder une dernière fois. Lui dire adieu. Elle ne tremblait plus. Elle n'avait plus peur. Plus rien n'aurait
d'importance, maintenant, s'était-elle dit, en se relevant, et…

— Et il sont où maintenant, elle et Mathias ?

Je pris mon air le plus angélique pour lui répondre.

— Ben, c'est ça le problème. On ne sait plus.

— Tu te fous de ma gueule ou quoi ?

— Juré.

Il me regarda, avec un air méchant.

— Je vais te mettre en cabane, Montale. Deux ou
trois jours.

— Tu déconnes !

— Tu as assez fait chier ! Et je te veux plus dans
mes pattes.

— Même si je paie l'addition ? je dis en prenant
mon air le plus idiot.

Loubet éclata de rire. Un bon rire franc. Un rire
d'homme. Capable de tenir tête à toute les bassesses
du monde.

— T'as eu les foies, hein?

— Et comment! Tout le monde serait venu me voir. Comme au zoo. Même Pertin m'aurait apporté des cacahuètes.

— Pour l'addition, on partage, reprit-il sérieux. Je vais lancer un avis de recherche, pour Balducci et pour l'autre. Narni. Il prononça son nom, lentement. Puis ses yeux se plantèrent dans les miens. Comment tu l'as identifié, celui-là?

— Narni. Narni, répétai-je. Mais…

Une porte s'ouvrait sur la plus pire et la plus inimaginable des saloperies. Je sentis mon estomac se mettre en boule. J'eus un haut-le-cœur.

— Qu'est ce qu'il y a, Montale? T'es malade?

Tiens bon, je me dis. Tiens bon. Ne dégueule pas tout sur la table. Retiens-toi. Concentre-toi. Respire. Allez, respire. Lentement. Comme si tu marchais dans les calanques. Respire. Voilà, c'est mieux. Respire encore. Souffle. C'est bien. Ouais, c'est ça… Tu vois, tout se digère. Même la merde à l'état pur.

J'essuyai mon front, couvert de sueur.

— Ça va, ça va. Un truc à l'estomac.

— Tu as une tête à faire peur.

Je ne voyais plus Loubet. Devant moi, il y avait l'autre. Le bel homme. Aux tempes grisonnantes. À la moustache poivre et sel. Avec sa grosse chevalière en or, à la main droite. Alexandre. Alexandre Narni.

J'eus un nouveau haut-le-cœur, mais le plus dur était passé. Comment Gélou avait-elle fait, pour se retrouver dans le lit d'un tueur? Dix ans, bon dieu!

— C'est rien, je dis. Ça va passer. Un autre petit cognac, vite fait ?

— T'es sûr que ça va ?

Ça irait.

— Narni, je repris sur le ton de la plaisanterie, je ne sais pas qui c'est. Juste un nom qui m'est venu à l'esprit, tout à l'heure. Boudjema Ressaf, Narni... Je voulais frimer, avec Pertin. Bien lui faire croire qu'on était en cheville, toi et moi.

— Ah ! dit-il.

Il ne me quittait pas des yeux, Loubet.

— Et c'est qui alors, ce Narni ?

— Ce nom, tu parles, il t'est pas venu comme ça. Tu as dû en entendre parler, de Narni. Forcément. Un des porte-flingues de Jean-Louis Fargette. Il eut un sourire ironique. Fargette, tu te souviens qui c'est, quand même ? hein ? La Mafia, tout ça...

— Ouais, évidemment.

— Ton Narni, il s'est surtout illustré pendant des années comme patron du racket sur toute la Côte. On a reparlé de lui, quand Fargette s'est fait buter, à San Remo. C'est peut-être même lui qui a fait le boulot. Les renversements d'alliances entre familles, tu sais comment ça se passe. Depuis, Narni il s'était fait oublier.

— Et il fait quoi, maintenant que Fargette est mort ?

Loubet sourit. Le sourire de celui qui sait qu'il va épater l'autre. Je m'attendais au pire.

— Il est conseiller financier d'une société interna-

272

tionale de marketing économique. La société qui gère le second compte de la société de Cûc. Qui gère aussi le second compte du cabinet d'architecte de Fabre. D'autres encore... Je n'ai pas eu le temps d'éplucher la liste. La Camorra napolitaine est derrière, j'en ai eu la confirmation tout à l'heure, juste avant de te retrouver. Tu vois, Fabre, il était salement macqué. Mais pas comme tu crois.

— Mais encore, dis-je évasivement.

Je n'écoutais plus vraiment. Mon estomac était noué. Ça n'arrêtait pas de monter et de descendre, là-dedans. Les oursins, les violets, les huîtres. Le cognac ne m'avait été d'aucun secours. Et j'avais envie de chialer.

— Le marketing économique, c'est quoi selon toi, pour ces types ?

Je savais. Babette m'avait expliqué.

— L'usure. Ils prêtent de l'argent aux entreprises en difficulté. De l'argent sale évidemment. À des taux dingues. Quinze, vingt pour cent. Mais beaucoup. Toute l'Italie fonctionne déjà comme ça. Même certaines banques ! La Mafia avait attaqué le marché français. L'affaire Schneider, et ses filières belges, en avait été, récemment, le premier exemple.

— Eh bien, le type qui gère tout ça s'appelle Antonio Sartanario. Narni travaille pour lui. Il s'occupe spécialement de ceux qui ont du mal à rembourser. Ou qui tentent de changer la règle du jeu.

— Fabre, il était dans ce cas ?

— Il a commencé à emprunter pour lancer son

273

cabinet. Puis beaucoup pour aider Cûc à démarrer dans la mode. C'était un client régulier. Mais, ces derniers mois, il se faisait un peu tirer l'oreille. Dans ses comptes, qu'on a épluchés, on a découvert qu'il passait énormément de fric sur un compte épargne. Un compte ouvert au nom de Mathias. Tu vois, Hocine Draoui, c'était un avertissement pour Fabre. Le premier. Ils l'ont tué, là chez lui, devant lui, pour ça. Dès le lundi, Fabre il a retiré de grosses sommes.

— Mais ils l'ont quand même buté.

— La mort du gosse, ça a dû lui foutre un sacré coup, quand même, à Fabre. Alors, qu'est-ce qu'il a voulu faire au lieu de remettre l'argent ? Qu'est-ce qui lui a passé par la tête ? Cracher le morceau ? Faire du chantage, pour qu'on le laisse en paix ?... Oh ! Tu m'écoutes, Montale ?

— Ouais, ouais.

— Tu vois quel merdier c'est. Balducci, Narni. Ces mecs, ils rigolent pas. T'entends, Montale ? Il regarda l'heure. Putain, je suis à la bourre, là. Il se leva. Pas moi. Je n'étais pas encore sûr de mes jambes. Loubet posa sa main sur mon épaule, comme l'autre jour, chez Ange. Un conseil, si tu as des nouvelles des gosses, oublie pas de m'appeler. Je voudrais pas qu'il leur arrive quelque chose. Toi non plus, je pense ?

Je fis oui de la tête.

— Loubet, m'entendis-je dire, je t'aime bien.

Il se pencha vers moi.

— Alors, fais-moi plaisir, Fabio. Va à la pêche. C'est plus sain... Pour ce que tu as à l'estomac.

274

Je me fis servir un troisième cognac. Je le bus cul sec. Il descendit avec la force que j'espérais. Capable de déclencher la tempête dans mon bide. Je me levai, péniblement, et me dirigeai vers les toilettes.

À genoux, tenant la cuvette des chiottes à deux mains, je vomis. Tout. Jusqu'à la dernière palourde. Je ne voulais rien garder de ce putain de repas. L'estomac tordu de douleur, je sanglotai doucement. Voilà, me dis-je, les choses finissent toujours ainsi. Par défaut d'équilibre. Elles ne peuvent pas finir autrement. Parce que c'est ainsi qu'elles ont commencé. On voudrait que tout se stabilise, à la fin. Mais non, ça n'arrive jamais.

Jamais.

Je me relevai et tirai la chasse d'eau. Comme on tire une sonnette d'alarme.

Dehors, il faisait un temps superbe. J'avais oublié que le soleil existait. Il inondait le cours d'Estiennes-d'Orves. Je me laissai porter par la douce chaleur. Les mains dans les poches, j'allai jusqu'à la place aux Huiles. Sur le Vieux-Port.

Une odeur, forte, montait de l'eau. Un mélange d'huile, de cambouis, d'eau salée. Ça ne sentait franchement pas bon. Ça puait, aurais-je dit un autre jour. Mais là, elle me fit un bien immense, cette odeur. Un parfum de bonheur. Vrai, humain. C'est comme si Marseille me prenait à la gorge. Le « teuf teuf » de mon bateau me revint en mémoire. Je me vis en mer, en train de pêcher. Je souris. La vie, en moi, reprenait place. Par les choses les plus simples.

· Le ferry-boat arriva. Je m'offris un aller-retour pour le plus court et le plus beau des voyages. La traversée de Marseille. Quai du Port-Quai de Rive-Neuve. Il y avait peu de monde, à cette heure. Des vieux. Une mère qui donnait le biberon à son bébé. Je me surpris à fredonner *Chella lla*. Une vieille chanson napolitaine de Renato Carosone. Je retrouvais mes marques. Avec les souvenirs qui vont avec. Mon père m'avait assis sur la fenêtre du ferry-boat, et il me disait : «Regarde, Fabio. Regarde. C'est l'entrée du port. Tu vois. Le fort Saint-Nicolas. Le fort Saint-Jean. Et là, le Pharo. Tu vois, et après, c'est la mer. Le large.» Je sentais ses grosses mains qui me tenaient sous les aisselles. J'avais quoi ? Six ou sept ans, pas plus. Cette nuit-là, j'avais rêvé d'être marin.

Place de la Mairie, les vieux qui descendirent furent remplacés par d'autres vieux. La mère de famille me regarda avant de quitter le ferry-boat. Je lui souris.

Une lycéenne monta. Du genre de celles qui fleurissent à Marseille mieux qu'ailleurs. Père ou mère antillais, peut-être. Les cheveux longs et frisés. Les seins bien droits devant elle. La jupe à ras la pâquerette. Elle vint me demander du feu, parce que je l'avais regardée. Elle me coula un regard à la Lauren Bacall, sans un sourire. Puis elle alla se planter de l'autre côté de la cabine. Je n'eus pas le temps de lui dire merci. Pour ce plaisir de ses yeux dans les miens.

276

Au retour, je longeai le quai, pour aller retrouver Gélou. J'avais appelé l'hôtel avant de quitter L'Oursin. Elle m'attendait au New York. Je ne savais pas ce que je ferais si Narni était là. Je l'étranglerais sur place, peut-être.

Mais Gélou était seule.

— Alexandre n'est pas là ? dis-je en l'embrassant.

— Il sera là dans une demi-heure. J'avais envie de te voir sans lui. Pour l'instant. Qu'est-ce qui se passe, Fabio ? Avec Guitou.

Gélou avait des cernes. L'anxiété la marquait. L'attente, la fatigue, tout ça. Mais elle était belle, ma cousine. Toujours. Je voulais profiter encore de son visage, tel qu'il était là, maintenant. Pourquoi la vie ne lui avait-elle pas souri ? Est-ce qu'elle avait trop espéré d'elle ? Trop attendu ? Mais ne sommes-nous pas tous comme ça ? Dès que l'on ouvre les yeux sur le monde ? Y a-t-il des gens qui ne demandent rien à la vie ?

— Il est mort, je dis doucement.

Je lui pris les mains. Elles étaient chaudes encore. Puis je levai les yeux vers elle. Je mis dans mon regard tout l'amour que j'avais en réserve pour les mois d'hiver.

— Quoi, balbutia-t-elle.

Je sentis le sang refluer de ses mains.

— Viens, je dis.

Et je l'obligeai à se lever, à sortir. Avant qu'elle ne craque. Je la pris par l'épaule, comme une amoureuse. Son bras vint se glisser autour de ma taille. On traversa au milieu du flot de voitures. Sans s'inquiéter des coups de freins. Des klaxons. Des insultes qui fusaient. Il n'y avait plus que nous. Nous deux. Et cette douleur commune.

On marcha le long du quai. En silence. Serrés l'un contre l'autre. Je me demandai un instant où était ce fumier. Car il ne devait pas être loin, Narni. À nous épier. À se demander quand, enfin, il pourrait me planter une balle dans la tête. Il devait en rêver. Moi aussi. Le flingue que je trimbalais depuis hier soir dans la voiture, c'est à ça qu'il allait servir. Et j'avais un avantage sur Narni. Je savais maintenant quelle pourriture il était.

Je sentis tressauter l'épaule de Gélou. Les larmes arrivaient. Je m'arrêtai et tournai Gélou vers moi. Je l'enlaçai. Tout son corps se serra contre le mien. On aurait pu croire deux amants, fous de désir. Derrière le clocher des Accoules, le soleil, déjà, se cachait.

— Pourquoi ? demanda-t-elle au milieu des larmes.

— Ça n'a plus d'importance les questions. Ni les réponses. C'est comme ça, Gélou. Comme ça, c'est tout.

Elle leva son visage vers moi. Un visage défait. Bien sûr, son Rimmel avait coulé. De longues traces bleues. Ses joues semblaient fissurées, comme après un tremblement de terre. Je vis son regard s'en aller au-dedans d'elle. Pour toujours. Elle partait Gélou. Ailleurs. Au pays des larmes.

Ses yeux, ses mains, malgré tout, s'accrochaient encore à moi, désespérément. Pour rester au monde.

278

À tout ce qui nous unissait depuis l'enfance. Mais je ne lui étais d'aucun secours. Mon ventre n'avait pas poussé un enfant vers la lumière. Je n'étais pas une mère. Même pas un père. Et tous les mots que je pouvais dire appartenaient au dictionnaire de la connerie humaine. Il n'y avait rien à dire. Je n'avais rien à dire.

— Je suis là, murmurai-je, tout près de son oreille.

Mais c'était trop tard.

Quand la mort est là, il est toujours trop tard.

— Fabio…

Elle se tut. Son front vint se reposer sur mon épaule. Elle se calmait. Le pire serait pour plus tard. Je lui caressai doucement les cheveux, puis je glissai ma main sous son menton, pour relever son visage vers moi.

— Tu as un Kleenex ?

Elle fit oui de la tête. Elle se détacha de moi, ouvrit son sac, sortit un Kleenex et un petit miroir. Elle essuya les traces de Rimmel. Elle n'en fit pas plus.

— Où est ta voiture ?

— Au parking, derrière l'hôtel. Pourquoi ?

— Ne me pose pas de questions, Gélou. À quel niveau ? Un ? Deux ?

— Un. Sur la droite.

Je la repris par les épaules, et on repartit vers le New York. Le soleil disparaissait derrière les maisons de la butte du Panier. Derrière lui, il laissait une belle lumière qui faisait rosir les immeubles du quai de Rive-Neuve. C'était sublime. Et j'avais besoin de ça. De m'accrocher à ces moments de beauté.

— Parle-moi, elle dit.

Nous étions devant l'une des entrées du métro Vieux-Port. Il y en avait trois. Celle-là. Une en bas de la Canebière. L'autre place Gabriel-Péri.

— Plus tard. Tu vas aller jusqu'à ta voiture. Tu t'installes et tu attends que j'arrive. Je te rejoins dans moins de dix minutes.

— Mais…

— Tu pourras faire ça ?

— Oui.

— Bon. Je vais te laisser là. Tu fais comme si tu rentrais à l'hôtel. Devant, tu hésites quelques secondes. Comme si tu réfléchissais à quelque chose. Quelque chose que tu aurais oublié, par exemple. Puis tu pars vers le parking sans te presser. D'accord ?

— Oui, dit-elle, mécaniquement.

Je l'embrassai, comme si je la quittais. En la serrant contre moi. Tendrement.

— Il faut que tu fasses exactement ça, Gélou, je lui dis, avec douceur, mais fermement. Tu as compris ? Sa main se glissa dans la mienne. Allez, vas-y.

Elle y alla. Raide. Comme un automate.

Je la regardai traverser. Puis je descendis dans le métro, en prenant l'escalier mécanique. Sans me presser. Arrivé dans le couloir, je partis en courant. Je traversai la station dans toute sa longueur, pour gagner la sortie Gabriel-Péri. Je montai les marches deux par deux, et me retrouvai sur la place. Je pris à droite pour rejoindre la Canebière, devant le Palais de la Bourse. Le parking était en face.

Si Narni, ou l'autre, Balducci, me surveillait, j'avais une longueur d'avance. Là où on allait, Gélou et moi, nous n'avions besoin de personne. Je traversai sans attendre le petit bonhomme vert et plongeai dans le parking.

Il y eut un appel de phares et je reconnus la Saab de Gélou.

— Pousse-toi, dis-je, en ouvrant la porte. Je vais conduire.

— Où on va, Fabio ? Explique-moi !

Elle avait crié.

— On va juste se promener, dis-je doucement. Il faut qu'on parle, non ?

On ne parla pas, jusqu'à ce qu'on prenne l'auto-route Nord. J'avais zigzagué dans Marseille, l'œil rivé au rétroviseur. Mais aucune voiture ne nous avait pris en filature. Rassuré, je racontai alors à Gélou ce qui s'était passé. Je lui dis que le commissaire qui était sur l'enquête était un de mes amis. Qu'on pouvait lui faire confiance. Elle m'avait écouté, sans poser de questions. Elle avait juste dit :

— Ça ne changera plus rien, maintenant.

Je sortis à l'embranchement Les Arnavaux et pris à travers les rues qui montent vers Sainte-Marthe.

— Tu l'as connu comment, Narni ?

— Quoi ?

— Alexandre Narni, où tu l'as rencontré ?

— Au restaurant, qu'on avait avec Gino. C'était un client. Un bon client. Il venait souvent. Avec des amis, parfois seul. Il aimait la cuisine que faisait Gino.

Moi aussi. Je me souvenais encore d'un plat de *lingue di passero* aux truffes. Je n'en avais plus jamais mangé d'aussi bonnes. Même pas en Italie.

— Il te faisait du gringue?

— Non. Enfin, les compliments…

— Qu'un bel homme peut faire à une jolie femme.

— Oui, si tu veux…. Mais j'étais avec lui, comme avec tous les autres clients. Pas plus, pas moins.

— Hum… Et lui?

— Quoi lui? Fabio, ça veut dire quoi, ces questions? C'est lié à la mort de Guitou?

Je haussai les épaules.

— J'ai besoin de savoir des choses de ta vie. Pour comprendre.

— Comprendre quoi?

— Comment Gélou, ma cousine chérie, a rencontré Alexandre Narni, tueur professionnel de la Mafia. Et comment, pendant les dix ans où elle a couché avec lui, elle n'en a rien deviné.

Et je filai un coup de frein, vite fait. Pour me garer. Avant de recevoir une gifle.

20

Où il est proposé une
vision limitée du monde

Narni devint un des meilleurs clients du restaurant quelques mois seulement après l'ouverture. Chaque fois, il venait avec des gens connus. Des maires, des députés. Des élus régionaux. Des ministres. Des gens du show-bizness. Du cinéma.

Voilà mes amis, semblait-il dire. Vous avez de la chance que j'aime votre cuisine. Et qu'on est *paese*. Narni comme Gino était de l'Ombrie. Sans doute la région de l'Italie où l'on mange le mieux. Avant même la Toscane. Pour une chance, cela en était une. Il fallait bien le reconnaître. Le restaurant ne désemplissait pas. Certains venaient y dîner juste pour apercevoir telle ou telle personnalité.

Les murs se couvraient d'encadrements, avec les photos de tous ceux qui passaient. Gélou posait avec chacun. Comme une star. Star des stars dans ce restaurant. Un réalisateur italien, elle ne se souvenait plus lequel aujourd'hui, lui avait même proposé, un jour, de tourner dans son prochain film. Elle avait beaucoup ri. Elle aimait le cinéma, mais ne s'était jamais imaginée devant une caméra. Et puis Guitou venait de naître. Alors, le cinéma…

L'argent rentrait. Une période heureuse. Même si, le soir, ils se retrouvaient au lit épuisés. Surtout les soirs de week-end. Gino avait embauché un aide-cuisinier et deux serveuses. Gélou ne servait plus en salle. Elle accueillait les hôtes de marque, prenait l'apéritif avec eux. Tout ça, quoi. Narni la faisait inviter dans des réceptions officielles, des galas. Plusieurs fois aussi au festival de Cannes.

— Tu y allais seule ? j'avais demandé.

— Sans Gino, oui. Le restaurant devait tourner. Et tu sais, il aimait pas trop ça, les mondanités. Rien ne lui faisait tourner la tête, à part moi, dit-elle avec un petit sourire triste. Ni l'argent, ni les honneurs. C'était un vrai paysan, avec les pieds bien sur terre. C'est pour ça que je l'ai aimé. Il m'a équilibrée. Il m'a appris à faire la différence entre le vrai et le faux. Le tape-à-l'œil. Tu te rappelles, comment j'étais, gamine ? Je courais après tous les garçons qui frimaient avec l'argent de papa.

— Tu voulais même épouser le fils d'un fabricant de chaussures marseillais. Un beau parti, c'était.

— Il était moche.

— Gino…

Elle se perdit dans ses pensées. Nous étions restés garés dans cette rue, où j'avais freiné brusquement. Gélou ne m'avait pas giflé. Elle n'avait même pas bougé. Comme sonnée. Puis elle s'était tournée vers moi, lentement. Ses yeux envoyaient des signaux de

détresse. Je n'avais pas osé la regarder immédiatement.

— C'est à ça que tu as passé ton temps? avait-elle
dit. À éplucher ma vie?

— Non, Gélou.

Et je lui avais tout raconté. Enfin, pas tout.
Seulement ce qu'elle était en droit de savoir. Puis on
fuma, en silence.

— Fabio, reprit-elle

— Oui.

— Qu'est-ce que tu cherches à savoir?

— Je ne sais pas. C'est comme quand une pièce
manque dans un puzzle. On voit l'image, mais cette
pièce manquante, elle fout tout en l'air. Tu comprends?

La nuit était tombée. Malgré les fenêtres ouvertes,
la fumée emplissait la voiture.

— Je n'en suis pas sûre.

— Gélou, ce type, il vit avec toi. Il t'aide à élever
les gosses. Patrice, Marc et Guitou. Guitou, il l'a vu
grandir... Il a dû jouer avec lui. Il y a eu les anniver-
saires. Les Noëls...

— Comment il a pu, c'est ça?

— Oui, comment il a pu. Et comment... Suppose
que nous n'en ayons rien su. Tu ne serais pas venue
me voir, hein? Narni, il vient, il tue ce type, Hocine
Draoui. Puis Guitou qui se trouvait malheureusement
là. Il passe à travers les mailles des flics. Comme
d'habitude. Il revient à Gap... Comment il aurait
pu... Tu vois, il enfile son pyjama, tout propre, bien
repassé, il se met au lit avec toi et...

— En supposant, je crois que... Guitou mort, je crois que je n'aurais plus supporté un homme dans mon lit. Alex ou un autre.

— Ah, fis-je, décontenancé.

— C'est pour être sûre de pouvoir élever les enfants, d'élever Guitou surtout, que j'avais besoin d'un homme. D'un... D'un père, oui. Gélou était de plus en plus nerveuse. Oh! Fabio, je m'embrouille. Tu comprends, il y a ce qu'une femme attend d'un homme. La gentillesse. La tendresse. Le plaisir. Le plaisir, ça compte, tu sais. Et puis il y a tout le reste. Qui fait qu'un homme est vraiment un homme. La stabilité qu'il offre. L'assurance. Une autorité, quoi. Sur qui s'appuyer... Mère seule, de trois enfants, non, je n'en ai pas eu le courage. C'est ça, la vérité. Elle alluma une autre cigarette, mécaniquement. Songeuse. Ce n'est pas si simple, tout ça.

— Je sais, Gélou. Dis-moi, il n'a jamais eu envie d'avoir un enfant de toi ?

— Oui. Lui, oui. Pas moi. Trois, c'était déjà assez. Tu ne crois pas ?

— Tu as été heureuse, ces dernières années ?

— Heureuse ? Oui, je pense. Tout marchait bien. Tu vois en quoi je roule ?

— J'ai vu. Ce n'est pas forcément être heureux, ça.

— Je sais. Mais qu'est-ce que tu veux que je te réponde ? Ouvre la télé... Quand tu vois ce qui se passe chez nous, ou ailleurs... Je ne peux pas dire que j'étais malheureuse.

286

— Gino, il en pensait quoi de Narni?

— Il ne l'aimait pas vraiment. Enfin, au début si. Il le trouvait assez sympa. Ils parlaient un peu du pays. Mais Gino, tu sais, il n'a jamais été liant, avec les gens. Pour lui, il n'y avait que la famille.

— Il était jaloux, c'est pour ça?

— Un peu. Comme tout bon Italien. Mais ça n'a jamais été un problème. Même quand un super bouquet de roses arrivait pour mon anniversaire. Ça lui rappelait simplement que lui, il l'avait oublié, mon anniversaire. Mais ce n'était pas grave. Il m'aimait, Gino, et je le savais.

— C'était quoi, alors?

— Je ne sais pas. Gino... Alex, il lui arrivait aussi de venir manger avec de drôles de types. Bien mis, mais... accompagnés de... Comme des gardes du corps, tu vois. Avec eux, pas question de faire des photos! Gino, ça ne lui plaisait pas de les avoir dans son restaurant. Il disait que c'était la Mafia. Qu'avec leurs gueules, on les reconnaissait tout de suite. Ils étaient plus vrais qu'au cinéma!

— Il lui en a fait la remarque, à Narni?

— Non, tu parles. C'était un client. Quand tu as un restaurant, tu ne fais pas de commentaires. Tu sers à manger, c'est tout.

— Gino, il a changé d'attitude avec lui, à ce moment-là?

Elle éteignit sa cigarette. C'était loin. C'était, surtout, une période sur laquelle elle n'avait pas encore tourné la page. Dix ans après. Dans sa tête, la photo de Gino reposait, sans doute, dans un cadre doré, avec une rose posée à côté.

— Gino, à un moment, il est devenu nerveux. Anxieux. Il se réveillait la nuit. C'est parce qu'on travaillait trop, il disait. C'est vrai, nous n'arrêtions pas. Le restaurant était toujours complet, et pourtant, on ne roulait pas sur l'or. On vivait. J'avais le sentiment, parfois, qu'on gagnait moins qu'au début. Gino, il disait que c'était une spirale de fou, ce restaurant. Il commença à parler de vendre. D'aller ailleurs. De travailler moins. Qu'on serait tout aussi heureux.

Gino et Gélou. Adrien Fabre et Cûc. La Mafia reprenait d'une main ce qu'elle donnait de l'autre. Sans faire de cadeaux. On n'échappait pas au racket. Surtout si le racketteur avait construit ta clientèle. N'importe laquelle. Ça fonctionnait comme ça partout. À des degrés divers. Même pour les plus petits bars de quartier, de Marseille à Menton. Pas grand-chose, juste un petit flipper pas déclaré. Ou deux.

Narni, en plus, il aimait la patronne. Gélou. Ma cousine. Ma Claudia Cardinale. Il y a dix ans, je m'en souvenais, elle était plus belle encore qu'adolescente. Une femme mûre, épanouie. Comme je les aime.

— Ils se sont un peu disputés, un soir, reprit Gélou. Ça me revient maintenant. Je ne sais pas à propos de quoi. Gino n'avait pas voulu m'en parler. Alex était venu manger seul, comme cela lui arrivait quelques fois. Gino s'était assis à sa table, pour boire un verre de vin avec lui, en bavardant. Alex avait fini ses pâtes, puis il était parti. Sans rien manger d'autre. À peine

288

s'il avait dit bonsoir. Mais il m'avait regardée, longuement. Avant de sortir.

— C'était quand?

— Un mois avant que Gino ne se fasse tuer... Fabio! elle cria, tu ne veux pas dire que...

Je ne voulais rien dire, justement.

De ce soir-là, Narni ne remit plus les pieds dans le restaurant. Il appela Gélou, une fois. Pour lui dire qu'il partait en déplacement, mais qu'il reviendrait bientôt. Il ne réapparut que deux jours après la mort de Gino. Pour l'enterrement, très précisément. Il fut très présent durant cette période, aidant Gélou dans tous les instants, la conseillant.

Elle lui fit alors part de son intention de vendre, de quitter la région. De recommencer, ailleurs. Là encore, il l'aida. C'est lui qui mena la transaction de vente du restaurant, et en obtint un très bon prix. D'un parent à lui. Gélou, peu à peu, s'appuya sur lui. Plus que sur sa famille. Passé le malheur, il est vrai, elle s'en était retournée à ses affaires. Moi compris.

— Tu aurais pu m'appeler, je protestai.

— Oui, peut-être. Si j'avais été seule. Mais Alex était là et... Je n'ai pas eu besoin de demander, tu vois.

Un jour, presque un an après, Narni lui proposa de l'emmener à Gap. Il avait trouvé une petite affaire qui lui plaisait. Une villa aussi, sur les premiers escarpements du col Bayard. La vue sur la vallée était magnifique. Les enfants, lui avait-il dit, seraient heureux ici. Une autre vie.

Ils visitèrent la maison, comme un jeune couple qui cherche à s'installer. En riant. En faisant des projets, à mots couverts. Le soir, au lieu de rentrer, ils restèrent dîner à Gap. Il se fit tard. Narni suggéra de dormir sur place. Le restaurant faisait également hôtel, et il y avait deux chambres libres. Elle s'était retrouvée dans ses bras, sans trop savoir comment, Gélou. Mais sans regret.

— Il y avait trop longtemps… Je… Je ne pouvais pas vivre sans homme. Au début, je l'avais cru. Mais… j'avais trente huit ans, Fabio, précisa-t-elle, comme pour s'excuser. Autour de moi, dans ma famille surtout, ça n'a pas plus. Mais on ne vit pas avec la famille. Elle n'est pas là, le soir, quand les gosses sont couchés, et que tu es seule devant ta télé.

Et cet homme était là, qu'elle connaissait depuis si longtemps, qui avait su l'attendre, elle. Cet homme élégant, sûr de lui, sans souci d'argent. Conseiller financier en Suisse, lui avait-il dit qu'il était. Oui, Narni, il était rassurant. Un avenir se redessinait pour elle. Pas celui qu'elle avait rêvé en épousant Gino. Mais pas pire que ce qu'elle avait pu envisager après sa mort.

— Puis, tu vois, il partait souvent en déplacement, pour affaires. En France, en Europe. Et ça, précisa Gélou, c'était bien aussi. J'étais libre. D'aller, de venir. D'être seule avec les enfants, rien qu'à eux. Alex revenait juste quand son absence commençait à me peser. Non, Fabio, ces dix dernières années je n'ai pas été malheureuse.

290

Narni avait eu ce qu'il convoitait. Ça, c'était la seule chose que je ne pouvais lui dénier. Qu'il ait aimé Gélou, au point d'en élever les enfants de Gino. Est-ce qu'il l'avait tué rien que pour ça ? Par amour. Ou parce que Gino avait décidé de ne plus cracher un centime ? Qu'importait. Ce type était un tueur. Il aurait tué Gino de toute manière. Parce que Alexandre Narni était comme tous les gens de la Mafia. Ce qu'ils voulaient, ils le prenaient, un jour ou l'autre. Le pouvoir, l'argent, les femmes. Gélou. Je n'en avais que plus de haine pour Narni. D'avoir osé l'aimer. De l'avoir salie, en la foutant de tous ses crimes. De toute cette mort qu'il trimbalait dans sa tête.

— Qu'est-ce qui va se passer, maintenant ? demanda Gélou d'une voix blanche.

C'était une femme forte. Mais c'était quand même beaucoup, pour une seule femme, dans une même journée. Il fallait qu'elle se repose, avant qu'elle ne craque pour de bon.

— Tu vas aller te reposer.

— À l'hôtel ! cria-t-elle horrifiée.

— Non. Tu n'y retournes pas. Narni est maintenant comme un chien enragé. Il doit savoir que je sais. Ne te voyant pas rentrer, il imaginera aisément que je t'ai tout raconté. Il est capable de tuer n'importe qui. Même toi.

Elle me regarda. Je ne la voyais pas. Juste, par instant, son visage, éclairé par le passage d'une voiture. Dans ses yeux, il ne devait plus y avoir grand-chose.

Le désert. Comme après le passage d'une tornade.

— Je ne crois pas ça, elle dit doucement.

— Tu crois pas quoi, Gélou?

— Ça. Qu'il puisse me tuer. Elle prit sa respiration. Une nuit, on venait de faire l'amour. Il avait été absent assez longtemps. Il était rentré très fatigué. Abattu, j'avais trouvé. Un peu triste. Il m'avait prise dans ses bras, avec tendresse. Il savait être tendre, j'aimais ça. «Tu vois, il avait murmuré, je préférerais tout perdre que te perdre toi.» Il avait des larmes au coin des yeux.

Putain de merde! me dis-je. J'aurai tout entendu dans cette connerie de vie. Même ça. Des histoires de tueur tendre. Gélou, Gélou, pourquoi m'as-tu lâché la main, ce dimanche-là au cinéma?

— On aurait dû se marier tous les deux.

Je disais n'importe quoi.

Elle éclata en sanglots et se réfugia dans mes bras. Sur ma poitrine, ses larmes imprégnaient ma chemise, ma peau. Elles laisseraient, je le savais, une tâche indélébile.

— Je dis n'importe quoi, Gélou. Mais je suis là. Et je t'aime.

— Je t'aime aussi, dit-elle en reniflant. Mais tu n'as pas toujours été là.

— Narni, c'est un tueur. Un type dangereux. Il aimait peut-être ça, la vie de famille. Il t'aimait aussi, sans doute. Mais ça ne change rien. C'est un tueur professionnel. Prêt à tout. Dans ce métier, on ne met pas la clef sous le paillasson aussi simplement. Tuer, c'est son boulot. Il a des comptes à rendre à plus haut que lui. À des types plus dangereux encore. Des types qui ne tuent pas, comme lui, avec des armes à feu. Mais qui contrôlent des hommes politiques, des industriels, des militaires. Des types pour qui la vie humaine ne compte pas... Narni, il ne peut pas se permettre de laisser des blessés derrière lui. Il ne pouvait pas laisser Guitou vivre. Et pas toi, non plus. Ni moi...

Ma phrase resta en suspend. Moi, je n'en attendais plus rien, de la vie. Je l'avais juste envisagée pour elle-même, un jour. Et j'avais fini par l'aimer. Sans culpabilité, sans remords, sans crainte. Simplement. La vie, c'est comme la vérité. On prend ce qu'on y trouve. On trouve souvent ce qu'on a donné. Ce n'était pas plus compliqué. La femme qui avait partagé le plus grand nombre d'années avec moi, Rosa, m'avait dit, avant de me quitter, que j'avais une vision limitée du monde. C'était vrai. Mais j'étais toujours vivant, et il suffisait d'un rien pour que je sois heureux. Mort, ça ne changerai rien.

Je passai mon bras autour des épaules de Gélou. Je repris :

— Ce que je dis, Gélou, c'est que je t'aime et que je vais te protéger contre lui. Jusqu'à ce que tout soit réglé. Mais j'ai besoin que toi, avant, tu le tues dans ta tête. Que tu détruises jusqu'à la moindre parcelle de tendresse pour lui. Sinon, je ne pourrai pas t'aider.

— Ça fait deux hommes, Fabio, dit-elle, implorante.

Le pire me restait à dire. J'avais espéré m'en dispenser.

— Gélou, imagine Guitou. Il vient de vivre sa première nuit d'amour, avec une chouette gamine. Et puis, il y a des bruits bizarres dans la maison. Un cri, peut-être. Un cri de mort. Terrifiant pour n'importe qui. Quel que soit l'âge. Peut-être qu'ils dorment, Guitou et Naïma. Peut-être qu'ils sont à nouveau en train de s'aimer. Imagine, leur panique.

«Alors, ils se lèvent. Et lui, Guitou, ton fils, qui est maintenant un homme, il fait ce qu'un homme n'aurait pas forcément fait. Mais il le fait. Parce que Naïma le regarde. Parce que Naïma est totalement affolée. Parce qu'il a peur pour elle. Il ouvre la porte. Et qu'est-ce qu'il voit? Cette ordure de Narni. Ce type qui lui fait des leçons sur les Blancs, les Noirs, les Arabes. Ce type capable de taper ton gamin, violemment, méchamment, à lui laisser des bleus plus de quinze jours après. Ce type qui couche avec sa mère. Qui fait avec sa mère ce que lui vient de faire avec Naïma.

«Imagine, Gélou, les yeux de Guitou à cet instant. La haine, et la peur aussi. Parce qu'il sait qu'il n'a plus aucune chance. Imagine aussi les yeux de Narni. Voyant ce gosse devant lui. Ce gosse qui le défie depuis des années, qui le méprise. Imagine, Gélou. Je veux que tu les aies toutes en tête ces saletées d'images! Ton môme en caleçon. Et Narni avec son flingue. Qui va tirer. Sans hésiter. Là où il faut. Sans trembler. Une seule balle, Gélou. Une seule, putain de Dieu!

— Arrête ! sanglota-t-elle.

Ses doigts étreignaient ma chemise. Elle n'était pas loin de piquer une crise de nerfs. Mais je devais continuer.

— Non, tu dois m'écouter, Gélou. Imagine encore Guitou, qui tombe et qui se fracasse le front sur la pierre de l'escalier. Son sang qui coule. Lequel des deux, tu crois, a pensé à toi, à cet instant. Dans cette fraction de seconde où la balle est partie pour aller se loger dans le cœur de Guitou. Je veux que tu te rentres tout ça dans la tête, une fois pour toutes. Sinon tu ne pourras plus jamais dormir. De ta vie. Il faut que tu le vois, Guitou. Et lui aussi, Narni, il faut que tu le vois en train de tirer. Je vais le tuer, Gélou.

— Non ! elle hurla dans ses sanglots. Non ! Pas toi !

— Il faut bien que quelqu'un le fasse. Pour effacer tout ça. Pas pour oublier, non. Ça, tu ne pourras jamais. Ni moi. Non, juste pour nettoyer la saloperie. Faire un peu de propre autour de nous. Dans nos têtes. Dans nos cœurs. Alors, alors seulement, on pourra faire des efforts pour survivre.

Gélou se serra contre moi. Nous étions là, comme dans notre adolescence, blottis dans le même lit à nous raconter des histoires pas possibles. Mais les histoires horribles nous avaient rattrapés. Elles étaient bien réelles. On pouvait s'endormir, bien sûr, l'un contre l'autre, comme avant. Bien au chaud. Mais nous savions qu'au réveil, l'horreur n'aurait pas disparu.

Elle avait un nom. Un visage.

Narni.

Je démarrai. Sans un mot de plus. Maintenant, j'en étais au point où je ne pouvais plus attendre. Je roulai assez vite dans les petites rues presque désertes à cette heure-là.

C'était ici encore un village, avec de vieilles maisons dont certaines appartenaient à l'époque coloniale. Il y en avait une, de style mauresque, que j'aimais bien. Tel qu'on en voit à El Biar, sur les hauteurs d'Alger. Elle était abandonnée, ainsi que bien d'autres. Ici, les fenêtres n'ouvraient plus, comme avant, sur de vastes parcs de verdure, sur des jardins, mais sur des barres de béton.

Nous grimpions encore. Gélou se laissait conduire. Là où je l'amenais, ça irait. Puis l'énorme Bouddha doré apparût, à flanc de colline. La lune l'éclairait. Il dominait majestueusement la ville, sereinement. Le temple, récent, abritait aussi un centre d'études bouddhiques. Cûc nous y attendait. Avec Naïma, et Mathias.

C'est là qu'elle les avait cachés. C'était son jardin secret, à Cûc. Là où elle venait se réfugier, quand ça n'allait pas. Où elle venait méditer, penser. Se ressourcer. Là où était son cœur. Pour toujours. Le Viêtnam.

Je ne croyais en aucun Dieu. Mais c'était un lieu sacré. Un endroit pur. Et, me dis-je, il n'y avait pas de mal, parfois, à respirer du bon air. Elle serait bien, là, Gélou. Avec eux. Ils avaient tout perdu dans cette histoire. Cûc, un mari. Mathias, un ami. Naïma, un amour. Et Gélou, tout. Ils sauraient s'occuper d'elle. Il sauront s'occuper d'eux. Soigner leurs plaies.

Un moine nous accueillit à l'entrée. Gélou se serra dans mes bras. Je posai un baiser sur son front. Son visage se leva vers moi. Dans ses yeux il y avait comme un voile, qui allait se déchirer.

— Je dois te dire encore une chose.

Et je sus que cette chose-là je n'aurais jamais voulu l'entendre.

21

Où l'on crache dans le vide,
par dégoût et avec lassitude

Je rentrai avec la Saab. J'avais mis la radio et j'étais tombé sur une émission consacrée au tango. Edmundo Riveiro chantait *Garuffa*. C'était ce qui m'allait le mieux. J'avais le cœur bandonéon après ce que m'avait avoué Gélou. Mais je ne voulais pas y penser. Repousser ces derniers mots le plus loin de moi. Les oublier même.

J'avais l'impression de zapper dans la vie des autres. De prendre les feuilletons en cours de route. Gélou et Gino. Guitou et Naïma. Serge et Redouane. Cûc et Fabre. Pavie et Saadna. J'arrivais toujours à la fin. Là où ça tue. Là où l'on meurt. Toujours en retard d'une vie. D'un bonheur.

C'est comme ça que j'avais dû vieillir. À trop hésiter, et à ne pas sauter sur le bonheur en marche, quand il passait sous mon nez. Je n'avais jamais su. Ni prendre de décision. Ni de responsabilité. Rien de ce qui pouvait m'engager dans l'avenir. Par peur de perdre. Et je perdais. Perdant.

J'avais retrouvé Magali, à Caen. Dans un petit

hôtel. Trois jours avant de m'envoler vers Djibouti. Nous avions fait l'amour. Lentement, longuement. Toute la nuit. Le matin, avant de passer sous la douche, elle m'avait demandé : «Tu préfères que je sois quoi, dans la vie ? Instit ou mannequin ? » J'avais haussé les épaules, sans répondre. Elle était revenue, habillée, prête à partir.

— Tu as réfléchi ? » elle avait dit.

— Sois ce que tu veux, j'avais répondu. Tu me plais comme ça.

— C'est malin, répliqua-t-elle en posant un baiser furtif ses mes lèvres. Je l'avais serrée contre moi. Le désir d'elle, encore. Je vais être en retard au cours.

— À ce soir.

La porte s'était refermée. Elle n'était pas venue me rejoindre. Je n'avais pu la retrouver, pour lui dire que, d'abord, dans la vie, je voulais qu'elle soit ma femme. J'avais biaisé, devant la question essentielle. Le choix. Et ça ne m'avait pas servi de leçon. Je ne savais pas ce que nous aurions pu devenir, Magali et moi. Mais Fonfon, j'en étais sûr, il aurait été fier de nous savoir heureux tous les deux. Il ne serait pas seul, aujourd'hui. Moi non plus.

J'arrêtai la radio quand Carlos Gardel attaqua *Volver*. Le tango, la nostalgie, il valait mieux arrêter. Je pouvais péter les plombs, avec ça, et j'avais besoin de toute ma tête. Pour affronter Narni. Il y avait encore des zones sombres chez lui, que je ne m'expliquais pas. Pourquoi ne s'était-il manifesté qu'hier, alors qu'il aurait pu rester dans l'ombre, et continuer à traquer Naïma? Peut-être pensait-il mieux me piéger, après avoir renvoyé Gélou à Gap? Cela n'a plus d'importance, me dis-je. C'était ses calculs. Ils m'étaient étrangers.

Je pris l'autoroute du Littoral. Par les ports. Juste pour ce plaisir de voir les quais du haut de la passerelle. De longer les darses. De m'offrir ce luxe des lumières des ferries à quai. Mes rêves étaient toujours là. Intacts. Dans ces bateaux prêts à larguer les amarres. Vers l'ailleurs. Peut-être était-ce ce que je devrais faire. Ce soir. Demain. Partir. Enfin. Tout quitter. Aller vers ces pays qu'Ugo avait visités. L'Afrique, l'Asie, l'Amérique du Sud. Jusqu'à Puerto Escondido. Il avait encore une maison là-bas. Une petite maison de pêcheur. Comme la mienne, aux Goudes. Avec un bateau, aussi. Il l'avait dit à Lole, quand il était revenu pour venger Manu. Nous en avions souvent parlé, avec Lole. D'y aller là-bas. Dans cette autre maison du bout du monde.

Trop tard, encore une fois. Est-ce que, en tuant Narni, j'allais me mettre enfin en règle avec la vie? Mais régler des comptes ne répondrait pas de tous mes échecs. Et comment pouvais-je être aussi sûr de le tuer, Narni? Parce que je n'avais rien à perdre. Mais lui non plus, il n'avait plus rien à perdre.

Et ils étaient deux.

Je m'engageai sous le tunnel du Vieux-Port, pour ressortir sous le fort Saint-Nicolas. Devant l'ancien bassin de carénage. Je longeai le quai de Rive-Neuve. C'était l'heure où Marseille s'agitait. Où l'on se demandait à quelle sauce on allait «se manger» la nuit. Antillaise. Brésilienne. Africaine. Arabe. Grecque. Arménienne. Réunionnaise. Vietnamienne. Italienne. Provençale. Il y avait de tout dans le chaudron marseillais. Pour tous les goûts.

Rue Francis-Davso, je me garai en double file contre ma bagnole. Je fis passer dans la Saab quelques cassettes, et le flingue de Redouane. Puis je redémarrai, par la rue Molière qui longe l'Opéra, la rue Saint-Saens, à gauche, la rue Glandeves. Retour sur le port. À deux pas de l'hôtel Alizé. Une place me tendait les bras. Tout pour plaire. Passage piéton et trottoir. Elle devait coûter cher, celle-là. Pour que personne ne l'ait prise. Mais je n'en avais que pour cinq minutes, pas plus.

J'entrai dans une cabine téléphonique, presque devant l'hôtel. Et j'appelai Narni. C'est alors que je vis, bien garée en double file devant le New York, la Safrane. Avec Balducci au volant, sans doute, vu la fumée qui s'échappait par la fenêtre. Jour de chance, je me dis. Je préférais les savoir là que de les imaginer devant chez moi. À m'attendre.

Narni répondit immédiatement.

— Montale, je dis. On n'a pas encore été présentés, toi et moi. Mais ça pourrait se faire, maintenant. Non?

— Où est Gélou? Il avait une belle voix grave, chaude, qui me surprit.

— Trop tard, mon vieux. Pour t'inquiéter de sa santé. Je ne pense pas que tu la revoies un jour.

— Elle sait?

— Elle sait. Tout le monde sait. Même les flics savent. On n'a plus beaucoup de temps, pour régler ça entre nous.

— Où t'es?

— Chez moi, mentis-je. Je peux être là dans trois-quarts d'heure. Au New York, ça te va?

— O.K. J'y serai.

— Seul, m'amusai-je à dire.

— Seul.

Je raccrochai, et j'attendis.

Il lui fallut moins de dix minutes pour descendre et s'installer dans la Safrane. Je regagnai la Saab. En route, me dis-je.

J'avais mon idée. Je n'avais plus qu'à croire que c'était la bonne.

Grâce aux embouteillages, et j'avais misé là-dessus, je repérai la Safrane quai de Rive-Neuve. Ils avaient décidé d'y aller par la Corniche. Allons-y. Ce n'était pas ça qui me déplaisait le plus.

Je roulai loin derrière eux. Il me suffisait de les rattraper à David. Au Rond-Point de la Plage. Ce que je fis. Alors qu'ils s'engageaient vers la Pointe-Rouge, j'arrivai lentement derrière eux et leur balançai un appel de phares. Puis, sans m'arrêter, je contournai la statue et pris l'avenue du Prado. Ils ne pourraient pas faire demi-tour jusqu'à l'avenue de Bonneveine. Ça leur mettrait les nerfs en pelote. Moi, ça me laissait le temps d'arriver au bas du Prado. Sans risque. Je les attendrais là. Sur le bas

302

côté du rond-point Prado-Michelet. Après, ce serait le rodéo.

Je sortis le flingue du plastique, puis les balles. Je le chargeai, l'armai et le déposai sur le siège. La crosse vers moi. Puis j'enclenchai une cassette de ZZ TOP. J'avais besoin d'eux. Le seul groupe rock que j'aimais. Le seul authentique. J'aperçus la Safrane. Les premières notes de *Thunderbird*. Je démarrai. Ils devaient se demander à quoi je jouais. Ça m'amusait de savoir qu'ils n'avaient pas la maîtrise de la situation. Leur nervosité était un de mes atouts. Tout mon plan reposait sur une erreur de leur part. Une erreur que j'espérais fatale.

Feu vert. Feu orange. Feu rouge. Le boulevard Michelet défila sans un seul arrêt. Puis sur les chapeaux de roues, le carrefour de Mazargues. Après le Redon, Luminy, ce fut la route. La D 559. Vers Cassis. Par le col de la Gineste. Un classique des cyclistes marseillais. Une route que je connaissais par cœur. De là partait bon nombre de chemins pour les calanques.

Une route sinueuse, la D 559. Étroite. Dangereuse.

Long distance boogie attaquèrent les ZZ TOP. Sacré Billy Gibbons! J'attaquai la côte à 110, la Safrane au cul. La Saab me paraissait un peu molle, mais elle répondait bien. Gélou n'avait jamais dû lui faire subir une telle conduite.

Le premier grand virage passé, la Safrane déboita. Pour tenter de me doubler, déjà. Pressés, ils étaient. Je vis le nez de la voiture pointer à la hauteur de ma vitre arrière. Et le bras de Narni apparaître. Un flingue au bout. Je rétrogradai en quatrième. Je n'étais pas loin du 100, et j'amorçai le second virage avec la plus grande difficulté. Eux aussi.

Je repris du terrain.

Maintenant que j'y étais, je doutais de mes chances. Balducci, ç'avait l'air d'être un as du volant. Tu as peu d'espoir de goûter la poutargue d'Honorine, me dis-je. Merde! J'avais faim. Quel con! Tu aurais dû manger avant. Avant de mettre tout en branle. C'était bien toi, ça. De foncer, sans même prendre le temps de respirer. Narni, il n'en était pas à une heure près. Il t'aurait attendu. Ou il serait venu te chercher.

Sûr, qu'il serait venu.

Une bonne assiette de spaghetti à la *matricciana,* ce n'est pas ça qui t'aurait fait mal. Un petit rouge, là-dessus. Tiens, un Tempier rouge. De Bandol. Peut-être qu'il y aurait ça, dans l'autre monde. Qu'est-ce que tu racontes, ducon! Après, il n'y a rien.

Oui, après, il n'y a plus rien. Le noir. C'est tout. Et encore, tu ne le sais même pas, que c'est noir. Puisque tu es mort.

La Safrane était toujours derrière, qui me collait au cul. Mais elle ne pouvait rien faire d'autre. Pour l'instant. Après le virage, c'est là qu'ils allaient tenter encore de passer.

Bon, alors, tu n'as qu'une solution, Montale, sors-toi de là. O.K.? Comme ça tu pourras te goinfrer de tout ce que tu veux. Justement, tiens, cela fait long-temps que je n'ai pas mangé une soupe de haricots. Ah oui, avec de grandes tranches de pain grillé, puis

304

arrosé d'huile d'olive. Pas mal. J'accélérai encore un peu. Ou une daube. Pas mal aussi. Tu aurais dû le dire à Honorine. Pour qu'elle prépare la marinade. Est-ce que ça irait le Tempier, là-dessus ? Sûr, que ça irait. Je l'avais sur le palais, là…

Une voiture descendait. Elle fit des appels de phares. Le mec paniquait, de nous voir monter à cette vitesse. À ma hauteur, il klaxonna comme un malade. Vraiment, il avait dû avoir les jetons.

Je secouai la tête, pour en chasser les odeurs de cuisine. Mon ventre, je le sentais, allait se mettre de la partie. Il sera toujours temps de voir après, hein, Montale. On ne s'excite pas. On se calme.

On se calme.

À 100, dans cette putain de Gineste, tu parles !

On s'élevait au-dessus de la baie de Marseille. C'était l'un des plus beaux panoramas sur la ville. C'était mieux encore un peu plus haut, juste avant de descendre vers Cassis. Mais on n'était pas là pour faire du tourisme.

Je repassai en cinquième. Pour me refaire des forces. Je redescendis à 90. La Safrane me colla immédiatement au cul. Il allait déboîter, le salaud.

Cent mètres, il me fallait encore cent mètres. Je rétrogradai en troisième. La voiture sembla bondir. Je remontai à 100, juste à la sortie du virage. La quatrième. Devant moi, une ligne droite. Neuf cents, mille mètres. Pas plus longue. Et après, ça tournait à droite. Pas à gauche, comme jusqu'à présent.

J'accélérai. La Safrane toujours au cul.

110.

Elle déboîta. Je montai le son au maxi. Je n'avais plus que l'électricité des guitares dans les oreilles.

La Safrane arrivait à ma hauteur.

J'accélérai.

120.

La Safrane accéléra encore.

Je vis le flingue de Narni contre ma vitre.

— Là ! je hurlai.

Là !

Là !

Je filai un coup de frein. Sec.

110. 100. 90.

Je crus entendre tirer.

La Safrane me doubla et poursuivit sa route. Contre la rambarde en béton. Culbuta. Et partit dans les airs. Les quatre roues face au ciel.

Cinq cents mètres plus bas, les rochers, et la mer. Jamais ceux qui avaient fait le grand saut ne s'en étaient sortis.

Nasty dogs and funky kings hurlait ZZ TOP.

Mon pied tremblait sur la pédale. Je ralentis encore, puis m'arrêtai le plus calmement possible contre la rambarde. Les tremblements avaient gagné tout mon corps. J'avais soif, putain. Je sentis des larmes couler sur mes joues. La trouille. La joie.

Je me mis à rire. Un grand rire nerveux.

Les phares d'une bagnole apparurent derrière moi. Instinctivement, je mis les warning. La bagnole me doubla. Une R 21. Elle ralentit et se gara à cinquante mètres devant moi. Deux types en descendirent. Balèzes. En jean et blouson de cuir. Ils vinrent dans ma direction.

Merde.

Trop tard pour comprendre quelle connerie j'avais pu faire.

Je posai la main sur la crosse du flingue. Je tremblais encore. Je serais incapable de le lever devant moi, ce flingue. Encore moins de le pointer sur eux. Quant à tirer…

Ils étaient là.

Un des types frappa à ma vitre. Je la baissai lentement. Et je vis sa tête.

Ribero. Un des inspecteurs de Loubet.

Je soufflai.

— Beau plongeon, ils ont fait. Hein ? Ça va ?

— Putain ! Vous m'avez fait peur.

Ils rirent. Je reconnus l'autre. Vernet.

Je descendis de voiture. Et fis quelques pas vers l'endroit où Narni et Balducci avaient fait le plongeon. Chancelant, j'étais.

— Va pas dégringoler, dit Ribero.

Vernet vint près de moi et regarda en bas.

— Ça va faire du travail, d'aller voir tout ça de près. Doit pas en rester grand-chose, pourtant.

Ils se marraient, les cons.

— Vous me suiviez depuis longtemps ? demandai-je en sortant une cigarette.

Ribero me donna du feu. Je tremblais trop pour pouvoir l'allumer.

— Depuis cet après-midi. On t'attendait à la sortie du restaurant. Loubet nous avait appelés.

Le fumier, quand il était parti pisser.

— Il t'aime bien, reprit Vernet. Mais pour ce qui est de te faire confiance…

— Attendez, je dis. Vous m'avez suivi partout ?

— Le ferry-boat. Le rendez-vous avec ta cousine. Le bouddha. Et là, tu vois… On avait même deux types en planque, devant chez toi. Au cas où.

Je m'assis sur un bout de rambarde qui avait échappé au carnage.

— Oh! Fais gaffe! Va pas tomber, maintenant, rigola encore Ribero.

Je n'avais pas l'intention de plonger. Ça non. Je pensais à Narni. Le père de Guitou. Narni, il avait tué son fils. Mais il l'ignorait, que Guitou c'était son môme. Gélou ne le lui avait jamais dit. Ni à lui ni à personne. Sauf à moi. Tout à l'heure.

C'était un soir, à Cannes. Un soir de première. Il y avait eu ce repas, somptueux. Féérique, pour elle. La fille qui avait grandi dans les ruelles du Panier. À sa droite, il y avait De Niro. À sa gauche, Narni. Autour d'eux, elle ne se souvenait plus. D'autres stars. Et elle, au milieu. Narni avait posé sa main sur la sienne. «Est-ce qu'elle était heureuse ?» il avait demandé. Son genou était contre le sien. Elle sentait sa chaleur. Une chaleur qui avait gagné son corps.

Plus tard, ils avaient tous fini la nuit dans une boîte. Et elle s'était laissée aller dans ses bras. À danser. Comme jamais depuis des années. Elle avait oublié ça. Danser. Boire. S'amuser. L'ivresse de ses vingt ans. Elle avait perdu la tête. Oublié Gino, les enfants, le restaurant.

L'hôtel était un palace. Le lit immense. Narni l'avait déshabillée. Il l'avait prise avec passion. Plusieurs fois. Sa jeunesse lui était revenue. Elle avait oublié ça, aussi. Elle avait oublié autre chose, encore. Mais elle ne le sut que plus tard. Que c'était sa période. Féconde. Gélou, elle appartenait à l'autre génération. On ne prenait pas la pillule. Et elle ne supportait pas de stérilet. C'était sans risque. Avec Gino, il y avait bien longtemps qu'ils ne faisaient plus de folies, le soir, après la fermeture du restaurant.

Cette nuit-là, elle aurait pu la garder en mémoire toute sa vie. Comme un merveilleux souvenir. Son secret. Mais il y avait eu cet enfant qui s'annonçait. Et la joie de Gino, qui la bouleversa. Elle superposa, peu à peu, les images de bonheur. Celle des deux hommes. Sans culpabilité. Et quand elle accoucha, entourée comme jamais par Gino, elle offrit à cet homme qui l'aimait, à l'homme de sa vie, un troisième garçon. Guitou.

Elle redevint mère, et retrouva son équilibre. Elle se consacra à ses enfants, à Gino. Au restaurant. Narni, quand il venait, ne l'émeuvait plus. Il appartenait au passé. À sa jeunesse. Jusqu'à ce que le drame arrive. Et que Narni lui tende la main dans son désarroi, et sa solitude.

— Pourquoi lui aurais-je avoué, dit Gélou. Guitou appartenait à Gino. À notre amour.

J'avais pris le viasage de Gélou dans mes mains.

— Gélou…

Je ne voulais pas qu'elle la pose, cette question, qui venait sur ses lèvres.

— Tu crois que ça aurait tout changé? S'il l'avait su, que c'était son fils?

Le moine était là. Je lui avais fait signe. Il avait pris Gélou par les épaules et j'étais parti, sans me retourner. Comme Mourad. Comme Cûc. Et sans répondre.

Parce qu'on ne pouvait pas répondre.

Je crachais dans le vide. Là où Narni et Balducci avaient plongé. Pour toujours. Un gros crachat de dégoût. Et de grande lassitude.

Maintenant, je ne tremblais presque plus. J'avais juste envie d'un grand verre de whisky. De mon Lagavulin. Une bouteille, oui. Voilà ce qui m'irait.

— Vous n'avez rien à boire?

— Même pas une bière, mon vieux. Mais on va aller s'en jeter un, si tu veux. Suffit de redescendre sur terre, rigola-t-il.

Ils commençaient à me courir, tous les deux.

J'allumai une autre clope, sans leur aide cette fois. En m'aidant du mégot. Je tirai une longue bouffée et levai la tête vers eux.

— Et pourquoi vous n'êtes pas intervenus, avant?

— C'est ton affaire, il a dit Loubet. Une affaire de famille, quoi. Tu te la jouais comme ça, nous aussi. Pourquoi pas, hein? On va pas les pleurer, les deux saloperies. Alors…

— Et... Et si j'avais fait le plongeon. À leur place?

— Ben, nous on les cueillait. Comme des fleurs. À l'autre bout, y a des gendarmes. Y passaient pas. À moins d'y aller à pied, par la montagne. Mais ça devait pas être leur sport préféré, je crois... On les aurait quand même chopés, tu vois.

— Merci, je dis.

— Pas de quoi. Dès qu'on a compris que tu prenais la Gineste, on a tout pigé. T'as peut-être pas remarqué, mais on t'a bien dégagé la route, non?

— Ça aussi!

— Y en a qu'une qui est passée entre les mailles. Celle-là, on n'a pas su d'où elle sortait. S'ils venaient de tirer un coup dans la garrigue, les amoureux, ils ont dû être plutôt refroidis!

— Et où il est Loubet, là?

— En train d'asticoter deux mômes, dit Ribero. Que tu connais, d'ailleurs. Nacer et Redouane. Il les a fait alpaguer dans l'après-midi. Ils se baladaient encore avec la BM noire, les cons. Cité La Paternelle, ils sont allés. Boudjema Ressaf est venu les rejoindre. On avait des gars en planque, près de chez lui. La jonction a eu lieu. Entre eux. Entre nous aussi. Je te dis pas le jackpot. Le lieu de prière, un vrai arsenal, c'était. Ils s'apprêtaient à déménager la camelote. Ressaf, il devait s'occuper de ça, on pense. De convoyer l'artillerie vers l'Algérie.

— Demain, poursuivit Vernet, va y avoir une rafle monstre. À la première heure, comme tu sais. Ça va tomber de partout. Ton petit cahier, il est de première, il a dit Loubet.

Tout se bouclait. Comme toujours. Avec son lot de perdants. Et les autres, tous les autres, les gens heureux, dormaient dans leur lit. Quoi qu'il arrive. Quoi qu'il se passe. Ici, ailleurs. Sur terre.

Je me levai.

Péniblement. Parce que j'avais un sacré coup de pompe. Ils me récupérèrent au moment où je tournai de l'œil.

La nuit est la même, et l'ombre,
dans l'eau, est l'ombre d'un homme usé

On avait quand même pris un verre, Ribero, Vernet et moi. Ribero avait conduit la Safrane jusqu'à David au Rond-Point de la plage. Maintenant, un wkisky bien au chaud dans l'estomac, tout allait mieux. Ce n'était rien qu'un petit Glenmorangie, mais ce n'était pas mal, quand même. Eux, c'était le genre menthe à l'eau.

Vernet finit son verre, se leva et tendit son bras vers la gauche.

— Tu vois, là-bas, c'est vers chez toi. Ça ira ou t'as encore besoin d'anges gardiens ?

— Ça ira, je dis.

— Parce que c'est pas tout. On a encore du pain sur la planche.

Je serrai leur main.

— Ah ! Au fait, Loubet, il te recommande vivement la pêche. Il dit que c'est ce qu'il y a de mieux, pour ce que tu as.

Et ils rirent, encore.

Je m'étais à peine garé devant la porte, que je vis Honorine sortir de chez elle. En robe de chambre. Je ne l'avais jamais vue en robe de chambre. Ou alors, j'étais vraiment encore très petit.

— Venez, venez, elle dit tout bas.

Je la suivis chez elle.

Fonfon était là. Accoudé à la table de cuisine. Devant des cartes. Ils se faisaient un rami, tous les deux. À deux heures du matin. Il s'en passait de belles, dès que je tournais le dos.

— Ça va? il dit, en me serrant contre lui.

— Dites, vous avez mangé? demanda Honorine.

— Si vous avez une daube, je ne dis pas non.

— Oh! Vé, qu'est-ce qu'il va chercher, celui-là. s'énerva Fonfon. De la daube. Comme si on n'avait que ça à penser.

Ils étaient tels que je les aimais.

— Je vous fait vite un peu de *bruschetta,* si vous voulez.

— Laissez, Honorine. J'ai surtout envie de boire un verre. Je vais aller chercher ma bouteille.

— Non, non, elle dit. Vous allez tous les réveiller, vé. C'est pour ça qu'on vous guettait, avec Fonfon.

— Qui ça, tous?

— Ben… Dans votre lit, y a Gélou, Naïma et… oh! je sais plus son nom, vé. La dame vietnamienne.

— Cûc.

— Voilà. Sur le canapé, y a Mathias. Et dans un coin, sur un petit matelas que j'avais, le frère de Naïma. Mourad, c'est ça?

— C'est ça. Et qu'est-ce qu'ils font là.

— Je sais pas moi. Ils ont dû penser qu'ils seraient mieux ici qu'ailleurs, non? Qu'est-ce vous en dites, Fonfon?

— Vé, je dis qu'ils ont bien fait. Tu veux venir dormir chez moi?

— Merci. C'est gentil. Mais je crois que je n'ai plus vraiment sommeil. Je vais aller faire un tour en mer. Je crois que c'est une bonne nuit.

Je les embrassai.

Je rentrai chez moi comme un voleur. Dans la cuisine, j'attrapai une bouteille de Lagavulin neuve, un blouson et, dans le placard, une chaude couverture. J'enfilai ma vieille casquette de pêcheur et je descendis vers mon bateau.

Mon ami fidèle.

Je vis mon ombre dans l'eau. L'ombre d'un être usé.

Je sortis à la rame, pour ne pas faire de bruit.

Sur la terrasse, je crus voir Honorine et Fonfon, enlacés.

Je me mis alors à chialer.

Putain, c'était vachement bon.

FIN